永远的银杏树

郭启林 著

北方文艺出版社

图书在版编目(CIP)数据

永远的银杏树 / 郭启林著. -- 哈尔滨：北方文艺出版社，2021.11
ISBN 978-7-5317-5142-7

Ⅰ.①永… Ⅱ.①郭… Ⅲ.①中篇小说-小说集-中国-当代②短篇小说-小说集-中国-当代 Ⅳ.①I247.7

中国版本图书馆 CIP 数据核字(2020)第 215951 号

永远的银杏树
YONGYUAN DE YINXINGSHU

作　者 / 郭启林

责任编辑 / 李正刚　　　　　　装帧设计 / 书香力扬

出版发行 / 北方文艺出版社　　网　址 / www.bfwy.com
邮　编 / 150008　　　　　　　经　销 / 新华书店
地　址 / 哈尔滨市南岗区宣庆小区 1 号楼
发行电话 / (0451) 86825533

印　刷 / 成都兴怡包装装潢有限公司　开　本 / 880mm×1230mm　1/32
字　数 / 210 千　　　　　　　　　　印　张 / 8.5
版　次 / 2022 年 1 月第 1 版　　　　 印　次 / 2022 年 1 月第 1 次印刷

书　号 / ISBN 978-7-5317-5142-7　　定　价 / 58.00 元

目录
CONTENTS

藤　椅	/ 001
车间人物	/ 019
永远的银杏树	/ 056
风　景	/ 077
光　阴	/ 093
青　烟	/ 110
雪　殇	/ 126
我的上司陈小水	/ 141
翡翠佩	/ 155
像老鹰一样飞	/ 206
与天堂通话	/ 222

藤　椅

为了一把藤椅，欧阳教授被厂行政科杨科长好好地数落了一番，弄得欧阳教授很窘迫，不知所措地站在一边，像一个做错了事的孩子。

欧阳教授是我们厂宣传科的理论干事，机关里的人尤其是我们政工系统的人都这么叫他，机关里的生产系统和后勤系统的人也跟在后面这么叫他，时间叫得长了，倒将他的真姓大名给忽略了。欧阳教授的本名叫欧阳中立。

厂政工系统集中在厂办公楼的三层上。厂办公楼是横过来的"L"形，就像老师批改作业打的"一"。工会在短钩上，拐过来依次是保卫科（武装部）、党委书记办公室、宣传科、团委，最西面是组织科。二楼是厂秘书科、劳资科、财务科、技术科等，一楼是收发室、行政科、安全科、生产科等。

那天我在办公室趴在桌前正在赶写一篇厂里创高产的稿子，欧阳教授兴高采烈地搬了一把藤椅走进办公室。

我们宣传科只有三个人，科长在一间办公室，我和欧阳教授在一间办公室。我是宣传干事，主要负责厂里的内宣和外宣，事情比较杂，每周还得出一期厂报（刻钢板、油印）。欧阳教授负责理论学习，负责编写年度理论学习计划，负责厂党委中心组学习。职工理论学习和培训也是根据上级党组织的安排和要求，一年仅安排一次，最多两次。所以，相对于我的工作来说，欧阳教授的工作更单纯，更轻松一些。

我和欧阳教授的办公桌是拼在一起的，面对面坐着，这样好说话。欧阳教授很健谈，他喜欢和我交谈，我也喜欢听他说，他知道的东西多、涉及面广，与他在一起交谈，我觉得能学到许多东西。我们坐的都是木制椅子，欧阳教授搬来藤椅以后，他把自己的木制椅子挪在一边，换上了新搬来的藤椅。他将藤椅摆放好，然后端坐在藤椅子上。坐上藤椅以后，欧阳教授直了直腰，两眼看着我，眼里流出无限的幸福感。我第一次看到他满脸兴奋的样子，如同一个孩子得到了心仪玩具般的兴奋。我停下手里的笔，微微笑着看他。他高兴地对我说，我常年坐办公室，坐木椅子腰不行，这样坐着舒服多了。

欧阳教授正处在兴奋的时刻，行政科杨科长气喘吁吁地推门走进来，扯着大大的嗓门说，欧阳教授你也不能这么干呀！你怎么私自将藤椅搬了来呢？欧阳教授听杨科长扯着嗓门在叫喊，马上站起来。欧阳教授是背朝着门坐的，我是迎门坐的，我看着杨科长气呼呼推门走进来。欧阳教授转过身看着杨科长，没说一句话。杨科长有点不高兴，走过去伸手将欧阳教授办公桌前的藤椅往外一拉说，你也是机关的老同志了，怎么能这样干呢？欧阳教授结结巴巴地说，我，我，我……杨科长不高兴地说，我什么我，你得将藤椅送回去。

杨科长与欧阳教授年龄相仿，都在四十岁左右，杨科长比较胖也比较矮，与欧阳教授站在一起，他们俩形成了鲜明的对比。欧阳教授瘦瘦的，高高的，高出杨科长半个头。那时我二十多一点，比他们小得多。见欧阳教授很尴尬地站在那里，我马上起身打圆场说，他常年坐木椅子腰不行。说着，我走过去将藤椅往旁边挪了挪。杨科长从一楼爬到三楼可能有点吃力，他喘了口气对我说，厂里有规定，科以上领导干部和具有高级职称的同志才给配藤椅，不是什么人想坐就坐的。你到了那个职位，我们不配是我们工作失误，服务不到家。你没那个职位，也不能随便乱拿呀，任何人都不能破坏了厂里的规矩。

欧阳教授解释说，我看见行政科仓库里放了一把藤椅在那里，我以为是多余的，没有人坐的，于是我就将它搬上来了。杨科长说，我们行政科仓库里的东西多着呢，想拿就能拿？你还是将藤椅送回去。欧阳教授站在那里没动，刚刚满脸兴奋的样子没有了，就像被一阵风刮走了似的。我说，我帮他送回去吧。杨科长还是满脸不高兴的样子。他说，你还是让他自己送。我见欧阳教授站在那里没有动也没有说话，我怕他们俩这样僵持下去，弄得都不好下台阶。我也不再征求杨科长和欧阳教授意见，搬起藤椅就下楼去了。

我原先是在厂生产科的，调到宣传科时间不是太长。今天也是第一次听杨科长说，我才知道机关里的人坐木椅子的和坐藤椅的是有区别的，不是随便乱坐的。自那以后，我稍事留心从一楼到三楼看了看，杨科长说得很实在，确确实实是科以上干部和高级职称的都配了藤椅，一般工作人员都是木制椅子。后来我听说行政科杨科长，保卫科罗科长，包括组织科的王科长，他们过去与欧阳教授都是一个厂的，也都是在厂部机关里工作的。初轧厂是公司刚投产不久的一个新厂，欧阳教授与杨科长他们被整体划拨到了初轧厂。划拨到初轧厂以后，他们中的许多人都当上了科级干部。过去在老厂的时候，他们都是机关里的干事平起平坐，到了新的初轧厂便拉开了差距，有不少还提拔当上了科长，唯有欧阳教授原地未动还是干事。欧阳教授想坐藤椅，究竟是腰不舒服，还是顾及面子，还是有其他什么原因，我就不清楚了。

我到宣传科的时候，正是我国改革开放刚刚起步没有几年的时候，社会环境和人们心态都有了很大的变化，莫言在那一年发表了成名作《透明的红萝卜》，摇滚歌曲《一无所有》也在那一年唱了出来，女青年开始烫头发穿裙子，男青年也开始戴墨镜穿喇叭裤，也能在街头录音机里听到邓丽君的歌曲。然而，更多的与我年龄相仿的青年都有一种紧迫感和使命感，个个都觉得迎来了学习的好时光，都想抓紧时间，加强学习，补充知识。因为我们这一代人本该读书的时候，没有读到更多的书，下放农村几年耽误了读书的时间。招工回城以后，尤其是走上工作岗位以后，更感到知识不够，需要学习，补充知识。我与我的几位下放招工回来的高中同学，都报考了电大，相互鼓励坚持不脱产继续学习。因此，也有人称那个时候是以梦为马的时候，每个人都把自己的梦想作为展示自己的舞台和前进的动力，我更是有这样的向往和信心。

然而，我觉得欧阳教授似乎没有这种紧迫感和使命感，是他年龄比我大、知识储存丰富的缘故？还是他过了不惑之年、世事洞达的缘故？还是他在机关里时间待得久了，司空见惯了？早晨上班，每天都是我先到办公室，我拖地、打开水、擦桌子、洗茶杯，做好这一切，欧阳教授才来，他也不迟到，掐着钟点走进办公室。进了办公室先泡茶,然后坐下来看报纸。在衣着上,他也没什么变化,仍旧穿着蓝色的中山装,天冷的时候,脖子上要围上一条围巾。他本身瘦,个子高挑,身板挺直。与人说话常常引经据典、不急不慢,一副斯斯文文的样子。欧阳教授给人一种旧学究的感觉,无外乎大家都叫他教授呢。

自从那次藤椅事件以后,欧阳教授没有表现出有什么变化,他好像没有把藤椅这件事放在心上,就像根本没有发生过这件事似的。我倒暗暗为他叫屈,像他在机关工作那么多年了,坐一个藤椅有什么了不起的,非得有官职或职称不可?这是什么时代了,已经改革开放了,厂里还有这样规定?欧阳教授倒好,什么抱怨的话也不说,藤椅拿回去了,他仍然坐木椅子。

那天我将藤椅送回去以后回来,他一如既往地坐在办公桌前看报纸,不看我一眼,也不再提起藤椅的事。我倒一时无语,不知道与他说什么话题好,告诉他我已经将藤椅送回行政科仓库了,这似乎不太好,有此地无银三百两的味道;想安慰他不要为这事生气,但看上去他并没有生气。再说,这话也似乎由不得我说,他毕竟比我年长。不与他说话也不好,我不知道,我将藤椅送回去他是怎么想的。好在我一时无语的时候,二楼财务科一片吵吵嚷嚷的声音,打破了我一时无语的窘状,救了我的驾。

听到吵吵嚷嚷的声音,我和欧阳教授都走到走廊上,伸头朝二楼看。只见财务科宫会计,哭哭啼啼地站在科室门口,两手在胸前不停地舞动,嘴里不断地说,你就是欺负人,你就是欺负人。站在财务科屋里面的好像是她们的财务科长,只听见财务科长解释说,不是那个意思,你自己多心了。组织科王科长听到吵嚷的声音后,马上跑下楼去劝他们。宫会计是个女的,情绪有点激动，声音也有点大。看了一会儿，我和欧阳教授回到办公室，各自坐在自己的办公桌前。刚坐下来，没想到欧阳教授突然问我说，你读过克雷洛夫的寓言吗？

我说，没有读过。事实上，我连克雷洛夫这个名字听也没有听说过，更不用说读过他的著作了。

欧阳教授说，克雷洛夫是俄国作家，也是一位很有名的寓言作家，他曾经写过一篇著名的寓言，名字叫《疙瘩的老处女》。这篇寓言主要说，一位十六岁的少女像花一样盛开，那些男青年都围着她转，这位少女不为所动。到了二十六岁，有的男青年向她示爱，她嫌弃人家个子矮。到了三十六岁时，她又嫌弃人家不富裕。到了四十六岁了，她成了一位疙瘩的老处女，没有人围着她了，也没有人来向她示爱了。欧阳教授说，我不是背后说宫会计的坏话，宫会计今年也四十出头了，到现在还是孤单一人，没有结婚。宫会计可能不是挑剔，不是疙瘩，或许有其他什么原因耽误了婚事。但现状就是这样，她的婚姻就比较困难了，谁会愿意娶一个四十多岁的老处女呢？克雷洛夫写的是一位骄傲自恃老处女的狂妄。我想起了这篇寓言，是想表达一个人要有自知之明。欧阳教授继续说，你刚刚也听到了，她们科长说她多心了，到了这样年龄的老处女都有这样的毛病，担心人家看不起，疑心重，情绪波动大，有时你不是说她的，她也认为是说她的。

欧阳教授与我说得正起劲的时候，我们科长推门走进来，打断了我们的谈话，他对我说，小郭，你到我办公室来一下。说完，转身就走了。我赶紧起身，跟在科长的身后，去了他的办公室。

走进门，科长将门关上以后，轻轻地问我，欧阳教授将行政科里的藤椅搬来了？

我说，他见行政科仓库里放了一把藤椅，以为是多余的没人坐，他就搬回来了。

科长说，他是机关里的老人了，他怎么能这样干呢，你不知道杨科长说得多难听。

我说，欧阳教授说他常年坐办公室腰不好，坐木椅子不舒服。

科长说，他也不是不知道厂里的规定，他还去拿人家的藤椅，让人家说闲话。有职称也行啊，让他评个高级职称，他无动于衷。

我说，他在机关年头那么长了，也应该给他评了。

科长说，他在机关里的年限是够了，但是还要在CN刊号上发表三篇论文才够资格申报呀，他没有报论文。

我说，CN刊号？

科长说，是的，无论是报纸，还是杂志，只要是CN刊号上发表论文就行。

我说，欧阳教授知识面还是很宽的，也能胜任自己的工作。

科长说，是啊，大家都叫他教授，就是对他的认可，可是他没有申报高级职称。申报高级职称也不是什么难事，尤其是政工系统高级政工师的申报，许多人都滥竽充数，抄抄工作总结交上去，当作论文都给评上了，在机关里那么多年了谁谁谁的能力如何，水平如何，我是知道的，不会瞎说的。欧阳教授不说不参评，也不说参评，他就没有一个明确的态度。他要是评上高级职称，早就给他配藤椅了，还需要让他自己去拿，真不知道他是怎么想的。科长对我又说，以后你下车间去的时候，侧面邀邀他，他整天坐在办公室里也不行啊。

欧阳教授确实在办公室里坐的时间多，他不怎么到车间里去。我负责内宣外宣，整天在车间里转悠，我自己还在读电大，还要背书做作业，家里孩子又小，还要忙孩子，整天忙得不可开交，忙得焦头烂额。欧阳教授难得给职工上一次理论辅导课，那也是在教育科教室里。教育科教室在厂部办公楼后面，也不在车间里。

那天，天下着大雨，不能去车间里。我们机关大楼与生产车间隔一条铁路，走过去有一截路，我不想冒雨去车间，于是坐下来看电大的课本，背背要求背诵的古诗。

欧阳教授坐在我的对面，见我不下车间，他说，你今天不到车间里去了？

我说，雨下得太大了，我不想下去。

欧阳教授对我说，说到下雨，我倒想起来了，你有没有注意过，南京这一带人讲话，没有"ü"这个音的，南京人往往将"ü"读成"ǐ"。比如说，窗外下雨，南京人不说下雨，而是说"下蚁"，钓鱼说成"钓宜"，宇宙说成"已奏"。

听欧阳教授说，我觉得很新鲜，我说，我没有注意过，你不说，我还真的不知道。

欧阳教授说，我是南京人，平时我说话你也没有注意过吗？

我说，我没有留心注意这个。

欧阳教授说，凡事都要留心，正像我们读书似的，死读书不行，要留心，书要活读，要举一反三。他又说，我知道你在读电大，你读的什么专业？

我说，汉语言文学。

欧阳教授说，这个专业选得好，与你现在的工作很合拍。最近在学什么内容呢？

我说，目前的课程进度是讲李白的诗。

欧阳教授说，哦，讲李白？你读过《姑孰十咏》吗？

我说，李白的诗《姑孰十咏》我读过。

欧阳教授说，在清康熙四十四年《全唐诗》第一百八十一卷可以找到这首《姑孰十咏》，但是编者附加了一条，说是李赤写的。

我很诧异地说，李赤写的？还有这么一回事？

欧阳教授说，李赤是谁？柳宗元写过《李赤传》：李赤，江湖浪人也。尝曰：吾善为歌诗，诗类李白，故号曰李赤。他崇拜李白所以自诩李赤。

我说，我从来没有听说过李赤，也第一次听你说对《姑孰十咏》作者有质疑。

欧阳教授说，《姑孰十咏》究竟是谁写的待后人去评说，我们也不能妄下结论。对这首诗的作者有质疑不是现在的事，古时候就有人对这首诗的作者开始质疑了。《东坡志林》卷二上有记载：过姑孰堂下，读李白《十咏》，疑其语浅陋不类李白。陆游曾经来过当涂，在他的《入蜀记》卷二中有记载：《十咏》及《归来乎》《笑矣乎》《僧伽歌》《怀素草书歌》太白旧集本无之，宋次道再编贪多务得之过也。苏东坡和陆游他们都认为《姑孰十咏》不是李白所作。李白有一首《望天门山》，《姑孰十咏》里也有一首天门山，前一首气势磅礴，行云流水；而后一首确实"其语浅陋"。你自己将两首诗放在一起读，也能看出一些问题。《姑孰十咏》究竟是谁写的，你好好琢磨琢磨也是很有意思的。

欧阳教授的叙述，仿佛给我上了一课，他知识面的宽广深深感染了我。我在想，他喜欢坐藤椅，当不当得上科长就不说了，人事的问题是极其复杂的。但是申报一个高级职称对他来说并不是一件十分困难的事，因此坐上藤椅对他来说也不是一件十分困难的事。凭他的知识面，随便写点东西，总比那些抄工作总结的人强。怪不得我们科长埋怨说，厂里有许多人申报高级职称，都是抄抄工作总结滥竽充数。欧阳教授是不是不想与这些人为伍？

没过几天，工会干事祝一民真的跑到我们科来找欧阳教授。他对欧阳教授说，你听说了吧？组织科小王评上高级政工师了，他那叫什么论文呢？他把科里的工作总结罗列罗列，署上自己的名字，就是他写的论文了？你是老机关老政工了，你要去说说呀！

欧阳教授说，我跟谁去说？

祝一民说，你可以找公司去说，去反映呀，小王那个人肚子里有多少货，我还能不知道？他哪里够得上高级政工师的水平。他能评上高级政工师，我咽不下这口气，我想我们上不去，他也别想上去，不能让这样的人浑水摸鱼，投机取巧捞便宜。祝一民又对欧阳教授说，你要是不愿意去说，我自己去说。

祝一民走后，欧阳教授对我说，小祝是想让我出面把小王拉下来，他不是说了吗，他自己上不去，也不能让小王上去。我上不了，你也不能上，这事我不想做，人不能自私，我不想做键陀多。

我说，键陀多？

欧阳教授笑笑说，我比喻不一定恰当，键陀多是一个罪大恶极、十分自私的人。

我说，键陀多是一个坏人？

欧阳教授说，键陀多是日本作家芥川龙之介《蜘蛛丝》里的人物。这篇短文是这样讲述的：一天清晨，释迦牟尼在极乐世界莲池边散步，他看到生前罪大恶极的键陀多在地狱的血池中挣扎，想到键陀多在尘世中曾经放生过一只蜘蛛，于是大发慈悲放下去一根蜘蛛丝。正在苦苦挣扎的键陀多，看到从天而降的蜘蛛丝喜出望外，用尽力气沿着蜘蛛丝往上爬，想逃离地狱登上极乐世界。他爬到中途时发现其他罪人尾随其后也往上爬，键陀多愤怒地吼道：这蜘蛛丝是我的，谁让你们爬上来的，下去，快下去。话音刚落，蜘蛛丝断了，键陀多重新坠入地狱的血池中。欧阳教授说，这篇短文很短，其实释迦牟尼放下蜘蛛丝是给键陀多一次再生的机会。然而，键陀多自私本性难改，他只想着自己爬上去，不想别人跟他后面也上去。我说我不想做键陀多，是不想像键陀多那样自私。

欧阳教授讲述很生动，我也听得入迷。我在想，这么多年来，欧阳教授对于申报高级职称既不说不申报，又没有具体行动表现要申报，他莫非是豁达的，游离于体制之外？

说真心话，与欧阳教授在一起工作，他给我留下许多很好的印象和深刻的记忆，可是我们在一起工作的时间并不长，前前后后在一起共事总共才三年多一点时间。那年，上级领导调我到公司以后，我便离开了初轧厂，离开了欧阳教授。最初离开的那几年，我与欧阳教授还有联系，还有来往。

我调到公司调研室以后，主要从事调查研究工作，并负责撰写公司总结，向上级单位汇报的材料和公司大会的会议材料。按照公司领导的要求，每年还要带一些调研课题下厂进行调研。那几年，我几乎每年都有两到三篇文章在冶金工业部和省委刊物上发表。那时，我每发表一篇文章，就想起在厂里时，我们科长对我所说的 CN 刊号，同时也想起欧阳教授。

调到调研室的第二年，我就评上了高级政工师，还提任为调研科长。那一年，冶金部有一个大型调研课题，对企业职工思想政治工作情况进行一次调查摸底，我们公司是部里的一个点，由我具体负责调研，我选点选在了初轧厂。离开厂里才两年，再次回到厂里，觉得还是那么亲切，还是那么熟悉，就像我没有离开过似的。

那天一早我就到了厂里，厂里的人刚刚上班，我走到三楼时，见到欧阳教授从工会那边走过来，组织科王科长迎着他的面走过去。欧阳教授依旧穿着那套蓝色中山装，两年来，他一如既往，一点也没有变。

王科长走到欧阳教授跟前，调侃地问他，你一大清早，不在办公室，到工会去干什么了？说着，伸手就掏欧阳教授的口袋。

欧阳教授马上用手捂住口袋，嘴里连忙说，我能干什么呢，什么也没干。

欧阳教授没来得及捂住口袋，王科长伸手从欧阳教授口袋里掏出两只避孕套。王科长拿到避孕套手还没有扬起来，欧阳教授就从王科长手里夺回了避孕套，重新迅速地放回口袋里，并用手紧紧捂住。

王科长调侃地说，大清早来厂里，别的事情不想，倒想着晚上的好事。

欧阳教授看到我，马上对王科长说，小郭回来了，你不要闹了。

王科长转身看到我，马上微笑着说，真的，是小郭回来了，我以为欧阳教授骗我呢。

听到我回到厂里，我们科长也从办公室走出来，热情地与我打招呼。

在厂里大力支持下,在我们科长和欧阳教授具体协作之下,调研工作很顺利,一个星期就结束了。

结束调研的那天,我们在教育科教室里,将所有的职工答卷装订好以后,欧阳教授跟我说,我们俩在一起共事多年,还没有在一起照过相,我们合个影怎么样?

我说,好啊。

欧阳教授说,我们俩就在教室讲台这里照。

我说,您坐着,我站着。

欧阳教授说,不,不,不,要站我们俩都站着,要坐我们俩都坐着。

正好会议室里有几把藤椅,我搬过来一把藤椅,放在教室的讲台上。我说,欧阳教授你坐着,我站着,您年长嘛。

看到藤椅,欧阳教授有些为难,他说,这样不好吧?

我说,没有事的,您年长应该坐着。

负责照相的是工会祝一民,祝一民对我提议让欧阳教授坐着照,十分赞同。他说,小郭这个提议很好,欧阳教授你就坐着。那天,欧阳教授坐在藤椅上与我合了一张影。

回到公司以后,我很快将调研情况进行整理,撰写了一篇调查报告,题目是《企业部分职工思想状况及分析》。文章的署名为三个人:我,我们科长和欧阳教授。这篇调研报告报到上面去以后,立即引起了冶金部和省委的重视,很快,这篇文章分别在《冶金工业通讯》和《安徽工作》上发表了出来。我将发表这篇文章的刊物,寄给了我们科长和欧阳教授,收到杂志以后,他们十分高兴。没过多久,欧阳教授也通过文件传递的方式,将我与

藤 椅 · 013

他的合影照片寄给我了。照片上的欧阳教授坐在藤椅上，腰板挺直，两眼炯炯看着前方，脸上荡漾着兴奋的笑容，那兴奋笑容我曾经看到过，就是他自己搬回藤椅的那年，他满脸兴奋的样子，如同一个孩子得到了心仪玩具般的兴奋。这张照片我一直珍藏在身边，因为只有从照片中才能看到欧阳教授兴奋幸福的样子，在平时生活中很少看到他这种兴奋的神情。

自那以后，公司淘汰落后、转型发展的步子加快了，我的工作节奏也变得紧张起来，整天忙于向上级汇报材料，撰写公司一些大型会议的材料和公司工作总结，很少有时间再顾及厂里，也与欧阳教授渐渐断了联系。

又过了几年，我记得那是一年夏天，正是午饭后的休息时间，也是一天中最炎热的时候，我正准备在沙发上躺一会儿，欧阳教授突然打电话给我，说有事要找我，而且已经到了公司大门口。我说，那您上楼来，到办公室里来凉快凉快。欧阳教授说，不上去了，就说一件事情，我还要回厂里。听他这么一说，放下电话，我赶紧跑下楼去。

在公司大门口，我见欧阳教授推着自行车站在那里，头上戴了顶草帽，上身穿了一件短袖白衬衫，下身是蓝色长裤子，身板仍然挺直，看上去好像比以前更瘦了。我迎着他，赶紧跑过去。

欧阳教授开门见山地说，我来找你商量一件事的。

我说，什么事，您尽管说。

欧阳教授说，你还记得那年你在我们厂搞调研，写的那篇文章吗？

我说，记得呀！怎么说？

欧阳教授说，那篇文章刊发出来的时候，不是署着我们三个人的名字吗？

我说，是啊。

欧阳教授说，我很快就要退休了，我想申报高级政工师，申报要求要有三篇发表的论文，我已经有两篇了，还缺少一篇，我想用上这一篇。

我说，可以啊，这还用说？这么大热的天您就是为这事特意跑来的？您不跟我说也没有关系呀，本来就有您的名字在上面。

欧阳教授有点面带难色地说，还有，我申报时，必须将你和我们科长的名字遮掉，这样才能算数，否则是通不过的。

我马上说，这有什么关系，就以你一个人的名字报，您还需要其他论文吗？我还有。

欧阳教授说，不要了，就这一篇就行了。你同意了，那我就走了。

看着欧阳教授骑上自行车，他那瘦瘦的背影在我眼前慢慢地变小了，顿时我心里涌起一股酸酸的感觉。更让我酸楚的是，他已经那么大年龄了，眼看就要退休了，突然提出要申报高级职称。我在脑海里闪现过一个念头：欧阳教授是豁达的，游离于体制之外的，如今他怎么突然又想回到体制之内了呢？

欧阳教授来公司找我的时候，我已经是公司高级职称评定委员会的评委了。企业里申报高级职称，公司高评委仅仅是审核通过，通过了再报到省高评委进行评定。高级政工师由省委宣传部牵头负责。那年公司初评时，我看到了欧阳教授申报的材料，那篇《企业部分职工思想状况及分析》文章是复印件，前面两个名字遮掉了，仅有欧阳中立一个人的名字在。欧阳教授的申报在公司审核通过了，为了保险起见，我还特意给省高评委打了招呼。

事隔一年后，我再次接到厂里打来的电话，电话是我们科长给我打来的，他在电话里说，欧阳教授病得很重，看来时日不多了，有时间你来医院看看他吧。放下电话，我就赶到了医院，没想到仅隔一年，欧阳教授病得这么厉害，整个人都脱形了。

　　上一年，他申报高级职称时，为了论文的事还特地到公司找过我，他还骑着自行车，精神抖擞的样子。才一年他怎么就病倒了呢，而且病得这么重。

　　站在病房门口，我们科长对我说，我们很早就让他申报职称了，特别是他那次搬回藤椅以后，我从侧面也提醒过他，他一直没把评职称的事放在心上，也不知道他是怎么想的。去年夏天时候，申报工作又开始了，他突然提出来要申报，我还高兴得不得了，我说你申报呀。他去年申报，批下来也在今年了，今年他就要退休了，我心里想，在退休前能批下来也是件好事啊。我积极支持他申报。就在上个月，正式文件到了厂里，他评上了高级政工师职称。按照厂里的规定，厂行政科给他配了藤椅。行政科杨科长亲自将藤椅搬到他的办公室，还对欧阳教授说，那年，你将藤椅搬来，我让你将藤椅送回去，因为那是厂里的规定。今天你评上高级职称了，我将藤椅给你送过来，这也是厂里的规定，你能评上高级职称，我们都为你高兴。

　　我们科长继续说，那天，欧阳教授看着藤椅并没有表现出异常的高兴，他只是盯着藤椅看了许久，然后他才将自己的木椅子搬开，换上了藤椅。我们没有想到的是，欧阳教授刚刚坐上藤椅，脸色马上就变了，没过一会儿，还出现了喘气喘不上来的症状，整个人身体都软了，瘫倒在藤椅上。当时在场的人都吃惊地看着他，还是行政科杨科长有经验，他说，赶快叫医务室的人上来，欧阳教授好像病了。医务室里的人上来后，才匆匆忙忙将他送到了医院里。

我们科长说，下个月欧阳教授就要退休了，到医院这二十多天来，一直没见他好转，今天他显得特别烦躁，而且还有点反常，所以我才打电话给你。

我们科长推开病房的门，我们走到欧阳教授的病床跟前，欧阳教授看到我，眼睛直盯着我看，嘴里说不出话，仅仅发出一个单音，好像是"ī"的声音。我立即联想到，欧阳教授跟我说过的，他是南京人，南京人不会发"ū"的声音，往往将"ū"发成"ī"。看到我，欧阳教授好像更加激动，嘴里不停地发出"ī""ī""ī"的声音。我猜想他是不是想说藤椅？他嘴里老是椅呀椅的。于是，我弯下腰、低着头凑到他的耳边说，您是说您的藤椅是吗？是藤椅吗？说到藤椅，欧阳教授马上平静下来。我们科长也凑过去问欧阳教授，你说的是藤椅吗？欧阳教授微微点了下头。

我说，欧阳教授是想看看他的藤椅。

我们科长说，赶紧给行政科打电话，让他们将藤椅送到病房里来。

工会祝一民说，不用打电话让他们送了，我的车就在楼下，我去厂里取吧。说着，他急匆匆地冲出病房。没有一会儿，祝一民就将藤椅搬了来。大家将藤椅放在欧阳教授的病床边，我们科长说，欧阳教授，你的藤椅给你搬来了，你看看。欧阳教授睁开眼睛，侧过脸看着病床边的藤椅，眼睛里有了异样的光，脸上也有了些浅浅的兴奋。这个兴奋我是熟悉的，如同一个孩子得到了心仪玩具般的兴奋。

藤 椅 · 017

欧阳教授看了看，然后伸了伸手。我们科长说，他是不是想用手摸一摸？于是祝一民将藤椅紧紧贴在病床边上，我将欧阳教授的手轻轻扶过来，放在藤椅的扶手上。欧阳教授的手在藤椅扶手上用了点力，身子也朝前倾了倾。

欧阳教授的儿子在旁边说，他可能想起来在藤椅上坐坐。

我们科长说，能不能扶他起来？要不要先问问医生？

欧阳教授的儿子说，扶他起来，我们动作轻点，扶起来看看吧。

欧阳教授的儿子和我们科长轻轻地扶着欧阳教授起来。欧阳教授的儿子抱起欧阳教授，轻轻将他放在藤椅上坐着。

欧阳教授坐在了藤椅上，他直了直身子，抬起头，眼睛向前看。看到欧阳教授的这个样子，我仿佛看到了我与他合影的那张照片上，欧阳教授坐着的样子。

欧阳教授在藤椅上坐了一会儿，大家怕他坐的时间长了，累着他，于是大家伸手想将欧阳教授扶起来。在扶起欧阳教授的时候，大家明显地感受到欧阳教授的手抓住藤椅的扶手不愿松开。欧阳教授的儿子说，就让他再坐一会儿吧。大家又收回手，让欧阳教授继续在藤椅上坐着。

又过了一会儿，大家发现坐在藤椅上的欧阳教授慢慢地闭上了眼睛。自那以后，欧阳教授再也没有睁开过眼睛，再也没有醒来。

2019 年 4 月 4 日于北京

车间人物

张凯林

窗外的风紧一阵歇一阵,树上的叶子像小蝴蝶似的,在风的吹拂下纷纷往下落,不时又被风卷起来,在空中上下翻飞。天气转凉了。

车间工会干事张凯林早上起床,先将脸贴在玻璃窗上往外看,看见强劲的秋风横扫着地上落叶的景象,他想天气预报真准,说降温就降温了,于是他自觉地多加了一件衣服。吃完早饭,他推着自行车走出家门。刚打开家门,一阵风像只急速奔跑的兔子直往他的怀里钻,张凯林下意识地将衣领裹裹紧,往上提了提,骑上自行车迎着寒风往厂里去了。

提前到厂里,这已是张凯林多年的老习惯了,几十年来始终如一,痴心不改。在轧钢车间当轧钢班班长的时候他就是这样,提前来到厂里,提前来到2号台轧钢操作室。走进操作室,他要先看看上一班的作业报表,再看看加热炉里正在加热的钢坯块数和加热的时间。掌握了这些,他便掌握了当班工作时间和工作量的分配计划。了解了这些情况,他才到休息室换衣服,换上工作服,戴好安全帽,再走到轧机旁边,查看轧机的工作状态和轧辊的运行状态,然后才去淘米蒸饭。那时工人上班都是自己带饭盒、带米蒸饭。淘好米,他将饭盒送到蒸饭箱,打好开水,才再次走进轧钢操作室,等待交接班。

从轧钢班调到车间任车间工会干事以后,他还是坚持自己多年的老习惯,提前来到厂里,来到车间工会。他爱人曾经嘲笑他说,你那么早跑到车间里,车间里会有人吗?人家不会笑话你是疯子吧!听到这些,张凯林不吱声只是笑笑。事实确实像爱人所说的那样,每天早晨除了值班的以外,他总是第一个到车间,比车间主任来得还要早。不知为什么,每天早晨吃完早饭以后,他就牵挂着厂里,就要往厂里去,这好像是他的生活定律一样。

张凯林骑着自行车,在寒风中行进。他胯下的这部自行车,跟随他也已经三十年了。这是一部上海永久牌自行车,自从跟随了张凯林,它像一个忠实的老伙伴似的与张凯林不离不弃。无论是提前到厂里,还是对自行车的养护,都突出反映了张凯林的一个性格特征:做事严谨认真。不认真,不严谨,能坚持三十年提前到厂里吗?骑了三十年的自行车还能骑吗?

从轧钢班调到车间工会那会儿,他还有点不习惯。在轧钢班当轧钢工的时候,他操作台走走,轧机旁看看,他觉得工作有规律,心里踏实,日子过得充实,生活有乐趣。到了车间工会以后,虽然有了自己的办公桌——一张木质的枣红色的旧办公桌,但是他不知道要干什么,工作失去了规律。是先扫地还是先去打开水,是打了开水再淘米蒸饭,还是淘米蒸饭同时去做?总之,没有定律，心里不踏实。这里没有报表，耳边没有隆隆的轧机声，眼前没有红钢通过。这里只有办公桌、椅子、报架和一堆杂物，一切都是静悄悄、冷冰冰的，没有生机。他站在自己办公桌前发愣，他突然想到这张办公桌不知多少人坐过了，此刻轮到自己坐，也算是一种缘分吧。这种淡淡的想法，像一颗轻盈的流星，在张凯林的心底划过，便远远地离去，无影无踪了。

张凯林快满五十岁了，工作时间不多了，为大家服务的时间也不多了。他知道自己不能在二号操作台工作一辈子，不能一辈子当轧钢工三班倒。调到工会来工作，也是车间里的领导关心他、照顾他、爱护他。他是一个性格耿直、做事认真、办事谨慎的人，也是一个知恩图报的人。到了车间工会工作以后，他很快调整了心态，摆正了位置，也看到了眼前的工作。他把办公室彻底清扫了一遍，将杂物有秩序归类重新摆放好，将每张办公桌上的东西，整整齐齐地叠放好，将报架上的旧报纸取下，换上当天的报纸，办公室顿时面貌大改，焕然一新。

在车间工会里，张凯林负责车间工人业余体育活动，协助车间主任安排工人的疗养。车间里的一些公共物品也由他保管，譬如工人劳保物品的发放，车间里配备的公务活动所用的香烟等。张凯林是抽香烟的，他平时都是抽一个牌子：黄南京。车间主任将车间里的备用香烟（用于工人出工伤接待、外地来人交流座谈用烟等）交给张凯林保管时，张凯林接过来一看，心里咯噔了一下：从主任手上接过的香烟，牌子正是黄南京。他在心里想，以后我不能抽黄南京这个牌子的香烟了，否则公私香烟混在一起，别人还以为我沾了公家的便宜呢。于是他断然换了一个牌子：红南京。

张凯林从轧钢班调走以后，班里的同志还时时惦记他。那天白班放了一班高产后，接任他的班长犒劳班里的人，特地邀请老班长张凯林一起参加。张凯林接到邀请十分高兴，下了班以后，随他们一起走进了小酒店。在席间张凯林掏自己的红南京香烟分给大家，这一点小小的异常却被眼神犀利的肖琳发现了。

肖琳是轧钢班唯一的女工，她性格外向，大胆活泼，是班里的开心宝。她说，老班长，你到车间以后，怎么抽烟掉了一个档次啦？过去你只认一个牌子抽黄南京的，现在怎么抽起红南京了？她这么一说，大家才发现了情况，都用狐疑的眼光看着他。张凯林坦率地说，车间里让我保管的公用香烟是黄南京，如果我再抽黄南京香烟，我怕公私不分说不清楚，所以我改抽红南京了。听了张凯林的话，有的说，谁会在意这些去说你呀？有的说，是你的就是你的，怕人家说干什么？张凯林认真地说，我不抽不是更好吗？有人给我一包香烟，我看是黄南京，我就不要了。我这样做，就是不想让人说闲话。肖琳更直爽，她说，老班长，你总是考虑别人怎么样怎么样，你活得累不累呀？张凯林只是笑，仍旧将红南京分给大家抽。

要说累，张凯林确实感到在工会工作有点累，那不是体力的累，是心累。有一次，他十分要好的同学给他打电话。他同学在电话里跟他说，凯林老同学，你那工会里有旧篮球吧？你给我一只，我那淘气的儿子为了篮球和同学差一点打起来了，他把人家篮球踢到河里去了。同学找他赔，不赔就要揍他。你帮我找一个，谢谢啊！张凯林想了想说，好啊，明天下午下班的时候，你在路边等我，我给你带过去。放下电话，张凯林在心里说，公家的东西怎么能随便给人呢？下了班，他自己掏腰包在商店里给同学买了一只新篮球。第二天，张凯林下班后在路边等候同学。同学来了，看见他手里拿了一只新篮球。同学说，我只要旧的就行了，你拿一个新的干什么？张凯林说，你拿去给你儿子吧，儿子的事是大事。这件事情过去好几年了，至今他也没有对任何人说过，他给同学的篮球是自己买的。

顶着寒风，张凯林骑到了厂里，他将自行车推到车棚里锁起来，才到车间工会去。在车间工会工作几年了，张凯林也习惯了。二号操作台就是轧钢，与设备打交道，每天工作是不变的。工会就不行了，每天的工作都不一样，工人出了工伤，要跑现场，跑医院；厂里组织文娱活动，工会也得冲到最前面。

现在天气渐渐冷了，接近年关了，厂里给职工发放的福利也多了起来。这天厂里给职工发鸡蛋，张凯林前几天已经做好了准备，事先通知大家准备好盛鸡蛋的东西，到时到车间里来领。原先是上午就能发的，可能是车在路上耽搁了，送鸡蛋的车到下午才到厂里。

好在张凯林事先通知过了，大家都做了准备，有带了纸盒的，有带了篮子的。张凯林将整箱的鸡蛋从厂里领回来，然后分给大家。下了班工人拿了备好的东西到车间来领。肖琳手里拿的是一只自己用塑料包装袋编织的小花篮，白色塑料包装袋中间夹了两道蓝边，很醒目，也很好看。张凯林说，肖琳这只篮子好漂亮。肖琳说，是我妈自己编的。张凯林说，你妈手真巧。说着让工作人员给肖琳数鸡蛋，60个，正好一篮子。张凯林对肖琳说，正好60个，你自己再数数。肖琳大大方方调侃地说，不用数了，你办事我放心。说完，拎着鸡蛋高高兴兴地走了。

下班的时候，早上刮起的寒风没有一点减弱的意思。张凯林骑着自行车，路过公交站台的时候，看到在寒风中的站台上有一个熟悉的影子。定眼一看，是肖琳拎着那只漂亮的塑料袋编织的小花篮，里面盛着刚刚发的鸡蛋。张凯林停下来，走近站台对肖琳说，你在等车吗？肖琳满脸愁云，提提手里的花篮说，我都等了好几趟了，人多挤不上，我怕鸡蛋给挤碎了。

张凯林说，我帮你拿着，你挤公交，我骑自行车。到那边站台上会合，你先到的话等我，我先到的话等你。

肖琳脸上马上飞过一片云彩，她十分高兴地说，那太好了！说着将手里的小花篮递给了张凯林。

张凯林的家与肖琳的家同一个方向，张凯林的家比肖琳的家还要远一站路。张凯林回家必须经过肖琳所住的地方。正说着，公交车来了，张凯林拎着鸡蛋看着肖琳挤上了公交车。张凯林对肖琳说，鸡蛋我拎着，你放心吧！下了车以后，你在站台上等我一下，我慢慢骑，一会儿就到。

肖琳先下了车，她站在寒冷的站台上等张凯林。没一会儿，她看见张凯林拎着鸡蛋篮子，小心翼翼地骑着车子过来了。等他看到肖琳已经站在站台上的时候，他下意识加大了脚上的力量，车速也明显地快了些。骑到公交站台的时候，张凯林额头上已经渗出了微微细汗。

他将手里的篮子递给肖琳。肖琳高兴地说，今天太谢谢你了！要不是你帮我拿着，我真不知道什么时候才能到家呢！

张凯林笑笑说，不用谢！正好顺便嘛！说完，张凯林骑着车子就要走，刚骑上车子的张凯林突然又停下来，转过身露出怕人怀疑的目光，十分坚定地对肖琳说，篮子里的鸡蛋我没有动过，你数数看，应该不会少的。

听到张凯林的话，肖琳愣了一下，她马上调侃地笑笑说，老班长真会开玩笑，我还会怀疑您拿鸡蛋吗？张凯林认真地说，我说的是真的，篮子里的鸡蛋我没有动过。说完才骑上自行车走了。

看着张凯林在寒风中骑着自行车渐渐远去的背影，肖琳在心里想，他怎么会这样想呢？

王保良

王保良已经走出了家门，他爱人追到门口对他说，我看你呀，还是抽空去配一副眼镜吧！王保良回过头对她说，知道了，外面起风了，有点冷，不要冻着，你快回屋里。配眼镜的事再说吧，我上班去了。

王保良是车间文书，在车间里负责写写画画，贴贴宣传标语，出出黑板报，写写车间里的通讯报道稿。王保良刚三十出头，年轻帅气。他身材瘦条条的，个子高高的，皮肤白白的，眼睛大大的。在车间里工作认真，为人谦和，平时话也不多。是一个厚道老实、肯干实事、不多事的人。他唯一的缺憾是眼睛近视。由于眼睛近视，他连自行车也不敢骑，上下班都是挤公交车。春秋两季气候宜人的时候，他都是甩腿走路到车间里。他住在工人新村。过去工人在这里，都是住在茅草棚里，现在将茅草棚撤掉了，盖起了砖瓦平房，清一色的红砖墙，黑瓦顶，住房条件和居住环境有了很大的改观。王保良刚刚结婚就能分到这样的房子，是厂里对他的特别照顾。房子面积虽小，只有里外两间，但是离厂区不是太远，乘公交车上班也方便，从家里出来，走十来分钟就到公交站了，再乘六站路就到厂门口了。走路去厂里，王保良快步走45分钟也就到了。

最早知道自己眼睛近视，是在上初三的时候。有一天上数学课，老师在黑板上一边写，一边念：圆O的半径为4cm，圆P的半径为1cm，若圆P与圆O相切，则O、P两点的距离是多少？老师写了四个答案：A等于3cm；B等于5cm；C等于3cm或5cm；D介于3cm与5cm之间。写完之后老师转过身，他发现其他同学都十分认真地看着黑板听老师在讲课，而王保良却和同桌同学在小声地讲话。老师说，王保良同学，你说说应该选择哪一项呀？王保良窘迫地从座位上站起来，他根本看不清老师在黑板上写的字。再说他又没有听老师讲课，他哪里知道选哪一项呢？老师用黑板擦敲敲黑板，示意他看黑板上的四个选项。王保良尽量将脖子伸得长一些，眼睛睁得大一些，他还是看不清黑板上的字。他只好对老师说，黑板上的字，我看不清楚。老师说，你往前走两步看看。王保良离开座位，朝黑板跟前走了两步。老师说，黑板上的字能看清楚啦？王保良说，看见了。老师说，你选择哪一项？王保良睁着眼睛看着黑板说不出来。老师说，你眼睛近视呀，你回到座位上去吧！

眼睛近视，确实给生活中的王保良带来了许多尴尬，就在昨天傍晚下班回来，走到工人新村快到家门口的时候，他碰到的一件事情就十分尴尬。

他所住的工人新村，是一排排整齐的小平房。那时每家都没有厕所，没有自来水。厕所和自来水池都是公用的。每一排小平房两头顶端的路边，都有一个自来水池。每一个人要想回家，必须先经过自来水池。昨天下班他走到自来水池边的时候，他看见迎面走过来的一个人，很像是自己的岳父，他怕认错人，于是有意放慢了脚步，等那个人快贴近自己的时候，他一看确实是自己的岳父，于是他走上前喊，爸，今天你也这么早就下班啦？那人侧了一下头说了一句，王保良没有听清说的什么话。这时后面又跟上来两个人，与那个人并肩在一起说话，朝前走去了，没有理会王保良。王保良在心里想，这是怎么回事？他不高兴了吗？

走到家里，他狐疑地对爱人说，你爸刚刚来过了？爱人说，我爸？我爸不是去合肥了吗？明天才能回来呢。王保良这时才想起那人刚才说的话，当时他没有听清，现在想起来好像说的是：谁是你爸呀！爱人说，你怎么突然问起我爸来了？王保良老老实实地说，我刚才认错人了，把一个人当成你爸了，我喊了他一声，那人说，谁是你爸呀，弄得我好尴尬哟。爱人说，你这眼睛呀，我不是说让你配一副眼镜嘛！

所以王保良早上出门上班时，他爱人还叮嘱他，有时间去配一副眼镜。

王保良不愿意戴眼镜，他怕别人笑话他，说闲话。有些人戴着眼镜，胸前口袋里别着一支钢笔，一副文质彬彬的样子。看到这个样子，王保良就有些别扭，心里也接受不了。那时王保良刚进厂不久，是个求学上进的小青年，只有认认真真工作的份，哪敢在别人面前摆样子？他怕自己戴了眼镜，人家说他装斯文。所以尽管自己近视，在现实生活中遇到了一些尴尬的事情，他还是不太情愿配眼镜。

走到厂里，王保良把米淘好，送到蒸饭箱里后，他才去车间。车间在轧线的西面，他从东门走进厂房，进了厂房左边是主

车间人物 · *027*

电室，右边是加热炉台，前面是轧线，轧线上架了一座栈桥。王保良每天必须要走过栈桥，穿过轧机作业区，才能到车间里，这是他到车间里最便捷、最好走的路。

到了车间里，王保良换好工作服，再去打开水。他拎起两只水瓶正要去打水，与自己同在一间办公室的陈小虎，领着一位年轻的姑娘走过来。他说，王师傅，今天你就不要去打水了，让小胡去打吧。说着，陈小虎将王保良手里的水瓶接过来，递给了小胡，并对小胡说，这是我们车间里的文书王保良王师傅，王师傅可是我们车间里的笔杆子、大才子呀。小胡大大方方地说，王师傅好。陈小虎对小胡说，你去打水，打水的老虎灶你知道吗？小胡说，知道，在班组里也是我去打水的。说完带着满脸的笑意打水去了。王保良说，这是谁呀？陈小虎说，轧钢班的报号员，临时从班组里将她借来的，厂劳资科不是要工人登记资料嘛，要得又比较急，抽她上来帮我整理整理工人登记卡。王保良说，她长得好漂亮哟！我以为是你新交的女朋友呢！陈小虎说，你瞎说什么，这怎么可能呢？王保良说，我说的是真心话，你要是真心喜欢她，这又有什么不可能的呢？陈小虎说，王保良，你越说越来劲了。说着，就用手掏王保良的胳肢窝。王保良一边躲闪，一边说，好，好，好，我不说了，我要去干活了。说着拿着粉笔盒，走到轧机旁，去写黑板报了。

在厂里各车间相互评比中，大家公认王保良出的黑板报质量是最好的，每次评比都是第一。他出的黑板报内容新颖、版式别致，除了厂里要求的产量、质量、安全目标以外，其他内容都是他自己到班组采写的身边的人物和身边的事情，他把它编成小故事，登在黑板报上，很受车间工人的欢迎。再加上他会编排，这里是横标题，那里是竖标题，再插个图，整个黑板报版面图文并茂，错落有致，很是好看。

出好黑板报，王保良只顾仔细端详黑板报，看看还有没有错误的地方和需要修改的地方，他没有注意厂长已经走到了黑板报跟前。厂长向他挥挥手跟他打招呼，王保良一点反应也没有。再走近一点，厂长夸奖他说，黑板报出得不错，小伙子字也写得很好嘛！王保良听到了说话声，他抬头看了看，他没有注意厂长就在他左侧，他朝右看了看，他哪能看到厂长呢！王保良收拾好粉笔盒，就回车间里去了。厂长站在黑板报前，看着离去的王保良，没有再说话。

回到车间办公室门前时，他看见陈小虎与小胡他们俩坐在里面，有说有笑，卿卿我我的样子，他把粉笔放在办公室门口的窗台上，没有走进办公室。正好是吃午饭的时间，王保良从蒸饭箱里取上饭盒，就往食堂去了。那时厂里给高温岗位上班的工人免费供应一份高温汤，说是高温汤，其实就是凭高温票打一份菜。所以王保良每天只蒸饭，不带菜。

吃好饭，回到车间，陈小虎和小胡他们俩已经不在了，可能也去吃饭了。王保良刚刚坐下，车间主任走进来，看看屋里没有其他人，便说，今天你看到厂长了？王保良说，没有呀？主任说，我刚才去厂部开会，散会的时候，厂长将我留下来说，他在车间黑板报前跟你打招呼，你没有理睬他。王保良心里乱了，他着急地说，没有哇，我没有看到厂长，我怎么会不理睬他呢？主任说，可能你是没看到他，但他确实在黑板报跟前跟你打了招呼，还同你说话，你都没有搭理他。厂长问我，这小伙子人怎么样，不会是清高吧！王保良着急地说，看到厂长，我怎么会不搭

车间人物 · 029

理他呢？我确实没有看到。主任说，你不要着急，我已经跟厂长解释过了，我说你很厚道，加上眼睛近视，可能没有在意。王保良委屈地说，我确实没有看到他。主任说，有机会，抽个时间你和厂长好好解释解释，厂长很看重你呢！

为了这件事，整个一下午，王保良心事重重，一直没有平静下来，他不知道怎么跟厂长去解释。他在心里说，我连眼镜都不愿意戴，怕人家说我装斯文，我还敢不搭理厂长吗？

下班回到家里，想起厂长的这件事，心里还是不好受。晚上他和爱人说起这件事。他爱人安慰他说，你想想也是啊，你碰到熟人不打招呼，别人肯定认为你清高，别说人家跟你打招呼你不搭理人家，那人家还不更怀疑你自命清高。但是人家知道你不是有意的，知道缘由以后，人家还是会谅解你的，你不要往心里去，过去的事情，就让它过去。明天休息，我陪你一起去配一副眼镜，省得以后再遇到这样尴尬的事。

第二天，王保良和爱人一起来到眼镜店，先验光，再量两眼孔距，再选眼镜。王保良选了一副无框眼镜，这种眼镜戴在眼睛上并不过分，也不显得夸张。有框的眼镜总给人一种厚重、炫耀的感觉。眼镜配好以后，王保良拿在手里，他看到镜片厚厚的，厚厚镜片里显现出一圈一圈的印痕。看到这一圈圈印痕，他就想起了乡下的石磨。他想，戴上这个石磨样的镜片，就能解决问题啦？爱人说，你戴上试试看。王保良戴上眼镜，看到站在自己面前的爱人，心情一下子乱了，他在心里大声喊，我的妈呀！怎么会这个样子啊？他马上摘下眼镜，眼前的爱人还是原来的爱人，面部油光油光的，眼睛大大的，水灵灵的。看到王保良摘下眼镜，他爱人说，你怎么啦？怎么又摘下来了？新配的眼镜要戴一会儿才能适应的,起初可能不适应,你先看近处,待慢慢适应了,再往远处看看,你戴上再试试。王保良再次戴上眼镜,面前的爱人马上又变了,油光油光的脸面没有了,变得十分粗糙,汗毛孔也能清晰地看到;水灵灵的大眼睛没有了,可以清晰地看到眼角上的鱼尾纹;鼻梁边还有许多雀斑。他在心里想,这就是我的爱人?她怎么会是这个样子啊?这是王保良结婚一年以来,从来没有看到过的景象。

王保良所看到的景象他当然不能说,但是他心里清楚,这副眼镜实际上是一副魔镜,戴上它原有的景物在自己的眼里可以发生变化。王保良摘下眼镜对爱人说,蛮好的,戴着眼镜能看得清楚了。爱人说,能看清楚就好,你就戴一会儿,不要摘下来。于是王保良戴着眼镜走出眼镜店,没有再摘下来。

戴着眼镜走路王保良还是第一次,他小心翼翼地走在街上,仿佛走进了陌生的世界。街上的人群熙熙攘攘的,像潮水般地涌过来涌过去,原来看不到的东西,现在看到了。原来不愿看到的东西,现在也看到了。他看见一位男士裤子的拉链没有拉上,他看到一位女士胸前上衣的一颗纽扣掉了,他还看到了路边有许多污秽的纸屑和废弃的塑料袋。他摘下眼镜,王保良又回到了自己原有的世界,眼前的一切都是朦朦胧胧的,人影绰绰,流光溢彩。他觉得还是不戴眼镜好。

配了眼镜以后,在车间里王保良一般也是不戴的,他将眼镜装在口袋里。有的时候,没有事了他才将眼镜拿出来戴一戴,看看车间里的景物,或看看车间里的人。有一天,他悄悄地戴上眼镜看小胡。戴上眼镜看小胡,小胡也不是那么漂亮了,他看到她脸上的汗毛孔,还看到她鼻子旁边的一颗黑痣。他戴着眼镜还偷偷地看过车间主任,发现车间主任的鼻梁是塌的,两只眼睛也不一样,一只大,一只小。他还看到自己坐的办公桌桌面,上面划过一道道痕迹,桌面上有许多污渍,破裂的地方还藏匿着许多油污。看到这些他心里就不舒服,连趴在桌子上写字都不敢了。他把眼镜摘下来,一切都回归到原来,小胡也是第一眼看到的那么漂亮。

王保良心里很矛盾,不戴眼镜吧,会闹出许多尴尬的事情,戴上眼镜吧,又看到许多不想看到的东西。人为什么非要看得那么清楚呢,朦胧一些不是更好吗?

这天,王保良出黑板报,出好黑板报,他戴上眼镜仔细察看有没有错误。戴上眼镜黑板马上发生了变化,黑板板面坑坑洼洼的,有的地方都裂开了。他摘下眼镜再看,黑板平平整整的,没有什么缺陷。再戴上眼镜,又看见了黑板上破裂的地方。他站在黑板面前发愣。

他所做的这一切,都被厂长看到了。厂长走过来说,又出黑板报啦?王保良这下看见了厂长,连忙说,你好,厂长。厂长看到王保良刚刚的举动,再看看他眼睛上戴着厚厚的一圈又一圈的镜片,他说,你眼睛近视还蛮厉害的?王保良赧然地说,眼睛有点近视,上次您来,不好意思,我没有看见。厂长坦然地说,没什么,没什么,我还不知道你眼睛这么近视呢!和厂长说过这些话,王保良心情好多了,就像打开了一扇很久没有开启过的窗户,顿时亮堂了许多。

说完话,王保良拿着粉笔盒回车间,厂长也跟着王保良往车间走。厂长每天都要到各个车间转一转,看一看。他们俩走到办公室门口,王保良推门想让厂长到办公室里坐坐。刚推开门,他和厂长同时看到了陈小虎和小胡他们两个人站在窗子跟前。王保良本来扬起的手是招呼厂长进来的,当看到他们俩时,不知怎么扬起的手将眼睛上的眼镜碰到地上打碎了。

看到眼前的情景,厂长怒气冲冲地说了一句话:像什么话!说完就走了,也没有到车间主任办公室去。王保良一时不知所措,弯腰捡起碎了的眼镜。

事后,主任问王保良,你看见陈小虎和小胡两个人在亲嘴吗?王保良说,我没有看清。主任说,厂长说了,是你们俩一起看到的。我问过陈小虎,陈小虎说,小胡眼里进了点灰,他是帮小胡在吹灰。我也问过小胡,小胡一个劲就是哭,哭有什么用呢?我已经让小胡先回班组去了。

王保良对主任坦率地说,那天我的眼镜掉到地上摔碎了,我真的没有看清楚。

石俊川

石俊川是轧钢班轧机压下工,他被临时抽调到车间护厂队里值班。一夜守候下来,他也有些困倦了。白班上班的人来接班,就是石俊川下班的时候。

他回到班组休息室,打开橱柜换衣服。他先脱去身上的工作服,再脱掉裤子,脱得只剩下一条裤衩了,取上肥皂和毛巾,到浴室去洗澡。厂里下夜班的工人,去浴室洗澡大都是这个样子,穿着小裤衩,趿着拖鞋,手里夹着换洗的衣服,拿着肥皂和毛巾往澡堂去。有的身体强壮的年轻工人,深秋天气冷了,还是这种装束去澡堂。

走到路上，来上班的轧钢班班长迎面朝他走过来，班长关切地问他说，昨天晚上怎么样？逮到"铁耗子"了吗？石俊川摇摇头说，没有，"铁耗子"连个鬼影子都没有。班长显得有些失望，自言自语地说，这是怎么回事，"铁耗子"没有来？班长愣了一下，然后对石俊川说，你快去洗澡吧。

"铁耗子"到车间里来偷钢坯切头，是车间里最头疼的事情，也是厂里最棘手的事情。轧钢车间三号台剪切下来的钢坯切头，厂里有规定要回收送到炼钢厂去回炉的。轧钢车间三班运转，每个班生产都会产生一批钢坯切头，堆在那里由专用卡车拉到炼钢厂。但是每天生产堆在那里的钢坯切头，还没有来得及送到炼钢厂，便像被"耗子"偷食似的偷盗走了。说是偷盗，其实是哄抢。"铁耗子"无时不在，白班的时候稍微收敛一些，到了夜间，尤其是到了下半夜，"铁耗子"不是一两个，而是三五个，或是七八个成群结队地来。因此厂里每年都要损失许多资源，流失巨额资金。为了打击"铁耗子"的偷窃，厂里让车间组织了护厂队，选中石俊川参加护厂队，也是一件十分偶然的事。

石俊川相貌一般，长得也不高大，不魁梧，不强壮。他中等个子，身材匀称，不胖也不瘦，看上去和普通人没有什么两样。所不同的是，石俊川两眼有神，看东西有老鹰那样的神情，动作十分敏捷，身轻如燕，转身跳跃比猴子还要灵敏。起初，车间里的人并不知道石俊川有鹰的神情，猴的灵敏，虎的力量，是因为班上有人与他打闹开玩笑，石俊川失手将工友肋骨打断了两根，大家才发现了他身手不凡。

那是石俊川从部队转业被分配到轧钢厂，上班约三个月的时候。三个月下来，石俊川与班级的工友也相互认识了，相互熟悉了。石俊川性格爽朗，为人直率，与班组里的工友们相处得比较好，平时相互间也开开玩笑，斗斗嘴，取取乐子。一天，因炼钢厂转炉出现了故障，红锭送不过来，加热炉里装了冷锭，加热时间需要六个小时。车间里利用这段停机待料的空隙时间，进行轧辊检修。2号台的轧机压下工和翻钢工，全部走出操作台，参加轧机检修工作。2号台压下工小翁是个喜宝子，生性乐观开朗，喜欢开玩笑。他看见石俊川傻傻地站在那里盯着巨大的轧辊看，于是用手指抹了一点机油，想从石俊川背后把机油抹到他的脸上。小翁悄悄地走到石俊川的背后，刚把手指伸出去，石俊川下意识地发现有一个东西从他右耳边上伸过来，他本能地快捷地伸出左手往右肩上一搭，顺势一个飞转身。小翁还没来得及反应，他已经被重重地摔倒在地上了。石俊川的动作快捷舒展、干净利落、强劲有力，小翁从石俊川背后飞起来，再落到地上的弧度也十分漂亮，在场的人都看呆了。

　　小翁躺在地上，自己不能起来，胸部隐隐有些疼痛。石俊川和工友一起将小翁送到医院里，到医院里一检查，小翁左胸两根肋骨断了。石俊川十分内疚，躺在病床上的小翁，并不怪罪他，还和他开玩笑说，你是怎么以迅雷不及掩耳之势，轻而易举地将我打翻在地的？你是不是身怀绝技呀？

　　石俊川用手紧紧握住小翁的手，以手上的力量表示自己的歉意。石俊川坦诚地对小翁说，离开部队回到了家乡，尤其是与人事局的同志在一起出了那次事之后，我就下定决心，注意收敛自己，不要出手太快，出手太重，伤了别人。没想到，自己到了厂里时间不长老毛病又犯了，不小心将你伤害了，我真不是故意的，我心里很难过。小翁安慰他，笑笑对他说，这没有什么，你不要往心里去，过两天等我好了，你得教我几招啊！

事后，车间主任找他谈话，班组里的人才知道，石俊川原来是部队里的特警战士，专门从事擒拿格斗的，他具有刁、拿、锁、扣、板、点、缠、切、拧、挫、旋、卷、封、闭等招法，进行擒伏与解脱，控制与反控制，并具有采用反关节动作和集中力量攻击对方薄弱之处的能力。击倒一点防备意识都没有的小翁，对于石俊川来说，真可谓举手之劳，易如反掌，不费吹灰之力。

车间主任说，你说你与人事局的人出的那次事，是怎么回事呀？石俊川红着脸说，那次事件真不好意思说。然而，说起那次事件，那时的景象便在石俊川记忆里复活了。

石俊川从部队退役回到市里，他的同学很热心，他认识市民政局和人事局的人，便提议将民政局和人事局的领导请出来在一起坐坐，希望在工作分配上请他们关照关照。石俊川的同学联系好民政局和人事局的人，安排在周末的晚上，酒店选在了古色古香的龙川徽府。

石俊川与他的同学穿戴整齐地站在酒店门口迎候民政局和人事局的同志。石俊川的同学人缘比较好，他出面邀请的人事局的局长、两位副局长，办公室主任和民政局的人都来了。石俊川看来了这么多领导，心里十分感激，也十分高兴，十分兴奋。

客人到齐后就入席了，坐下来，斟满酒。石俊川的同学站起来将石俊川介绍给大家，也将在座的各位介绍给石俊川。石俊川的同学说，感谢大家肯来赏光，我也代表我的同学石俊川，感谢大家的光临，先敬大家一杯酒。石俊川站起来，举起酒杯表示敬意。说完，他们俩仰起脖子将酒喝干了。

石俊川本身不能喝酒，几杯酒喝下去，明显有些喝多了，菜还没有上齐,话也没有讲多少,酒倒是喝下去几杯了。喝了几杯酒的石俊川已经有了些醉意,可能是喝急了点,或是喝得猛了点,石俊川在讲话时,说话声音明显大了些,动作也有些夸张,舌头有点发硬,腿也开始打飘了,站也站不稳。他的同学劝他少喝一点,在场的人都劝他少喝一点。石俊川说,我不能少喝,我要感谢大家,我还能喝,我……我要真诚地敬局长一杯酒。

他端着酒杯想往局长坐的那边来,局长怕他喝多了,马上起身迎过去,并用手按住石俊川的肩膀,示意他坐下来,不要站着。石俊川见局长按住自己的肩膀,以为局长要和自己较劲。石俊川十分兴奋,他将酒喝完把酒杯放下后,用一只手搭在局长的手上说,怎么着,我们俩比试一下?话音刚落,局长就被石俊川摔倒在地上。在场的人一看,这玩笑开得大了,马上站起来劝阻。这时石俊川正处在兴奋的状态,他以为人们站起来,都想和他比试比试。于是石俊川干脆将自己的擒拿技术,一个个施展出来,将在场的人一个个撂倒在地上。石俊川还笑着说,你们不行吧?我在部队里学的就是擒拿。说完自己倒在桌上睡着了。倒在地上能爬起来的爬起来了,局长爬不起来了,他的肋骨被石俊川摔断了,当即送到了医院里。等石俊川醒来时,他已经躺在同学的办公室里了。

石俊川红着脸对主任说,要知道擒拿格斗伤人误事,当初在部队里我就不会那么认真刻苦地学习了,现在想想也有些后悔。对局长,对小翁,我都不是存心要伤害他们,我知道自己出手太重,所以我很内疚,觉得很对不起他们。

那次谈话以后,车间主任就将石俊川从轧钢班抽出来,加入车间护厂队，专门对付"铁耗子"。主任说，"铁耗子"是一些无业游民，你的任务是保护厂里的资源，你不要轻易地打伤了他们。

记住主任的话，他时时提醒自己，不要伤害别人。那天夜里石俊川值班，到了凌晨3点钟的时候，来了三五个"铁耗子"，围在钢坯切头堆旁边。石俊川走上前驱赶劝说，"铁耗子"见只有石俊川一个人，便疯狂地涌向切头堆，上去就要哄抢。石俊川走过去，一个一个将他们撂倒在地上。"铁耗子"见这个人会武术，不敢再抵抗，爬起来灰溜溜地跑掉了。

车间主任见石俊川的擒拿技术在护厂时发挥了重要作用，他高兴地对石俊川说，谁说你的技能误事，你为护厂做出了贡献呀！看到自己能为厂里做些实实在在的事情，石俊川心里也挺高兴。

当第二次石俊川当班护厂时，来的"铁耗子"不是三五个人，而是十来个人，他们气焰嚣张地围在切头堆附近，一有机会就上来哄抢。石俊川和其他两名护厂员，反复劝说他们，他们也不肯离开。在他们上来哄抢时，石俊川走上前，施展了各种技能，将十几人全部撂倒了。之后，石俊川的名字在"铁耗子"之间慢慢传开了。每当石俊川值班护厂时，"铁耗子"便不来了，跑得无影无踪。石俊川不当班的时候，依然有"铁耗子"来厂里偷盗。

石俊川洗好澡，从浴室里走出来，在门口看到了班长，很显然班长站在那里是在等他。石俊川说，班长，你是在等我吗？找我有事？班长说，车间主任找你，让你到他办公室去一下。石俊川说，知道了。

回到休息室，石俊川换好衣服，来到车间主任办公室。石俊川说，主任，听班长说你找我有事？主任笑笑说，有件事想同你商量一下。石俊川说，什么事主任定就是了，还要与我商量？主任笑笑说，你为护厂做出了成绩，现在"铁耗子"怕的就是你，你当班时他们跑得无影无踪，再不敢来厂里偷盗。你不当班时，他们气焰又嚣张起来，哄抢厂里的资源，他们可能摸清了你上下班的规律。我想和你商量一下，今天晚上请你继续上个夜班，打乱"铁耗子"们的算计，保护厂里的资源，你看怎么样？

石俊川站在那里想了一会儿说，那好吧！

李志高

下了夜班，李志高没有立即回家。他到厂澡堂里洗好澡出来，就在浴室门口篮球场篮球架下坐下来，等候其他足球队的球员。正是盛夏时刻，新的一天刚刚开始，太阳就明晃晃地挂在天上，有点耀眼，也有点灼人。

李志高是轧钢车间的轧钢工，个头不高，皮肤黑黑的，长得很敦实，业余爱好踢足球。他不仅球踢得好，人缘也很好，有种亲和力和一定的组织号召能力，受到厂里爱好踢足球的一帮青工的拥戴，推举他为厂业余足球队队长。公司将要进行四年一度的足球比赛，四年前他们参加比赛只得了个第四名，前三名都没进。这一次，他们想重整旗鼓参加比赛，既要报四年前失利的仇，也要为厂里争一回光。

然而，现在的情形与四年前有所不同了，老厂长调走了，刚刚来了位新厂长，姓秦，秦厂长十分注重抓生产。李志高担

车间人物 · 039

心新调来的秦厂长不同意他们参加比赛，这种担心并不是空穴来风，他好像有一些预感。当前厂里的生产任务特别紧，降本增效，对标挖潜的压力也很大，新来的秦厂长大会小会上强调对标挖潜，传递压力，重生产的气氛不同于往年。再一个就是，公司举行足球比赛的通知下到厂里已经好多天了，距报名截止日期只有4天时间了，到目前为止厂里一点消息也没有。有一次，李志高下班后曾经到厂里找过厂工会刘主席，问起足球比赛报名的事情。刘主席为难地说，文件在厂长桌子上摆着，到现在还没有批呢。因此李志高约好其他球员在篮球场集合，请刘主席出面，带着他们一起去找秦厂长说说，做最后的努力。

到了厂长办公室门口，只听见秦厂长办公室里有不少人说话，有的说，下达给我们车间的对标指标是否太高了，很难完成呀！秦厂长不客气地说，是很难完成还是不能完成？这个要说清楚。兄弟企业能够做到的，我们为什么做不到？我们现在定的指标并不比最先进的指标高，你们说是不是？也有的说，在历史上我们从来没有达到过这样的指标，就怕难以压下去。秦厂长说，历史上没有达到过的指标，就是珠穆朗玛峰峰顶吗？就算是珠穆朗玛峰峰顶也有人攀上去过呀！历史上没有达到过的指标，我们就不能力争达到吗？大家都不要再说了，都回去好好商量商量，将指标认真分解分解，把压力传下去。就这样定了，回去抓好落实！

办公室里的人从秦厂长办公室走出来，秦厂长还是没有停下来，桌上的电话铃一会儿响，一会儿响的，有公司领导打来的，有公司机关部门打来的，也有厂里车间打来的。

听到秦厂长放下电话的声音，在门口等候的刘主席想进去与厂长说话，这时秦厂长桌上的电话铃又响了，他只好继续等候在门口。

秦厂长拿起电话说，怎么讲？这一回是轧钢车间主任打来的电话。主任说，下达给我们车间的挖潜指标，完成起来确实有难度，能不能再调一调？秦厂长说，当然有难度了，桃子挂在树上伸手摘不到，跳起来能不能摘得到？使劲跳高一点能不能搞得到？没有难度的指标干吗要让你们背回去，层层分解落实到人头？主任为难地说，只怕分配不下去，完不成呢。秦厂长气愤地说，你完不成，他完不成，厂里怎么完成公司下达的指标？你看着分吧，如果你实在为难分不下去的话，你得考虑一下让出你的位置，让能分配下去的人来分吧。说完重重地放下电话。

秦厂长办公室门洞开着，刘主席不敢贸然进去，只好在秦厂长门口踱过来，踱过去。秦厂长打电话时，已经看见了刘主席在门口。放下电话以后，秦厂长说，你在我门口踱来踱去干什么？踱得我心烦意乱的，有话你进来说，有屁进来放，还站在门口干什么？

刘主席这才走进秦厂长的办公室。秦厂长说，什么事，你说。刘主席看看他桌子上的足球比赛文件，然后大胆地说，是参加公司足球比赛的事，球员在会议室里等你很长时间了，想请你批准他们参加比赛。

秦厂长说，他们在会议室等我？说着，跟在刘主席后面来到会议室。看到秦厂长走进来，李志高领着大家迅速站起来。李志高说，请秦厂长批准我们参加足球比赛。

秦厂长看着面前说话的小伙子，个子跟自己差不多，皮肤跟自己一样黑黑的，说话干脆，性格直率的样子也像自己，顿时心生爱意。他说，你叫什么名字？

李志高说，李志高。

秦厂长说，你是哪个车间的？

李志高说，轧钢车间二号台轧钢工。

秦厂长说，你们车间主任刚刚还打电话来叫苦，说厂里给车间对标挖潜的指标定高了，分解下去有难度，他会让你参加足球比赛？

李志高说，我们保证不占用上班时间，所有的训练我们都在下班业余时间里进行。

秦厂长说，能保证分解给自己的各项指标都完成？

李志高说，保证认真工作，精心操作，保证完成厂里下达的生产、质量、安全等对标挖潜的各项指标。然后，他对大家说，大家说，我们能不能做到？

小伙子们异口同声地说，能！

秦厂长说，参加公司比赛，你们准备取得什么样的成绩？

李志高脱口说，力争打入前三名。

秦厂长严肃地说，那就免谈！还没有开始比赛呢，就把自己的指标定得这么低，那要参加比赛干什么？你们听说过吗？不想当将军的士兵不是好士兵，在比赛场上也是一样的，不想争第一的竞技者也不是一个好竞技者。

李志高一时语塞，他吞吞吐吐地说，那……那……

秦厂长说，你现在不要急于回答我的话，你们好好地商量商量，明天给我回话，还是这个时间。说完转身走了。

从会议室走出来，球员们个个都很兴奋，有的说，我看秦厂长还是挺支持我们的,参加比赛可能有希望。有的说,秦厂长的话够我们掂量的,四年前我们打了第四名,今年想打入前三名他都不满意,再往前迈进一步我们有这个能力吗?

球员们就在楼前树荫下面坐下来,热烈地议论起来了。李志高说,四年前我们没有进入前三名问题在哪?有的说,奔跑的迅速不够,有的说进攻的意识比较弱,有的说协调配合上有些问题。你一言,我一语,讨论热烈。太阳已经升得老高了,天气炎热,热浪逼人,大家也全然不顾。李志高最后说,刚才大家分析得都很有道理,速度、进攻、配合,如果面面俱到全面改进的话,时间恐怕来不及了,距比赛仅一个多月时间了,我们这次目标就定在进攻上,强化进攻意识,拼死拼活地拼一下,为厂里争光,也为自己争口气。时间不早了,下了班大家还要回去休息。目标定在得第二,力争得第一,怎么样?

大家劲头十足,大声齐说,就这样定了!

第二天,李志高领着十个球员,加上自己十一人,将头发剃了,十一个光头整整齐齐地坐在会议室里,等候秦厂长。

秦厂长按时出现在大家的面前,看到他们光秃秃的头,腰板挺直地坐在那里,他说,有一种拼搏的架势嘛!怎么样?大家都商量好了吗?

李志高站起来说,商量好了。四年前我们只得了第四名,输在了奔跑速度不够、进攻意识不强和相互协调不足上,今年我们一定加以改进。

秦厂长说,四年前,你们那场足球比赛我在现场,那时我还在炼钢厂,看过你们踢球,对你们的表现我还是记得的,所以让你们重新考虑一下自己所定的目标。怎么样?你们商量的结果是什么？

　　李志高底气有些不足，他说，我们将有针对性地进行训练，克服弱点，提升能力，我们的目标定在第二，力争第一。说完看着秦厂长脸上的表情。

　　秦厂长坦然地说，找到自己的弱点，就是前进的动力，踢球与生产是一个道理。根据自己的能力，目标定在第二，力争第一也行，那么你们各自承担的对标挖潜的指标呢？

　　大家异口同声地说，保证全面完成。

　　秦厂长说，就这样定了，一言为定！得了第二名，我给你们庆功，得了第一名，我安排你们外出疗养一次。

　　李志高激动地带领大家一起鼓掌。

　　秦厂长说，先不要鼓掌，我的话还没有讲完，如果你们对标挖潜的指标有一项不达标，比赛的事就泡汤了！

　　厂里有一块空地，原先是堆钢锭的，加大开坯能力以后，钢锭陆陆续续消耗轧成了钢坯，场地也空出来了。李志高就将这块空地清理清理作为足球训练场。李志高他们一言九鼎，下班以后按时来到这里训练，珍惜每一天的时间，不管天气多么炎热，不管身上流出多少汗水，他们从来没有停止过。

　　秦厂长每天都要到车间里去转转，了解生产情况，了解压力传递的情况，了解职工的情绪和反应。到了轧钢车间，秦厂长与车间主任聊，秦厂长问到了李志高。秦厂长说，你们车间的轧钢工李志高踢球的劲头十足，他工作表现怎么样呀？车间主任说，自从你同意他领队参加足球比赛，他工作可认真了，现在他们班的每项指标，无论是产量、质量、轧机作业率，在车间里都是最好的。秦厂长说，有这样认真，有热情的职工支撑你，你还怕指标完不成吗？关键是我们怎么调动职工的积极性。

从车间回厂部的时候，秦厂长看到小伙子们在空地上顶着烈日在训练，浑身湿透了，像从水里捞起来似的。秦厂长看在眼里，喜在心里。回到厂部，秦厂长对厂办的同志说，你们给训练的那帮小青年抬桶汽水送过去，不要让他们中暑了。

在临近比赛的前几天，李志高的父亲突然出了事故。李志高的家在市郊，生活比较困难，他父母亲是城郊的农民，母亲在家种田，父亲给别人帮工做瓦匠活。这一天，他父亲在给人家盖房子时，不小心从脚手架上摔了下来。

那天，李志高顶着烈日，正在和队友们在空地上训练，接到厂办的电话以后，他匆匆忙忙赶到医院看望父亲。他赶到医院的时候，他父亲已经打好石膏躺在病床上了。见到李志高来，他父亲感激地说，多亏了你们厂长，是他安排车将我从家里接到医院里来的。李志高说，是我们厂长派车送你来的？父亲说，厂长还到医院看了我。李志高说，厂长还来医院看你了？父亲说，厂长还丢下500块钱。李志高说，还丢下500块钱？他父亲对李志高说，厂长对我们这么好，你一定要好好工作，好好感谢人家，好好报答人家呀。

李志高父亲出事以后，是村上的人打电话到厂里找李志高的。电话打到厂办，秦厂长知道以后，立即安排了车，先将他父亲送到医院，再赶到医院去看望，等这些都安排妥了，厂里才打电话通知李志高。听了这些，李志高十分感动，他将秦厂长对他的好记在心里，眼泪止不住地掉下来。

足球比赛正式开赛后，李志高不顾高温酷暑，头顶烈日，带领球员铆足了干劲，在球场上拼杀。起先他们摆出了"442"的阵形，采取四个后卫、四个中场、两个前锋的打法。李志高作为前锋，他与另一位前锋，在比赛场上频繁地、大范围地交叉互换，球踢得行云流水。李志高他们不负众望，经过奋力拼搏，攻下了一个又一个堡垒，杀进了决赛。

决赛的那天，秦厂长赶到了比赛现场。李志高看到秦厂长坐到了看台上，他把这一消息告诉了球员，并鼓励球员沉住气，把握好节奏，一定要打出好成绩来。

决赛开始了，李志高安排的仍是"442"的阵形，在开场不足五分钟时，李志高与对方争抢一个边线球时，对方倒地一个铲球，将李志高重重绊倒在地，李志高左臂骨折了。李志高听到了"嘎"一声响，一阵钻心的难以忍受的疼痛朝自己袭来，李志高知道自己骨折了。为了不影响全体球员的情绪，他忍着剧痛，一声不吭，迅速从地上爬起来，不露声色，继续参加比赛。

上半场结束时，双方打成了平手，场上比分0：0，不分胜负。李志高忍着疼痛，没有告诉大家手臂骨折的事，下半场继续带伤参战。这时天公不作美，下起了雨，球场上进了雨水变得像溜冰场一样滑。李志高领着大家突然改变了战术，将"442"阵形，改变成了"433"阵形，四个后卫，三个中场，三个前锋，旨在全攻全守，决一死战。在这种强攻的阵势下，李志高在球门禁区狠狠一脚，球踢进去了！球场上的比分改写成了1：0，李志高他们领先。

这时,雨越下越大,李志高率领的球员们越战越勇,他们保持着旺盛的斗志,一直将1∶0的比分定格到比赛最后,李志高他们胜利了。当比赛结束的哨音响起时,李志高全身像棉花似的软下来,他仰面倒在注满雨水的草地上,队员们一起拥到他身边。这时他才指指自己的左臂说,我的手臂骨折了。队员们看着躺在地上的李志高,他的左臂确实变了形。有队员说,怪不得在场上,我觉得李队长跑动的姿势与以前不一样呢!李志高说,在上半场比赛开始不久,对方一个铲球将我铲倒了,同时也将我铲骨折了,我怕影响大家的情绪,我始终没说。

这时,雨还在"哗哗哗"地下。秦厂长赶到李志高的身边,听到李志高手臂骨折的事后,他心疼地说,那你怎么不早说,你也不能就这么忍着。李志高已经十分虚弱,看到秦厂长,眼里的泪水顿时流出来,泪水和雨水混合在一起。李志高仍然忍着疼痛对厂长说,我怕影响大家,影响战斗力,所以我没说。现在好了,我们完成了任务,衷心感谢秦厂长给了我们这次机会。秦厂长说,你们的表现我看到了,我应该感谢你们。我说过的,我要为你们庆功,为你们安排疗养。他转过身对厂办的同志说,将我的车赶快开过来,赶快将小李送到医院去,先去医院治疗再说。说着,司机将车开过来了,大家把李志高抬上了车。车箭一般在雨幕中向前冲去。

站在雨地里的秦厂长,看着远去的车,十分疼爱地说,这孩子!

侯桂花

那个时候对漂亮的女孩常常用"花"来称谓,比如"校花"

"班花""厂花"等等。均热车间加热炉接盖机工侯桂花确实长得漂亮，车间里年纪轻轻的男性工友背地里称她为"班组花"。

侯桂花眼睛大大的，水灵灵的，眼眶里犹如一泓清泉；她身材修长、挺拔，丰满的胸，浑圆的臀；一头乌发瀑布般地披在脑后。她长得确实出众，确实漂亮，每当她出现在工友们的视线里，都会让工友们想入非非。

那天上班，侯桂花穿了一身宝蓝色套装，手上夹了件白色风衣，优雅潇洒，淡定地走进厂里。厂长站在办公楼的走廊上，看见走在厂办公室楼前的水泥路上的侯桂花，心生不快地说，这是哪里来的华侨啊？华侨到我们厂里来也得和我打声招呼呀！身边的人说，这是刚刚进厂不久的新工人，是均热车间加热炉的。厂长不高兴地说，上班又不是逛商场，你看她穿的。

侯桂花第一天到均热车间上岗报到时，车间人事员将她领到班上，介绍给接盖机班班长董蓉兰。他说，这是厂里刚招进来的新工人侯桂花，分在你们班。董蓉兰看着侯桂花，侯桂花看着董蓉兰。侯桂花惊讶地说，是兰兰姐吧！董蓉兰也认出了侯桂花，她说，是花花？车间人事员说，你们俩认识？董蓉兰说，何止认识，我们俩从小就在一起。车间人事员说，那就不需要我多介绍了。车间里安排她到你们班开接盖机。安全课已经上过了，你只要教教她接盖机操作规程以及开接盖机技术要领就行了。董蓉兰说，交给我们班，你放心吧！我带的新工人，她也不是第一个。

董蓉兰和侯桂花是过去住在一起的老邻居，董蓉兰比侯桂花大九岁。侯桂花出生的那天晚上，董蓉兰至今还清楚地记得。那时，她们两家住在工人新村，工人新村都是平房，她们两家住在一排房子里，侯桂花家住在东头，董蓉兰家住在西头。那天晚上，董蓉兰记得月亮很大很圆，月光清澈透亮，如清水泼在地上一般。九岁的董蓉兰洗好脸，将水泼到屋外的时候，看到了天上的明晃晃的月亮，也看到水银一般的地。反身回屋时，一位邻居慌慌张张走进门来说，董师傅，你们赶快去侯贵安家看看，他媳妇情况好像不太好。董蓉兰的父亲和侯桂花的父亲同在一个车间里，都是轧钢工，两个人还是师兄弟，两家还经常来回走动。董蓉兰的母亲说，他媳妇不是快要生产了吗？邻居说，正是生产呢！接生婆在他家里，怕是难产，侯师傅没了主张，请你们快过去看看。那时，妇女生产去医院的很少，大多数在家生产，由接生婆接生。董蓉兰的母亲对董蓉兰的父亲说，生孩子的事，还是我先过去看看，你在家看着兰兰，有情况我会跟你说的。快到凌晨的时候，董蓉兰的母亲才精疲力竭地回到家里。董蓉兰母亲走后，董蓉兰的父亲在家里一直提心吊胆没敢睡。董蓉兰母亲说，侯贵安的媳妇确实是难产，一直到凌晨才生下女儿，现在母女俩都好，平安无事。听到这个消息，董蓉兰的父亲才松了一口气。女儿出生了，侯贵安心里很高兴，请董蓉兰的父亲为女儿起名。董蓉兰的父亲说，她是桂花开的时候出生的，就叫她桂花吧！

  侯桂花现在分在自己的班组，又是老邻居，父辈又是世交，因此在各个方面董蓉兰都格外关心她。开接盖机是个熟练工种，技术并不复杂，加上侯桂花生性聪慧，心灵手巧，董蓉兰教她几次，侯桂花便很快学会了，掌握了各项操作技能，没过多久就独立上岗操作了。侯桂花在工作上不用董蓉兰操心了，她操起侯桂花个人问题的心来。侯桂花风姿绰约，柔美动人，处处吸引人的眼球。董蓉兰为侯桂花介绍了轧钢车间的一个小伙子，小伙子是她爱人同事的儿子，他身高一米八，长得帅气，为人厚道，介绍给侯桂花是再好不过了。

  与侯桂花说过这件事，侯桂花也没有反对，俩人就相处了。相处了半年多的时间，一天，小伙子来找董蓉兰，他愁眉不展地说，我和侯桂花性格合不来，相处不下去了。董蓉兰毕竟是过来人，谈对象哪能一帆风顺呢？她倒是很想促成这一对。董蓉兰说，合得来合不来，要相处磨合一段时间才能知道，你们这才相处几天？不是有什么其他事吧，以这个借口来搪塞？

  小伙子坦诚地说了自己的想法。那天，小伙子陪侯桂花去商场买衣服，侯桂花看上了一件颜色、款式、大小都很合身的衣服，她便想买下来。在买的时候，侯桂花对服务员说，这件衣服你们店一共有几件？服务员说，只有两件。侯桂花说，先前卖过这件衣服吗？服务员说，过去没卖过，这是刚刚进的货。侯桂花说，这两件我全买了。小伙子说，买两件干什么呢？你喜欢还可以买其他的嘛。侯桂花说，我买了别人就买不到了，只有我自己有。小伙子说，我当时就不太高兴了，这是一种嫉妒心理嘛，如果店里有三件，那也得全部买下来？

  还有一件事情。前两天，轧机出了故障，临时抢修，小伙子一直弄到凌晨3点才回去。回去后，小伙子觉得特别饿，看到桌子上有几个蒸饺，小伙子正想吃，侯桂花醒了，她说，蒸饺你不要吃掉啊，那是我喜欢吃的，你吃了我就没有了。小伙子说，听到这话，我心里都凉透了。与她相处这么长时间，她心里只有她自己，从来没有别人。

  小伙子的话，在董蓉兰心里"咯噔"了一下，她突然想起侯桂花小时候来。那年，侯桂花三岁，十二岁的董蓉兰做完作业以后，都要去侯桂花家，看看侯桂花，带着她玩一会儿。每一次去看侯桂花,董蓉兰都不是空着手,总要带些吃的给她。那天,董蓉兰看见侯桂花坐在竹椅里,面前还有几块糖果,董蓉兰从家里带了几块饼干给她,她高兴地笑了。三岁的侯桂花,说话口齿清楚,已经能与人交流了。

董蓉兰看到她面前有几块糖果,便故意逗她说,糖果好吃吗?
侯桂花说,好吃。
给我吃一颗好吗?
不能给别人吃。
为什么?
别人吃了我就没了。

听了侯桂花的话,当时董蓉兰不高兴地埋怨她说,这么小气啊!现在听到小伙子的话,心里更不是滋味。

婚姻的事,是不能强迫的,俗话说"强扭的瓜不甜",还是随缘吧。小伙子离开了侯桂花,侯桂花也不在意,好在她长得漂亮,这个小伙子不在了,还有那个小伙子盯上,身边没有断过人,也有人肯在她身上花钱,所以侯桂花总是鲜亮照人,神采奕奕。然而,董蓉兰还是关心侯桂花,有时间经常陪她在一起,班中一起去食堂吃饭,下班一起去浴室洗澡。

有一天,她们俩去食堂吃饭,并肩走在路上,她们看到两位公安押着一个人迎面走过来。董蓉兰认识这个人,是轧钢车间的熊才志。这个人在厂里臭名远扬,吃喝嫖赌,偷窃扒拿样样都干,人长得五大三粗,皮肤黑黑的,样子十分丑陋。熊才志被抓是因为盗窃厂里的资源出去倒卖被公安机关发现了。当公安押着熊才志走到她们跟前时,熊才志用眼睛紧紧盯着侯桂花看。董蓉兰悄悄地提醒侯桂花说,不要看他。熊才志走过去以后,还回头看了看侯桂花。侯桂花回头看走过去的熊才志说，他是谁呀？董蓉兰说，他叫熊才志，是轧钢车间的，是厂里有名的混混。

　　董蓉兰与侯桂花在一起，侯桂花有时莫名其妙做一件事情，让董蓉兰心里不舒服。车间里组织疗养，安排侯桂花和董蓉兰一起去，她们俩在海边相处了十天时间。疗养要结束回来的时候，侯桂花看到当地生产的围巾，全是手工制作，没有一条花色是相同的，各式各样，丰富多彩，既便宜又好看。她动员董蓉兰买了，自己还多买了几条。董蓉兰说，你买那么多干吗？侯桂花说，这里的围巾既便宜又好看，我们那里是买不到的，带回去班组里如果有人要的话，可以给她们。董蓉兰想，侯桂花还是能善解人意，想到别人的嘛。回到车间以后，侯桂花以高于买价20块的价格，将围巾卖给了班组要围巾的人。后来有的人知道侯桂花加价的事以后，心里很不快活，就悄悄地跟董蓉兰说。董蓉兰听说这件事心里就不快活了，心里想侯桂花怎么能这样做呢？对班组里的人也能这样做？抽空，董蓉兰善意地说起这件事提醒侯桂花。侯桂花不以为然地说，这有什么，我还那么老远帮她们带回来的呢！再说，就加了20块钱，用这样的价格在我们这里能买到这样款式和质量的围巾吗？侯桂花理直气壮的话，噎得董蓉兰不知怎么说好。

　　董蓉兰平时喜欢写写文章，有时给报纸写写散文，被公司相中了，要调她到公司机关去，要离开车间的那天，她来到侯桂花身边，与侯桂花道别。看到侯桂花，她突然想起侯桂花的父母亲来。在侯桂花九岁那年，侯桂花的父亲侯贵安，闹了一件不光彩的事情。那还是住在工人新村的时候，在侯桂花家平房后面一排最东面的一家，住的是一个寡妇，还带着一个七岁的小男孩。寡妇同董蓉兰的父亲，同侯贵安都是一个厂里的，大家相互都认识。寡妇在厂里对侯贵安有好感，平时在工作上也有接触。那个阶段有人七嘴八舌地说在夜里看见侯贵安到寡妇家去了。这种话就像风似的，到处吹，一人传十人，十人传百人，弄得工人新村人人知道。听到风声，董蓉兰的父亲曾经找过侯贵安。侯贵安是个厚道人，董蓉兰父亲虽没有挑明说起这件事，只是暗示了一下，侯贵安还是脸红到了脖子。

一天天晴，出了大太阳，寡妇抱着被子出来晒，当被子晾到绳子上，被子里面掉下几只没有用过的避孕套。这一幕被隔壁邻居妇人看到了，隔壁妇人早就对寡妇这种行径很反感，借题发挥，大声张扬，在工人新村闹得沸沸扬扬，后来又闹到了厂里。厂里因此还给侯贵安记了一个处分。听说这件事以后，侯桂花的母亲没有吵没有闹，突然间像傻了似的，从此以后再没有开口说过一句话，与侯贵安也形同陌路人，井水不犯河水，家也成了冰窖，没有一丝温暖和幸福。侯贵安的事情发生以后，又过了几年，董蓉兰家搬出了工人新村，住到雨山新村来了，两家分开以后，也没有再来往过。董蓉兰这时想到侯桂花的父母亲，也是想提醒侯桂花在个人的问题上正确对待，看准一个好好谈，建立一个家，将来过日子，不要见异思迁，朝三暮四，影响不好。

见到侯桂花，董蓉兰说，你父母亲现在还好吗？

侯桂花说，还好，只是父亲年龄大了，老多了，母亲也经常生病，比以前弱多了。

董蓉兰说，他们俩还是那个老样子？

侯桂花说，这么多年下来了，还能怎么样呢？

董蓉兰说，你妈还是不开口说话？

侯桂花说，我想我妈已经不会说话了。

董蓉兰说，我要调走了，去公司机关。

侯桂花说，我已经听说了。

董蓉兰推心置腹地说，你也不小了，找一个称心如意的人立起一个家，好好过日子，帮帮你父母亲。你父母亲一辈子走过来也挺不容易。董蓉兰说着说着心里就难过起来，说不下去了，直想哭。

侯桂花低着头说，谢谢兰兰姐。

董蓉兰调到公司去了以后，再也没有回过厂里。刚开始的时候，她还与侯桂花联系联系，偶尔打个电话，或通过其他同事好友打听一下侯桂花的消息。时间长了，俩人联系渐渐少了，侯桂花的消息也少了。公司淘汰落后生产工艺，初轧厂永久性停产了，工厂里的人员全部分流了，分流到其他单位或其他厂。年龄大点的人员公司给予了优惠政策，准予他们提前退休。原来厂里的人四分五裂，树倒猢狲散，都不知道各自去哪里了。侯桂花在分流中，是分到其他厂里了？还是提前退休了？董蓉兰就不知道了，侯桂花从此杳无音信，再没有她的消息。

过了几年以后，董蓉兰在商场里无意中碰到了厂里恶名昭著的熊才志，他还是那个五大三粗的样子，只是脖子上多了条狗链子一样粗的金项链，身边一位漂亮的女人挽着他的胳膊。她突然发现身边的女人有点像侯桂花，但又不敢确定。如果说是侯桂花吧，年龄好像大了许多，然而远远地看举止形态还是有点像侯桂花。当他们走到董蓉兰的身边时，侯桂花也看到了董蓉兰。侯桂花马上抽出挽着熊才志胳膊的手，先开口说，是兰兰姐呀？董蓉兰这才确定，看到的确实是侯桂花。她说，真的是花花吗？侯桂花转身对身边的熊才志说，这是我原来厂里的老班长。熊才志说，我认识，这是初轧厂的才女，大红人，后来调到公司机关去了。接着又说，你们俩谈你们的吧，我到前面去看看。

董蓉兰惊愕地看着侯桂花，她说，你怎么和他搞到一起去了？

侯桂花脸色有些憔悴，有些凝重，也有些为难，看到董蓉兰的那一刻，她的眼睛立刻湿润了。侯桂花对董蓉兰说，父亲出了车祸，瘫痪在床上，肇事者逃掉了至今没有逮到。我妈在我父亲出事的第二天就上吊自杀了。我没有办法……我要照顾父亲。

董蓉兰吃惊地说，这是什么时候的事情？

侯桂花哽咽地说，快两年了。

董蓉兰心里十分难过，她想安慰侯桂花几句，却又不知道从哪开口，说些什么好。

侯桂花擦擦眼泪说，兰兰姐，我先走了。说完，匆匆忙忙走进商场的人流里。

永远的银杏树

小时候,我体质弱,身体差,经常生病。七岁那年,我得了细菌性痢疾,父亲带我去采石看病,那是1965年春节刚过,也是我们家最困难的时候。

我是在春节前几天得病的,拉肚子,肚子还一阵阵地疼。说是临近春节,春天就要到了,可是春天的讯息一点也没有,天仍然冷得像冰窖,手都不能伸出来。风更是寒得像刀子一般,割在脸上生疼。光秃秃的树坚挺地立在山坡上。那天夜里悄悄地下了一场雪,屋前的路,屋前的树,屋前的屋顶都堆满了雪。早晨我睁开眼睛朝窗外看时,满眼都是白色,我们家被雪包围了。本来我就在病着,在这大雪天里,身上更觉得冷得难过。

家里也像窗外的冰雪一样,冷冷清清的,如清水洗过似的,什么年货也没有准备,一点过年的样子也没有。隔壁家的二狗子与我同岁,是我的好朋友,他悄悄地告诉我,他们家买了五斤白面粉,他妈对他说,过年给他包菜肉饺子吃,说得我心里痒痒的。我没有吃过菜肉饺子,也不知道菜肉饺子的味道,看二狗子说话时那种兴奋的神情,我想菜肉饺子一定很好吃。我说,我父亲回来，也会给我带年货回来的。那时，父亲在采石水产门市部工作，距市区路途比较远，不能天天回家，隔上十天半个月才能回来一次。父亲什么时候回来，能不能带年货回来，我一点也不知道。所以我跟二狗子说父亲给我带年货回来话时，一点底气也没有，说话声音也不高。

我们家困难在我们那里是远近闻名的。我们家孩子多，我上面有大姐二姐，大哥二哥，我排行老五，下面还有一位五岁的妹妹。家里人口多，费用大，二姐没读几年书，不得不放弃学业在家里操持家务，带我和妹妹。大姐大哥在中学里念书要用钱，二哥在小学校里念书要用钱，一家子人吃饭穿衣也要用钱。父亲在国营水产门市部工作，每月薪水就那么一点点，不能支撑家里的开支。母亲只好出去抬石子、挖土方，做一些临时性的工作以补贴家用，就这样家里还是十分困难。父亲经常说笑话：苦啊苦，买双袜子先要补。父亲是说，买了新袜子舍不得马上穿，先要给袜子上一个袜底才能穿。上过袜底的袜子底厚经穿些。在穿衣服的问题上，我们家也是依照"新老大，旧老二，补补纳纳旧老三"的老规矩，老大的衣服小了传给老二，老二的衣服小了传给老三，传到我老五，穿的都是上面哥哥穿旧的衣服。那时母亲经常熬夜，为我们缝补衣裳，尽管我穿的衣服有点破旧，还打上了大大小小的补丁，但是经过母亲的手精心缝制，衣服还是平平整整、干干净净的。

父亲是年三十前一天傍晚回来的，那天雪还没有停，像是被揉碎的棉絮，在屋前屋后纷纷扬扬地飘着。父亲背着一只口袋，走进家里的时候，满身披着雪花，像是一个雪人。他站在门口放下口袋，抖了抖身上的雪，我们都认出了父亲。父亲回来了，给家里带来了惊喜，也带来了温暖。

父亲没有带面粉回来，而是背回来一袋大米，带了一些鱼泡、鱼尾、鱼头等杂碎，还带回了豆腐和一棵大白菜。三十晚上，我们一家人亲热地围坐在一起，母亲烧了一锅鱼杂炖豆腐，还煮了一锅香喷喷的米饭。这在当年是我们家最丰盛的一顿年夜饭。平时在家里隔三岔五母亲也做一顿米饭，但多数做的是菜饭，几乎全是菜叶，只有少许的米。做这样的菜饭，母亲还要在锅的一边拨出一小块（米饭里很少的菜）米饭，专门给妹妹吃的。桌子上有这么多诱人的好吃的，可是我的病没有好，肚子时不时一阵子一阵子地疼，还是拉肚子，拉得身子发软有些疲乏。但是看到桌子上香喷喷的白米饭，看着诱人的鱼杂炖豆腐，我还是嗅出了它特殊的香味。

父亲回来的那天晚上，看到我面黄肌瘦没有精神，十分疲倦的样子，用手摸摸我的脸心疼地对我说，你这孩子怎么这么瘦啊？说着把我抱起来搂在了怀里。在父亲的怀里，我顿时感到一阵温暖，身上也不冷了，精神也好了许多。父亲说，这孩子瘦得一点分量都没有了。母亲说，病了两天了，去医院看过医生，也开了药吃了，就是没见好。

初五一过，父亲要去采石上班了，父亲决定带我去采石，带我去采石看医生。在采石，父亲有一位好朋友是一位很有名的医生。

从家里出来，父亲将挎包挪到胸前，路上还有残雪，父亲背着我，走到大马路上，走到长途汽车站。春节没有过完，还在年里面。所谓过年，无非是多几声爆竹声，残雪上多几片爆竹炸碎的残屑。在正月里,走出家门才能够体会到,春的味道已经慢慢地随风飘过来了。田间地垄里虽然还有许多残雪,东一块白的,西一块白的,麦子却是绿油油的。吹过来的风,比年前的风也柔软了许多。

到了长途汽车站,等了约一个小时,长途汽车来了,父亲买了票,抱着我上了车。我们坐在车厢的前排,紧靠在司机身后。人上齐了,汽车就开了。父亲将挎包放在旁边,抱起我让我坐在他的腿上,我依偎在父亲的胸前,十分好奇地隔着车窗的玻璃,看窗外的风景。看天上飘着的白云,看远处移动的村庄,看路边后退的大树。

长途汽车到站就停,一路上开开停停,停停开开。车厢里的人也一会儿上,一会儿下的。长途车开了一个多小时以后,窗外的田野没有了,眼前出现了一排排白墙黑瓦的房子,路上的人也多了起来,最后长途车在一块高高的站牌下停了下来。父亲对我说,采石到了。

采石是一个古镇,街上的房子都是白墙黑瓦、古色古香的。路上的人比较多。路两边都是小店,卖吃的,卖穿的,卖用的,有推着车子卖的,也有在门口摆着卖的。我觉得采石比我家那里热闹多了。我们家住在工人新村里,家门前是一片水田,水田前面是工厂,能看见来来往往的火车。家后面是一排排平房,平房里住的都是上三班的工人,没有卖东西的小店,一点也不热闹。

父亲背起挎包,抱着我下了车,然后将我放在地上搀着我。父亲对我说,我们先去医生家,让医生给你看看。父亲领着我走进一条巷子,这里比街上人少了许多,也清静了许多。我跟在父亲后面,走到一家门前停住了。父亲重新抱起我,推开大门走进去。这里的房子真大，走过前厅，就是天井，天井里左右两边是花坛，花坛里有两棵树，树上还有许多红花开着。知道那是茶花，那是我成年以后的事了。走过天井，才走到医生家的门口。

对着医生家的门，父亲大声说，王医生在家吗？没有一会儿，门开了，走出了一位与父亲年龄相近，面相和善的人。父亲那年五十岁，我想这位和善的人，一定是王医生了。见到父亲，王医生异常兴奋，高兴地说，老朋友怎么来啦？父亲指指身边的我说，不好意思，正月里来打扰你，小儿子身子有点不舒服，来请您给他看看。王医生马上热情地说，没事，没事，快进屋里。

屋里正面墙摆放着一张八仙桌，两边各放一把靠背椅，王医生让父亲与他面对面坐下。父亲从挎包里取出一包酥糖、一包柿饼子放在桌子上。王医生笑笑说，老朋友还客气啊！父亲笑笑说，过年嘛。王医生又说，小儿怎么不舒服？父亲将我的病情跟王医生说了。王医生将我拉到跟前看了看我的舌苔，又看看我的手，然后问我，现在还想不想拉。我点点头。王医生和蔼地说，想拉你就拉一点给我看看。我不知所措，用眼睛看着父亲。父亲一时也不知怎么办为好。王医生和气地说，小孩子嘛不要害羞，就在这里拉没有其他人。说着，从桌子抽屉里拿出一张纸，放在客厅的地上。按照王医生的指点，我蹲在地上在纸上拉了一点点。父亲说，这几天拉的都是这样的，还有点脓血。王医生起身看了看我拉出来的脓血，说，他这是细菌感染，得的是细菌性痢疾。没有事的，我给你开点药吃，过两天就会好的。

王医生开好药方递给父亲，笑笑说，晚上就不走了，在这里喝一杯？父亲接过王医生的药方说，改日我再来吧，我要先去药店给儿子买药，买了药我还想带他去看看他小姑奶奶，他长这么大还没有见过他小姑奶奶呢。

从王医生家出来，父亲带着我直接去了药店。在药店里买好药，父亲就在药店里找店员要了一碗开水，让我先将药吃了。父亲说，早吃药，病就能早好。听了父亲的话，我将药吃了。吃过药，父亲拉着我的手，走出了药店，走到了街上。我一边走，一边看，走过一家面食铺时，我用眼睛看了看蒸笼上热气腾腾的包子，我立即想起了二狗子对我说过的话，过年他妈给他包菜肉包子吃。父亲看我迟迟疑疑的样子，低下头问我，是不是饿了，想吃点什么吗？我抬头看看父亲没有说话。

父亲抬头看看天，已是傍晚时分了，橘红色的阳光，照在采石小镇的街上，街上光影斑驳，朦朦胧胧，显现出无限的魅力来。父亲拉着我的手，走进面食店，走到一张桌子跟前，父亲抱起我，让我独自在板凳上坐着，父亲在我的对面坐下来，问我，想吃点什么？我说，菜肉包子。父亲招手让服务员过来说，要了一碗光面，一个菜肉包子。光面和包子送来以后，父亲看着我吃，我将包子吃掉了，父亲又分给我半碗面，说，慢慢吃，吃好了我带你去看小姑奶奶。在我的记忆里，那是我第一次吃菜肉包子，也是吃得最香的一次。

小姑奶奶的家在九华街的尽头，再过去就是上荷包山的路了。采石人的住家房子都是几进式的，走过第一进，过了天井是第二进，有些大户人家房子大，可以达到三进到四进。小姑奶奶的家是在最后一进，算起来应该是第四进，而且是一个独立的小院。院子虽然不大，但是被收拾得清清爽爽、干干净净的。走进院子里，就能看见一棵高高大大的树，树身比我的腰还要粗，树枝坚硬地伸向四周。树的周围什么也没有,后面是一道围墙。院子里一边是小姑奶奶的住房,里面有三间,一间小姑奶奶住,中间是会客室,还有一间房子空着,堆了一些杂物。小姑奶奶住房对面是灶房,里面有灶台、水缸、吃饭的小桌子和堆放的柴火等。

走进小姑奶奶家时,小姑奶奶正一个人在灶房里吃饭,见我们来了马上放下碗筷,对我们说,还没吃饭吧,快来坐。父亲对我说,快喊小姑奶奶。我看着面前的小姑奶奶,她与母亲年龄相仿,与母亲一样美丽,她穿着一件缎面花棉袄,一条黑棉裤,脚上穿了一双黑棉鞋,发式也与母亲一样,前面的头发微微拢起,整洁而精神。她面带笑容,十分慈祥地看着我,我轻轻地喊了声:小姑奶奶。小姑奶奶马上高兴地应着,伸手就摸摸我的脸,又摸摸我的手。父亲说,这是小儿子,第一次见您,他还有些生疏。小姑奶奶说,快坐下暖和暖和,你看这小手冻得冰凉冰凉的。父亲从挎包里也拿出一包酥糖,一包柿饼子,放在桌子上。小姑奶奶说,你家里孩子多,生活又困难,能记得来看看我,已经很高兴了,还带什么东西来。父亲笑笑说,过年嘛,一点心意。父亲将我拉在身边坐在小凳子上,摸着我的头,继续说,他身体有点不舒服,我顺便带他来让王医生看看。小姑奶奶关切地说,让王医生看过了吗?父亲说,看过了,给开了药,药也吃了,王医生说没有事,过两天就会好。小姑奶奶说,王医生医术好,为人也厚道。他说没有事,一定没有事的。平时我头疼脑热的不舒服,也去找王医生,吃了他的药就好了。说完,小姑奶奶突然像想起什么似的,马上起身走到对面的住房里,拿过来几本小人书,递给我,笑着对我说,这几本小人书送给你,你第一次来，算是我给你的见面礼。父亲连忙说，还不谢谢小姑奶奶。我说了声谢谢，接过书一看，居然是三本！我高兴得不得了，二狗子手里有一本小人书，是旧的而且破了，他还宝贝得不得了。我赶紧将书紧紧地抱在怀里。

坐了一会儿，父亲说，我们先回去了。小姑奶奶说，你带着儿子在你那边要是不方便的话，你可以将他送到我这里来，我那间小房间有现成的床空着，放在那也是放着。父亲感激地说，我们先回去收拾收拾，抽时间再来看您。

父亲工作的水产门市部，也在九华街上，距小姑奶奶家不是太远。从水产门市部往北走，可到荷包山小九华寺；往南走，是采石茶干厂、横江街、中市街。父亲的宿舍在采石的后街上，距水产门市部有一截路，走路要走二十分钟。宿舍原是一座办公楼改建的，分成好几间，每间里面住着六个人，六个人都不是一个单位的，想必都是离家比较远的，暂时住在这里。父亲住的这间宿舍，仅父亲一人在水产门市部工作。房间里六张高低床分成两排，中间过道上有三张长条桌。高低床上面放东西，下面睡觉，父亲的床在三张床的中央。晚上睡觉时，父亲给我洗好脸洗好脚，将我抱上床。上了床，我还惦记小姑奶奶送的三本小人书。

父亲认识字，父亲小时候读过六年私塾，因家境渐渐衰落，爷爷早逝，奶奶一人负担不起繁重的家务，作为家里长子的父亲，不得不离开学堂回到家里，帮家里承担起生活的重担，那时父亲才十二岁。父亲告诉我，小姑奶奶送给我的三本小人书，是苏联作家高尔基写的，三本书分别是《童年》《在人间》《我的大学》。晚上睡觉时，父亲翻开《童年》对我说，书里的主人公叫阿廖沙，从小生活很苦，母亲带着他到外祖父家生活，外祖父破产以后阿廖沙被迫流落人间，过着悲惨的生活。我虽然还没有学认字，书上的字我不认识，但是父亲照着书给我说书上的内容，我听得都入迷了，阿廖沙的故事一下子深深吸引了我。我将三本小人书放在我的枕头下。枕着小人书和父亲睡在一起，我一点儿也没有感到冷。

父亲带着我一同去水产门市部上班，父亲工作时，我就搬一只小凳子坐在一边，看手上的小人书。父亲工作不忙时，我就依偎在父亲身边。同父亲一起工作的叔叔喜欢逗我玩，他们工作歇下来的时候就逗我，我就怯怯地躲在父亲身后。有渔民送鱼来，他们就把我丢在一边开始忙工作。我最喜欢看父亲分鱼了，父亲分鱼时，穿着黑色深筒胶靴，胸前围上黑色塑胶、长到脚的围裙，手里拿了一把铁钩，按大小不一、鱼种不同，用铁钩一条一条分别开，再放到磅秤上过秤，分别装到篾鱼筐里，打包外发。那天，渔民送来了很多鱼，倒在磅秤旁边的地上，有大的，有小的，父亲手里的铁钩，仿佛是一竿魔具，父亲挥舞着铁钩，很快就将鱼种、鱼的大小分得清清楚楚，各自堆放在一边。

上了一天班，父亲身上有一股鱼腥气。水产门市部边上有一个澡堂，澡堂不大，但是洗澡的人很多。澡堂也不是天天开放，每周只开放两天，而且还分男女。这天下班以后，正逢澡堂对男的开放，父亲便带我去洗澡。父亲牵着我的手走进澡堂时，澡堂里已经有不少人了。澡堂里靠墙有一排木柜子，柜子分成了许多小方格，小方格是放衣物的。柜子下面有一条长长的木椅子。父亲找到一个空格子，把带来的衣服放进去，再把我抱起，站在长椅子上。父亲自己先脱衣服，脱好以后再帮我脱衣服。

父亲把我抱进澡堂里，澡堂里热气腾腾，人影绰绰。父亲站在水池里，不怕水烫，我只能坐在水池边上。父亲先给我洗，洗好以后，抱我出来穿衣服。穿好衣服，父亲让我坐在长长的木椅子上说，你坐在这儿不要动，我下池里洗澡，洗好了马上就出来。父亲洗好澡出来穿衣服时，他的一条纱线裤怎么找也找不到了。父亲问我，你看见有人拿了衣服吗？我摇摇头。那条纱线裤是母亲将纱手套拆了，用了好几个晚上织的，父亲纱线裤被人偷走了，只剩下一条单裤子。父亲自嘲地说，拿我纱线裤的人，一定比我还穷，他一定冷得受不住了，才拿去穿的。

洗好澡出来，我们在食堂里吃了一碗面条，吃完了才回的宿舍。

回到宿舍的时候，宿舍的门关着，灯也没有开，同宿舍住的还有两个人在门外等着。父亲诧异地问他们，你们怎么站在外面不进去呀？说着，父亲掏出钥匙开门，门从里锁住了打不开。其中一个人对父亲说，打不开的，等一会儿吧，他们还没有完呢！父亲一下子明白了，没有再说话，只好抽出门钥匙，也站在一边等候。天有些冷，父亲找了一个背风的地方，将我搂在胸前，父亲仅穿一条单裤，一定更冷。过了好一会儿，等候在门外的人实在忍不住了，用手用力地去敲门，宿舍里的灯才亮。门开了，从里面走出来一男一女两个人。敲门的人上前就用手揪住男人的衣领，嘴里恶狠狠地说，下次你再敢带人到宿舍里来，我们决不会再饶你！说着两人扭打在一起。因为我，父亲不敢上前去拉架，看他们扭在一起就要倒在地上了，父亲才站起身，上前将他们拉开。从屋里出来的那个男的，带着女的匆匆离去了，在门外等候的那男人气还没消，走进屋里了，嘴里还在骂骂咧咧的。

父亲没有说话，带着我上床先睡了。第二天早上起床时，不知自来水管破了，还是用水的人忘记关水龙头，房间里渗满了水，放在床底下的鞋都湿了，门外的路沿上还结了薄薄的一层冰。父亲对我说，我送你到小姑奶奶家住两天，过两天我们就回家。

　　父亲将我扛在肩上，踩着地上的水走出来。走进小姑奶奶家时，小姑奶奶已经起床了，她正在院子里梳头。父亲放下我，对我说，快叫小姑奶奶。我们已经见过一面了，她还送给我小人书，我对她不再生疏，我喊了一声，小姑奶奶。小姑奶奶马上应了一声，十分高兴地将我拉到了她的身边。小姑奶奶还是那天的装束，显得十分精神。父亲见到小姑奶奶喊了一声小妈妈，然后说，我想让儿子在您这里住两天，过两天我就带他回去，我那宿舍里住的人多又杂，不太方便。小姑奶奶高兴地说，好啊，我早说过，让你将他留我这儿嘛，我一个人挺寂寞的，他来了还有一个人陪我说说话呢。

　　父亲上班去了，我被留在小姑奶奶家。

　　太阳出来了，院子里暖烘烘的，小姑奶奶搬了一把椅子，我搬了一只小凳子，跟着小姑奶奶在院子里大树旁边坐着，一边晒太阳，一边看书。小姑奶奶手里捧着一本砖头一样厚的书在看，我手里拿小姑奶奶给的小人书在看。看了一小会儿，小姑奶奶问我，你能看得懂吗？我摇摇头。小姑奶奶说，你开始认字了吗？我又摇摇头。小姑奶奶说，像你这么大，应该上学堂认字了，是你爸不让你上学，还是你自己不想上学？我又摇摇头。小姑奶奶说，等你上学认识字了，你就能看懂了。小姑奶奶接着又说，你先看看书上的图，到时让你爸讲给你听，你爸认识字呢！说完，小姑奶奶又看起她自己的书。我坐在那里看了一会儿，就开始走神了，眼睛朝身边的树上看，我在想院子里怎么只有一棵孤苦伶仃的树，为什么不是两棵，不是三棵呢？紧接着，我看见有三只麻雀飞过来，停在树枝上。小姑奶奶看我有些走神了，于是放下手中的书，说，我还没问你叫什么名字呢，你叫什么名字？我说，叫小林。小姑奶奶说，这个名字好听。小姑奶奶夸我，我就高兴地笑了。小姑奶奶突然盯着我的棉鞋看，棉鞋是母亲给我做的，已经被我穿得快要破了。小姑奶奶看我棉鞋时，我下意识地将两只脚朝后缩了缩。小姑奶奶放下书说，我们出去走走。

小姑奶奶在家好像没有事情做，不像我母亲。我母亲有做不完的针线活，缝补不完的衣服，还要淘米洗菜烧饭，做不完的家务事。小姑奶奶只喜欢看书。

在小姑奶奶家里，我才知道小姑奶奶为什么家务事情少，原来是顾阿姨给她做了，饭是顾阿姨做，水是顾阿姨挑，衣服是顾阿姨洗，顾阿姨不在小姑奶奶家吃住，做完了挑水、做饭、洗衣服的事就回到自己家里，第二天再来。小姑奶奶自从来到这院子里的那一天起，顾阿姨就来帮她做了。

出了小姑奶奶家，就走到了街上，街上有许多商店。小姑奶奶在前面走，我紧紧地跟在后面走。走进一家商店柜台前，小姑奶奶将我拉到柜台前，对营业员说，给我拿一双小孩穿的力士鞋。营业员拿了一双高帮力士鞋给我试，穿在脚上大小正合适。小姑奶奶高兴地对我说，穿着不要脱，我给你买了。这可是我第一次穿这么好的鞋啊，在家里都是母亲将旧布糊上糨糊，给我们做鞋，哪有钱给我们买鞋呀。

永远的银杏树 · *067*

晚上父亲来看我时，我抬起脚给父亲看小姑奶奶给我买的鞋。父亲对小姑奶奶说，哪能让您给孩子花钱呢。小姑奶奶说，你看你说的，这也叫花钱？见你儿子机灵、听话，我很喜欢他。眼见天渐渐地就要转暖了，棉鞋穿不住了，买一双鞋换换脚。父亲说，你一个人也不容易，我们也没有能力照顾您。小姑奶奶说，我一个人没有什么花费，这么多年下来也习惯了，你那么一大家子倒真的不容易。接着，小姑奶奶又说，明天天气暖和，我带他到太白楼去看看。

小姑奶奶居然有辆自行车，小姑奶奶居然自己会骑自行车。第二天早上，太阳像一只红色的大气球，高高地悬在半空中。小姑奶奶推着自行车走了出来，走到大路上的时候，小姑奶奶抱起我，让我坐在自行车前面大杠上，跨上自行车骑着就走了。这是我第一次坐上自行车，心情十分激动，一点儿也不惧怕。小姑奶奶骑过锁溪河桥，一直骑到太白楼门前停下。

太白楼门前的旁边有一家代销店，小姑奶奶将自行车推过去，放在店门口边上。代销店里卖东西的营业员认识小姑奶奶，小姑奶奶笑着说，帮我照看一下，我上山玩一会儿就下来。营业员爽朗地说，放在这里你放心，我会帮你看着的。停好自行车，小姑奶奶带我去上山。山路有点陡，加上我身子弱，爬了一截路，我就觉得有点吃力了。小姑奶奶要背我，我不好意思，摇了摇头，站在那里。小姑奶奶鼓励我说，你是一个男子汉，我相信你，你一定能自己走到山上。说完以后，小姑奶奶又说，要不我们慢点走，走走歇歇，歇歇走走？我点点头，转过身顺着山路，继续往山上去。

一会儿就走到了广济寺，广济寺旁边有一口赤乌井。相传赤乌井是三国时期建广济寺时挖掘的，井深不可测，井栏上刻有"赤乌井"三个字，至今仍清晰可见。小姑奶奶领着我走到赤乌井边上，她朝井里看了看，我也朝井里看了看。小姑奶奶问我，你看见里面什么了？我说，我看见井里有水。小姑奶奶笑笑说，是的，是井水。她指指山下的长江，又说，你看见了吗？江水在山下边，我们现在站的位置是半山腰，井在半山腰上，为什么井里有水呢？我一看，是啊，长江在下面，井在半山腰上，井里怎么会有水呢？

再往上走，就到蛾眉亭了。蛾眉亭相传建于北宋年间，孤独的一个长方形翘檐亭子，三面无墙，仅有的一面墙上是历朝历代留下来的碑刻，记载着蛾眉亭的重大事件。蛾眉亭据险临深，凭高望远，景色秀丽。小姑奶奶走到蛾眉亭前停下来，她用手指着山下远处的长江对我说，你看见长江上远处有两座山峰吗？我朝山下长江的远处看，影影绰绰的，确实能看见两座山峰。小姑奶奶说，长江左右两边各有一座山。像什么？像不像一扇大门？我点点头。小姑奶奶沉浸在这秀美的景色里，她说，那两座山是东西梁山，也叫天门山。靠我们这边长江边上的山叫东梁山，靠长江那边的山叫西梁山。唐朝大诗人李白就是站在这里，看到天门山这样的美景，当时他就写下了一首诗：

　　　　天门中断楚江开，
　　　　碧水东流至此回。
　　　　两岸青山相对出，
　　　　孤帆一片日边来。

小姑奶奶背完这首诗，激动地说，这首诗，从古至今一直流传着，我教你背这首诗。小姑奶奶口气坚决，不容置疑。说着，小姑奶奶领着我朝山边上走了两步，让我看着远处的两座山峰。她说，我念一句，你跟我念一句。我跟着小姑奶奶念，念了几遍以后，我已经能背下来了。小姑奶奶问我，这首诗，你记得了吗？我说，我已经能背了。小姑奶奶诧异地看着我，你都会背了吗？于是，我不急不慢地，一个字，一个字地背，背给小姑奶奶听。小姑奶奶惊喜万分，当即表扬我说，你真机灵又聪明。

从蛾眉亭下去，小姑奶奶又带我去了三元洞。从三元洞返回来时，我确实累了，走不动了，小姑奶奶背起我，继续让我跟她念刚刚学的那首诗。她念一句，我念一句，念着念着我竟睡着了。等我醒来时，已经到山下太白楼了。小姑奶奶取回自行车，仍然抱起我坐在自行车前面大杠上，骑车子回到家里。

第二天，小姑奶奶没有出门，仍然搬过一把椅子，在院子里大树太阳底下看书。我也搬过一张小凳子坐在小姑奶奶的旁边看小人书。去了太白楼一趟，我似乎跟小姑奶奶更加亲近了，她与我的话也多了起来。小姑奶奶对我说，你父亲来看你时，你背唐诗给他听，他知道你会背唐诗了，一定很高兴的。小姑奶奶说完，我在心里又背了一遍那首唐诗。

此时，又有几只麻雀飞过来，停在院子里的大树上，我抬起头呆呆地看着。小姑奶奶看我紧盯着大树看，便对我说，这是一棵银杏树，也叫白果树。银杏树春天长叶子，秋天结果子，果子叫白果，果肉可以吃，是清火败毒的。到了秋天，树叶就黄了，金黄金黄的。秋风一起，树叶就落了。我说，院子里为什么只有一棵呀？怎么不是两棵，不是三棵呢？小姑奶奶说，就是一棵呀，从我住这里起，这院子里只有这一棵树。这棵银杏树在这里到底有多少年了，我也不知道。小姑奶奶说，现在还不到时节，过不了多久，就是春天了，春风一吹，这棵树就要发芽，长树叶了。

说着，小姑奶奶从她手上书里拿出一枚树叶，树叶金黄色的，像一把小伞。小姑奶奶说，这就是银杏树的树叶，送给你了。我十分喜欢这枚树叶，这是一枚干透了的银杏树树叶，在小姑奶奶书里夹了也不知多少年了，是她到这院子里那年夹在书里的？是小姑爷爷送给她的？尽管这枚树叶显得有些陈旧，但是树叶的颜色还是金黄色的。我将小姑奶奶送给我的这枚树叶，小心翼翼地夹在我的小人书里。

第三天早上，太阳升得高高的，院子里暖暖的。吃完早饭，小姑奶奶没有带我出去，也没有看书。她拿出一根绳子，搬着一只凳子，来到院子里的树下。我们做个秋千好不好？说着，小姑奶奶站在凳子上，将绳子拴在树上。我站在一旁担心小姑奶奶会从凳子上摔下来。于是焦急地说，小姑奶奶，当心。小姑奶奶站在凳子上看着我，笑笑说，没事的，我以前也做过秋千。绳子拴好以后，小姑奶奶将一块小木板拴在绳子上，秋千就做成了。小姑奶奶抱着我坐在秋千上，用手轻轻推着我，随着秋千的来回摇荡，我像小鸟似的飞了起来，我看见身边的树摇晃起来，小姑奶奶在我面前也摇晃起来，蓝天摇晃了，白云也摇晃了。我高兴得笑起来。

正当我秋千荡得最开心的时候，父亲来了。

父亲走进来，喊过小妈妈以后，也搬了一只小板凳坐下了。小姑奶奶说，今天你没上班吗？父亲说，我的调动办好了，我要回市里上班了，这样可以照顾家里。小姑奶奶说，你是来接你儿子回去的？父亲坦诚地说，是的，他在您这儿这几天麻烦您了。小姑奶奶说，看你说的，他在这里才住三天，我们刚刚才熟悉。小姑奶奶转身对我说，你说是吗？

　　小姑奶奶对我的厚爱，令父亲心存感激。父亲来了以后，我马上依偎到他的胸前，我能感觉到，父亲仍然穿着一条单裤子。

　　父亲问我，小姑奶奶对你好不？

　　我说，好。

　　父亲说，小姑奶奶喜欢你不？

　　我说，喜欢。

　　父亲说，那你可要记住小姑奶奶对你的好。

　　小姑奶奶在一旁对我说，我教你的那首唐诗，你还记得吧，背给你父亲听听。我马上立正站好，像小学生在老师面前背书一样，我一个字、一个字地背，将小姑奶奶教的那首唐诗，背了一遍。父亲听了，高兴地笑着，嘴都合不拢。

　　小姑奶奶从我的小人书里，取出她昨天送给我的那枚银杏树树叶，不知什么时候，她已经将这首诗抄写在了树叶的背后，字体清秀，工工整整。我没有想到小姑奶奶字写得那么好，这枚树叶对我来说，越发显得珍贵，我更加喜欢了。

　　小姑奶奶拿着这枚树叶说，我已经将这首诗写在树叶背后了。说着，她重新将那枚树叶夹到我的小人书里。小姑奶奶又说，等你识字以后，这首诗，你再也不会再忘记了。她又对父亲说，这孩子机灵、聪明，他都这么大了，你一定要送他去上学，不要耽误了他。父亲直点头。小姑奶奶又说，如果你家里实在困难，你就将他留在我这里，我看这孩子跟我还是有缘分的。

父亲坚定地说,孩子还是我带在身边吧,家里再困难也得让他待在我的身边。再说他妈妈也舍不得。在他一周岁的时候,有一对芜湖的年轻夫妇,家境比较殷实,就是没有孩子,已经跟我们说好了将儿子过继给他们,临走的那天,他妈反悔了,硬是没有让他们带走。父亲又说,公司同意我调回市里,我这就接他回去,有时间我们再来看您。

小姑奶奶无限感慨地说,孩子的事,我只不过说说而已,自己的孩子自己疼,这是天经地义的。不过,回去以后无论如何,再困难也得让他上学读书,他是一块学习的料子,是一块上大学的料子。

从采石回来以后,父亲给我报名上了小学,我的好朋友二狗子与我分在一个班里,我将小姑奶奶给我买的鞋给二狗子看了,我将小姑奶奶送的小人书也给二狗子看了,二狗子羡慕得不得了。我和二狗子一直同学到初中。初中毕业以后,我们就各奔东西了。

可是我没有像小姑奶奶说的,是一块上大学的料子,在我年龄适合上学的时候,我根本就没有机会多上几年学,更不用说上大学了。在小学里,"文化大革命"就开始了,学校停课闹革命,我几乎没怎么念书。等我上中学时,知识青年到农村去,我又去当了知青,上山下乡到农村去了。

那一年,自从我同父亲从采石回来以后,再也没有听到过小姑奶奶的消息,也没有听父亲提过她。直到我长大了,从农村招工回到了城里,在整理我的物品时,突然在书里发现了那枚银杏树树叶，于是，我问起父亲，我说，采石的小姑奶奶怎么样了？她现在还是一个人住在那个小院里吗？父亲叹了一口气说，早就不在世了。

事后，我才知道，小姑奶奶不是采石本地人，她是南京人。那时小姑爷爷家事做得大，在采石有几家店铺，开了米行和布店，在南京也有店铺。小姑爷爷就是在南京认识小姑奶奶的，那时小姑奶奶还在中学里读书，是个中学生。小姑爷爷认识小姑奶奶以后，他便将小姑奶奶带到了采石。父亲说，小姑爷爷与小姑奶奶也没举行婚礼，带回来了就让小姑奶奶住在那个院子里。小姑奶奶来采石的时候，对我们家好呀，我们家人多，生活困难，逢年过节的都是她接济我们，给点米，给点油的，没有那点米和那点油，我们家年就没有办法过。

父亲说，小姑爷爷带小姑奶奶回采石的时候，家业已经衰败了。小姑爷爷抽鸦片，他的家业都是败在小姑爷爷的手里。南京的布店卖了，采石的店也盘给人家了，家里的房子，大部分也抵押出去了。小姑爷爷带小姑奶奶来采石不足半年，小姑爷爷丢下小姑奶奶一个人独自出走了。多少年来无影无踪，无声无息，不知道去了哪里。直到解放时，也没有他的音讯。南京没有产业了，小姑奶奶南京也回不去了，就在采石住下来，一个人一住就是多年。

父亲说，新中国成立以后，小姑奶奶成分虽然没有划成资本家，但是她的家业在采石是有名的。那一年我们离开采石后不久，采石同全国各地一样，也掀起了"文化大革命"的高潮。在那场运动中，她怎么躲也躲不过去。小姑奶奶生性是个要强的人，没有过多久，她就像小姑爷爷似的，莫名其妙地无影无踪了。

我一听，十分惊愕，心里想：怪不得这么多年来，没有听父亲说起小姑奶奶。

父亲说，采石街上有人说，小姑奶奶在一天夜里跳江了。也有人说，小姑奶奶到九华山当尼姑去了。也有人说，小姑奶奶在院子里那棵树上上吊了。

我脱口而出，就是院子里的那棵银杏树？说到上吊，我马上想到，当年小姑奶奶做秋千，站在树下凳子上拴绳子时的情景。

父亲说，还有人说，从树上将你小姑奶奶救下来，还是王医生去抢救的呢！给你看过病的王医生，你还记得吧？

我说，我记得呀！王医生人挺好的，挺和蔼的。是他救小姑奶奶的？

父亲说，都是采石街上的人在说，谁也没有看见，也不知道是真是假。

我说，那去问问王医生不就行了？

父亲说，王医生也早死了。

我急急地说，再以后呢？

父亲淡淡地说，再以后，没有人再提起小姑奶奶。这么多年都过去了，不了了之了。

小姑奶奶送给我的那枚银杏树树叶，我精心地将它放在相框的后面，一直珍藏着。我从来没有见过，小姑奶奶院子里的那棵银杏树长出叶子的样子，我期望哪一天有幸再去那院子里，看看那棵长出叶子的银杏树。

又过去多少年了，父亲已经过世多年，我也退休赋闲在家里。那一天，我一个人到了采石，我想看看小姑奶奶原来的院子，看看小姑奶奶院子里的那棵银杏树。到了采石，采石的方向我都辨认不出来了，采石在进行大规模的仿唐式建筑改造，所有的老房子全部被拆掉了，整个采石就像一个巨大的建筑市场，到哪去找小姑奶奶的院子？到哪去找院子里的那棵银杏树呢？

　　带着无限的遗憾回到了家里，在夜里，我梦见了父亲，梦见了小姑奶奶，梦见了小姑奶奶院子里的那棵银杏树。

风　景

雨从黎明的时候开始下，天亮后也没有停下来的意思，而且越下越大，大有永无止境的势头。越下越大的雨犹如万竿竹子从天空中垂落下来，密密麻麻织成了一片雨林。上班的人有的身穿着雨披骑着自行车，有的徒步手里打着雨伞，他们在这雨竹林里匆匆忙忙地穿梭着。这些在雨中匆匆忙忙穿梭的人们，他们心里各自揣着自己的念想、企盼和憧憬，企求一天有一个美好的开始。他们这些念想、企盼和憧憬，也像雨中五颜六色的雨披、艳丽缤纷的雨伞一样，色彩斑斓、各式各样。

打着雨伞走在路上的高双林，却显得有些沮丧和失落，心也像被这雨水淋透了似的冰冰凉，脸上的表情也是倍加黯然的。高双林走到公司机关大楼跟前收了伞，走上大楼台阶的时候，他使劲地将脚跺了跺，企图将鞋上的雨水跺干净。他的办公室在三楼走廊的东面，走廊的西面是公司领导的办公室。他打开办公室的门，眼前办公室里的陈设又恢复到了原先的样子。

这间面朝南面的办公室，有两扇窗户，五张办公桌，四个资料柜。资料柜靠在东西两面墙上，每面墙前并排放两个。门口左手放着半节柜，柜上摆放着水瓶和茶叶筒。半节柜的旁边放着报架。房间的中央放着一张平板桌，平时装订文件、整理资料用的。坐在办公室里办公的一共五个人。刘玉刚四十多岁，神情忧郁，少言寡语，性格古怪，在科里是年龄最长的一位。马秀梅三十多岁，科里唯一的女士，生性好强，妄自尊大，从不把别人放在眼里。胡月松三十多岁，他与马秀梅年轻时就相识，又同时来到科里，是多年的老交情。汪晓平和高双林两个人相对年轻一些，都是前两年先后从基层厂矿选调上来的。五张办公桌有四张办公桌依墙、依窗放着。马秀梅的办公桌依南墙在东面，胡月松办公桌依南墙在西面，他们俩老同事抬头就能看见，遥遥相对。刘玉刚和汪晓平两个人居中，两张办公桌面对面放在窗户跟前。高双林的办公桌依平板桌放着。房间里还有纸篓、拖把、簸箕、扫帚等，整个房间显得有些杂乱无章、横三竖四的。高双林看到这些杂乱无章的样子，心里就堵得慌。

  高双林是个热心勤快的人，他调到科里来了以后，每天都是他最早来到办公室。到了办公室以后，他就开始打扫卫生，整理内务，收拾报纸。他先将科里每个人的茶杯收齐放到脸盆里，端到水池上，倒掉剩茶，洗净茶杯，再放回到各自人的办公桌上。随后拎着水瓶到走廊的中部开水间打开水。开水打好后，开始拖地、擦桌子，最后夹报纸。高双林在夹报纸的时候，科里人才陆陆续续地踩着上班的钟点到来。自从高双林来到科里做了这些事情之后，这些事情渐渐地仿佛成了一种定式，专门由高双林来做了。高双林做这些事情，科里人也已司空见惯，习以为常了。起初，马秀梅、刘玉刚、胡月松还夹过报纸，自从高双林夹报纸以后，他们也不夹了。科里人将看过的报纸随手丢在平板桌上，有时还不经意地将看过的报纸随手丢在高双林的办公桌上。高双林也不介意。第二天早上，高双林将看过的扔在桌子上乱成一团的报纸，按类分好，分别夹好，挂到报架上。

　　高双林这样默默无闻地做着，从来没有得到坐在隔壁主任办公室分管副主任（科里人称呼分管副主任为主任）表扬过，主任甚至根本不知道高双林一早来办公室做过这些事情，更不用说表扬高双林了。倒是在不同场合，主任当着科里人的面，几次表扬过马秀梅。有天傍晚快下班的时候，主任来办公室看到马秀梅坐在那里看文件，主任没说话。在第二天的会上，主任说，马秀梅是科里的老同志，又是唯一的女同志，她自觉遵守劳动纪律，工作任劳任怨，勤勤恳恳，为我们大家做出了榜样。那天，主任看到马秀梅坐在办公室里没走，是因为马秀梅那天与人约好了，要去理发店做头发。高双林心想，主任又不跟我们坐在一间办公室里，他哪里知道什么底细，只有科里几个人清楚。

　　马秀梅在科里本职工作是负责资料归档、整理文件、收拾报纸的。其他同志负责情况调研、撰写领导讲话文稿、整理会议纪要、起草文件和汇报材料。自从高双林承揽了科里整理内务、报纸收拾的工作以后，马秀梅便撒手不问了，再也没有夹过一张报纸。马秀梅每天有自己的生活规律，上班第一件事情是换鞋，脱掉皮鞋换上轻便布鞋，然后倒杯开水，她不喝茶。每天上午九点钟，她都要准时做自我保健操。做保健操的时候，她的神情悠然自若，不急不慢，一板一眼地做着。她先伸出双手，相互不停地搓揉。将双手搓热了以后，再将双手捂住脸，轻轻地在脸上来回搓，搓十分钟。接着站起身，轻轻地扭动腰肢，左边扭一下，右边扭一下，扭动十分钟。做完这些，她还要喝一杯牛奶。马秀梅还有一个习惯，她几乎每天都要提前一点下班，铁板钉钉，雷打不动。临走的时候，她常常都要说出一点理由，时间长了，变成了她的口头禅：我不比你们男同志，年龄也一天天大了，腿脚不方便，下班高峰期，怕是人多了挤不上公共汽车，我得先走了；要不说，哟，天气变了，窗外起风了，我得先走了；要不说，今天有点事，我得先走了。反正总能找到各种缘由、各种借口，诠释自己提前下班的理由。马秀梅在科里，来了就来了，走了也就走了，没有一个人在意，也没有一个人议论她。只有主任常常表扬她，高双林不知道什么缘故。按汪晓平的话说，什么缘故？主任想进步，想讨好书记呗！

马秀梅与公司党委副书记（科里人称党委副书记为书记）私交好，这是科里每一个人都知道的不公开的公开秘密。那天到矿山去调研，书记亲自挂帅带队，科里人都去了，那时高双林和汪晓平调到科里刚满两个月。书记白天主持召开调研座谈会，晚上与矿里班子成员共进晚餐，全体调研人员参加。席间，大家欢声笑语，推杯换盏，气氛融洽。散席时，个个酒足饭饱，面红耳赤，时间也将近晚上九点钟了。书记兴冲冲地对大家说，时间已经很晚了，大家各自回房间早点休息吧，明天还要早早起床往回赶。那天，高双林与汪晓平在同一房间住，两人洗好澡，已经临近午夜十一点了。说来也怪，睡意好像在花洒下被水冲走了似的，两个人都神清气爽，异常清醒。高双林第一次来矿山，在这静谧而美丽的夜晚，心想怎么能干坐在房间里耗时间呢？高双林说，我出去走走，吹吹山风。汪晓平说，我陪你一起去吧，现在也睡不着。宾馆后面就是山，山上有一条小路弯弯曲曲的，小路是山石条铺成的，一直延伸到山顶。走出宾馆，他们上了上山的小路。夜色笼罩了一切，天空悬挂着一牙弯月，月色朦胧，树影婆娑，风儿轻轻地吹拂着。矿山的夜真是太静了，微风吹动着树叶的"沙沙沙"声都能听得见。他们俩走着，突然同时听到了"嘚嘚嘚"的脚步声。只见两个人影从山上小路往山下走来，两个人一男一女，男的个子挺拔，女的双手挽着男的胳膊，头依偎在男的肩头，一步一步往下走。高双林、汪晓平赶紧离开小路，躲到路边的树丛里，屏住呼吸，不敢出声。心里想，这么晚了，山上还有人？待两个人走近了，高双林和汪晓平才看清，女的是马秀梅，男的是书记。等他们俩走远了，听不到脚步声了，高双林、汪晓平他们两人才从树丛里走出来。出来后，两个人捂着嘴，直想笑，但是不敢笑出声音来。他们俩站在山上的小路上，稍稍平静了一下自己的心情，便悄悄地回宾馆休息了。

主任常常有意识地表扬马秀梅，或许真像汪晓平说的那样，他有讨好书记的嫌疑。有一天，科长让马秀梅装订一份材料，这份材料是要向省里上报的。马秀梅接过任务以后，坐在那里先是看着材料发愣，然后再着手装订。可是她怎么弄，也弄不齐整。做了一会儿，她起身走到高双林的桌边，高双林正埋头起草一份文件。马秀梅说，小高，这是主任嘱咐要装订的，说是要上报，你看能不能帮忙订一下？这份材料厚了点，我没有那个力气，怎么订也订不好。高双林接过一看，材料是厚了点，装订起来确实要费点事。高双林说，好的，什么时候要？马秀梅说，主任没有说，你先忙着吧，明天早上给我就行了。我有点事，先走一步了。高双林说，放在我这儿吧，你放心，我来订，明天早上一上班肯定交给你。马秀梅说，辛苦你了。说完，她将材料放在高双林的桌上，就提前下班了。

马秀梅走后，高双林将撰写了一半的文稿推在一边，着手装订材料。他听说，材料是要上报到省里的，又看看材料确实有点厚，用科里的普通订书机肯定装订不起来。他先设计了一个封面，又到文书科。文书科是专门收发文件的科室，他们那里有各种各样的装订机。高双林在文书科那里齐齐整整地将材料装订好了。他看着自己装订好的齐齐整整的材料，自己也很满意。他回到科里，将装订好的材料放在马秀梅的办公桌上。

第二天上班后，马秀梅拿着装订好的材料，就给主任送过去了。主任看到马秀梅装订的材料齐整精美，心里十分满意。马秀梅并没有告诉主任，材料是高双林帮忙装订的。马秀梅将材料交给主任后，转身就从主任室出来，回到自己的办公室。主任拿着材料就给书记送过去了，并对书记说，这是马秀梅装订的。书记接过材料看了看说，好，装订齐整，精美。过了一会儿，主任来到科里，以谈工作上的事情为由头，特意提到了马秀梅装订的材料，表扬她办事认真，尽心尽责，材料装订得好。主任说，书记刚刚拿到了马秀梅装订的材料，也竖起大拇指，连连说好。主任说这些话的时候，是站在平板桌跟前说的，说到动情的时候，两只手还在胸前比画着。高双林坐在那里，认真听主任说话，听着，听着，高双林神情有些恍惚起来。高双林看见，此时的主任仿佛是自己的小学老师，站在课堂的讲台上，右手很自然地抬起，在胸前挥着，语言轻松自然，语调也极富感情。主任说了些什么，他没有听真切。主任说的最后一句话，他倒是听到了："我们要向她学习。"当听到主任说"我们要向她学习"这句话的时候，高双林的心好像被什么东西狠狠触动了一下，高双林陷入了深深的沉思，他坐在那里没有动。

一天下来，高双林神情都有些恍惚，精力集中不起来，眼前老是闪现主任早上说话时的影像，奇怪的是主任的影像变成了自己小学老师的影像，自己小学老师的影像又变成了主任的影像，这些影像反复交替，反复出现。好在今天并没有什么特别的文稿要写，也没有什么重要的会议要参加，高双林恍恍惚惚度过了这一天。

直到一天工作结束了，科里的人下班都走了，高双林仍然坐在办公室里没有动，他两只眼睛毫无目的地看着窗外。窗外红彤彤的夕阳挤进了屋里，轻轻铺在办公桌上，铺在冰冷的水泥地上，铺在高双林的面前。一阵风吹来，横铺在屋里的夕阳像是被吹散了的碎片，它一会儿变成橙色，一会儿变成黄色，一会儿又变成褐红色。这些碎片像一只只小精灵，顿时有了灵性，在高双林的眼前飞舞起来，他看着这些舞动的小精灵，专注的神情也被舞乱了。他看到办公室的桌子、椅子、柜子、拖把、扫帚、纸篓、脸盆、茶杯、报纸一起迎着这些飞舞的精灵摆动起来，他顿时觉得办公室里五光十色、生龙活虎、生机勃勃。

在这生机勃勃的氛围之中，高双林记起了主任早上说话时的样子，看到了小学老师朝着自己走来。小学老师手挥舞着，嘴里还动情地说着，我们要向他学习。那是高双林上小学一年级的时候。那天在课堂上，高双林看见老师用的黑板擦坏了，不能擦黑板了，老师只好用手掌擦黑板。手掌毕竟不是黑板擦，字擦不掉不说，还将黑板擦成大花脸。他记下了这件事，回到家里，他找妈妈要了一些旧布，他自己用针缝了一块厚厚的抹布，他先在家里试了试，很好用。第二天上学时，他带到了学校里。他是第一个走进教室的，他用自己缝制的抹布，将黑板擦得干干净净的，又将抹布挂在黑板旁边。老师上课时，首先发现黑板擦干净了，又发现了那块缝制的抹布。老师拿起那块抹布说，这块抹布是谁带来的？高双林举手站起来说，是我带来的。老师又说，抹布是谁缝制的？高双林说，是我自己缝制的。老师说，好的，你坐下。然后老师对全班的同学说，高双林同学为我们做了一件好事，别看是一块小小的抹布，他想到了老师，想到了同学们，想到了集体，他这种一心想着集体的精神，是值得我们学习的，我们全班同学要向他学习。

想到这里的时候，高双林浑身一抖，打了一个激灵，待他心情平静下来以后，他好像做梦般地从虚幻中回到了现实，眼前的桌子、椅子、柜子、拖把、扫帚等零乱不堪地挤在一起，毫无生气，暮气沉沉，缺乏精神。刚刚虚幻中的回忆给了他胆量和勇气。高双林怀揣为大家服务的念想，动手整理起内务来。他先将东面墙的两个资料柜移到西面这边来，让西边的两个资料柜与东面的两个资料柜组合在一起，形成一方资料柜墙。再将堵在办公室中央的平板桌移到东面墙，靠着墙放好。平板桌移走了以后，办公室中央部位空出来了。高双林再将马秀梅、胡月松、刘玉刚、汪晓平和自己的五张办公桌，拼合在一起，组成了一个"长方形"。再将报架、拖把、扫帚等物品移到资料柜的边上放好。整个办公室里顿时显得宽敞、整洁、美观起来。高双林环顾自己的劳作，心也宽敞了许多。

从办公室出来，已经是下半夜了，只有路边的路灯像哭红了眼睛似的，泛着没有生机的红光。路上一个行人也没有，偶尔一只流浪狗从路边窜出来，快速地横穿马路，顿时消失在黑暗中。路上稀有奔跑的车，像夜游的生灵，在身边一闪而过。夜的笼罩让尘世间不再喧哗、不再嘈杂、也不再纷纷扰扰。此时的高双林，心也是静的、宽敞的、愉悦的。

回到家里，高双林也没有开灯，熟门熟路地摸到床边，脱掉衣服就钻进被褥里。妻子在睡梦中，见高双林挤到床上，梦呓般地说，这么晚才回来？高双林轻轻地说，有点事，加班了。说着，没有再说话，他坦然地进入了梦乡。

一觉醒来，天已经大亮了，太阳升得老高了。爱人已经出门，送儿子上学去了。可能是昨天晚上过于劳累的缘故，高双林睡下就不知道醒了，再醒来的时候已经快到上班的钟点了。高双林赶紧穿好衣服，拿上公文包，脸也没有洗，牙也没有刷，骑上自行车匆匆忙忙往办公室赶。

到了公司机关，他将自行车送到车棚，三步并作两步走，快步赶到办公室。刚走到办公室门口，就看到科里的人已经到了，一个个木桩似的站在那里。他们神色凝重，面露怒气，用自己的眼睛盯在高双林制作的"长方形"上，仔细搜寻自己的办公桌。他们的神情十分急迫、十分执着、十分贪婪，仿佛在搜寻自己心爱的珍宝。昨天晚上，高双林精心将五张办公桌拼在一起的"长方形"，此时已经被人用力拉动过，办公桌与办公桌之间已经露出几道缝隙，仿佛是被人撕裂开的嘴，痛苦地张着。

这时，主任走过来对马秀梅说，你把去年生产部的年度统计报表找出来，复印一份给我，书记急着要。马秀梅气不打一处来，气呼呼地两手一摊说，我的办公桌还不知道在哪里呢？说着转过身，手指着东面的墙说，资料柜原先是靠墙放在这里的，要想拿资料，我伸手就能拿到，现在资料柜也被挪到对面去了，一时让我怎么找？上哪儿找？

马秀梅很不高兴地说着，主任这时才发现，办公室里格局确实发生了变化，变得陌生了，变得生分了，变得宽敞了。

主任诧异地说，这是谁干的？

马秀梅气呼呼地说，谁知道是谁干的，肯定是有人干的。

主任又追问了一句说，这是谁干的？

高双林站在旁边，怯怯地低声说，是我干的。

主任侧过头，看着高双林狐疑地说，是你干的？谁让你干的？

高双林没有吱声，低着头，不知所措地站在门口，不知道是进门好，还是站在门外好。

主任对马秀梅说，你找找那份统计报表，复印好给我。说完，满脸不高兴的样子，转身去忙别的事情去了。

主任一走，办公室里的人就开始活动起来。刘玉刚看到了自己的办公桌，像是发现了奇异珍宝似的，伸出手拉出了自己的办公桌，急急忙忙往原先自己摆放办公桌的地方拖，好像迟了一点，原先地方会被人占领似的。

胡月松看到马秀梅的办公桌，他用眼睛对马秀梅示意了一下说，你先歇着吧，我帮你挪桌子。听到胡月松的话，马秀梅往后退了一步。胡月松走上前帮马秀梅挪桌子，往马秀梅原先摆放办公桌的地方挪，按原先摆放办公桌的地方丝毫不差地摆好。摆好马秀梅的办公桌，他再挪自己的办公桌，他仍旧将自己办公桌摆放到原先摆放办公桌的位置上。汪晓平将自己的办公桌，依旧与刘玉刚办公桌面对面摆好。

高双林走进办公室，他并没有参与他们的行动，呆呆地靠在窗前，看着他们把自己的劳作成果一点点破坏掉。五张拼在一起的"长方形"，好像浮在河面上的冰块，在外力的作用下，顿时四分五裂，四处流散。他们按原先的位置摆放好办公桌，仅剩下高双林的办公桌无语地横在办公室的中央。

马秀梅说，资料柜也得挪回来，我放的资料，我心里有数，领导要什么资料，我伸手就能拿到，挪那么老远，我到哪里去找？语气坚定，不容置疑。

胡月松讨好地附和说，那就再挪回去呗，仍按原样摆好。接着又说，来呀，大家一齐搭把手，来搬资料柜。胡月松看见高双林失落地愣在那里，他对高双林说，你也不要发愣了，也来挪吧！

高双林说，那得先将平板桌挪走。于是，高双林走到东面墙，用力将平板桌拖到办公室中央，仍旧放在原来摆放的位置上。接着，他与胡月松、汪晓平一起，动手移动资料柜。资料柜一副倨傲的派头，坚如磐石般地立在那里。汪晓平用手挪动时，资料柜纹丝不动，汪晓平觉得很吃力。汪晓平说，哟，这个资料柜，还挺沉的嘛。于是再使了点劲，才挪动一点。他一边挪，一边对高双林说，这么沉重的柜子，你是怎么挪得动的？

高双林也觉得奇怪，昨天晚上自己挪动资料柜时，也没觉得柜子沉重，现在怎么感觉这么沉重呢？

刘玉刚摆放好自己的办公桌，也不过来搭把手，帮助大家挪动资料柜，仿佛这件事与他根本不相干似的。刘玉刚坐在办公桌前，侧着头朝窗外看。汪晓平见刘玉刚坐在那里往窗外看，调侃地对他说，刘科长，窗外有什么好风景，整天看不够，盯着眼睛不肯收回来？快过来搭把手，与大家一起来挪挪资料柜呀！

高双林他们所在的办公室，在任职的问题上比基层厂矿要宽泛得多。基层厂矿科里仅设科长或副科长，而高双林他们科除设置科长之外，还可设置科级或副科级，诸如秘书科，除了设置秘书科科长外，还设置科级秘书，副科级秘书；文书科也一样，除了设科长之外，还设科级文书或副科级文书。高双林他们是调查研究科，除了设科长以外，刘玉刚、胡月松、马秀梅都是科级调研员或副科级调研员，汪晓平和高双林来科里年头不长，只有他们俩还没有职别，仅仅是调研员。无论是科级还是副科级，他们都尊称其科长。所以汪晓平对着刘玉刚喊刘科长。

听到喊声，刘玉刚将视线从窗外拉回来，回过头对汪晓平说，不好意思，我的腰不能用劲，不能搬重的东西。说完又将头侧向窗外，看窗外的风景。

汪晓平他们一齐动手，资料柜很快就回归到原来的位置上，四个资料柜又被分成两处，两个在东面墙，两个在西面墙，遥遥相对。

高双林把平板桌放到原来的位置上，又将自己的办公桌挨平板桌放好。此时，办公室里的一切都回归原位，恢复了原来的样子。

坐在办公桌前的马秀梅此时开始做自我保健操。她先伸出双手，相互不停地搓揉，将双手搓热了以后，再将双手捂住脸，轻轻地在脸上来回搓。大家知道，这时已经是上午九点钟了。

中午吃饭的时候，高双林在食堂买好饭，端着饭盘子找了一个偏僻的角落坐下，埋着头，一声不响地在吃饭。汪晓平买好饭，看见高双林坐在角落里，他端着饭盘，走到高双林的面前说，还在想着座位的事情？说着，在高双林对面坐下。

汪晓平安慰他说，多大的事啊，过去了就让它过去了，不要往心里去，别当一回事儿。

高双林坦诚地说，我没有当回事儿。

汪晓平说，还说没当回事儿，你看你的脸，满脸失落不开心的样子。

高双林苦苦地笑了一下，摇摇头，没有说话，低着头继续吃饭。

汪晓平将头往高双林面前凑了凑说，早上你看见刘玉刚了吧？他第一个迫不及待将自己的办公桌往原来位置挪，仿佛迟一点就会被人占据了一样。你看，我们在挪资料柜时，他坐在那里不动，两只眼睛盯着窗外看，我是有意调侃他，喊他帮我们一起挪柜子。这里面有个小秘密你是不知道的。

汪晓平将头往高双林那里凑得更近了，他说，有天晚上加班，那天你出差了不在。我们搞材料搞到很晚，都凌晨三点了，天都快亮了。你知道的，刘玉刚离婚多年，孩子又不在身边，独自一人在家，所以他不打算回家了，就在办公室里混一晚。我也懒得回去，跑那么老远回去，躺不了一会儿，又要来上班了，索性我也不回去了。跟刘玉刚一样，在办公室混混吧。你知道的，我们窗子对面就是一幢老式的住宅楼，这是一幢职工住宅楼，里面住的都是厂里的工人，有老有少，有男有女。那天也巧了，关灯休息以后，我就睡了，睡了一会儿，我看见刘玉刚坐在那里抽烟没有睡。他睁着眼睛，盯着往窗外看。我抬头看看，原来对面的二楼屋里有微弱灯光，是床头柜上的灯光。一对男女裸着身子正在忘我地干着那事，先是在床上干，后来挪到床边上继续干。他们疏忽了没有拉上窗帘。但是他们压根也不会想到，那么晚了，还会有人坐在那里窥视他们。完事后，

风景·089

女的进洗浴间冲澡去了，男的裸着身子靠在床头点了一支烟抽起来。我没有惊动刘玉刚，依旧轻轻躺下。只见刘玉刚又点了一支烟，两眼继续看着窗外。所以早上我有意调侃他说，窗外有什么好风景整天看不够。

高双林抬起头笑笑说，你也不是一个好货色。

汪晓平说，这是真的，我亲眼看到的。你看，这样一个看风景的最佳位置，你把它挪掉了，他肯同意吗？再说，我们每个人的眼前，谁没有一道风景呢？你一挪，就将人家眼前的风景破坏了，你说是不是？马秀梅眼里没有风景？她抬头就能看见胡月松。胡月松在办公室里的一举一动，都在马秀梅的眼里，马秀梅时常用眼睛勾着胡月松。胡月松眼里没有风景？他与马秀梅遥遥相对，抬头就能看得见，胡月松那双色眯眯的眼睛对马秀梅暧昧着呢！

高双林笑笑说，你是在逗我高兴，越说越离谱了。

汪晓平认真地说，年轻的时候，胡月松追过马秀梅，他们之间有过一段罗曼蒂克的经历，这是你不知道的。

高双林说，不说他们了，陈芝麻烂谷子的事，挪座位的事，也让你受累了，不好意思。

汪晓平说，这叫什么累，看你说的。说到挪座位的事，我倒没有搞明白，你怎么突然想起挪座位呢？领导又没有授意你。不是我提醒你，在我们这样的部门里，你擅自行动，自作主张，领导会很反感的。再说了，你挪人家办公桌，你有没有想到，人家还有隐私呢！人家要较起真来，也是不好说的。

高双林说，当时我也没有想得那么多，想起挪，就动手挪了。

汪晓平说，我始终没有弄明白，你怎么突然想起挪座位呢？

高双林笑笑，摇摇头，这是高双林自己的秘密，他没有说。

汪晓平说，好了，不说了，过去的事就此打住，让它过去算了，千万不要往心里去。

谁知道，天说变就变了呢？头天晚上还是晴空万里，没有一点云彩，快到黎明时，天就变了，下起雨来。这也是座位被恢复后的第一天，下起的雨，下起了这样大的雨。这雨好像是为高双林下的，好像是为高双林哭泣似的。高双林确实不想把座位恢复的事放在心上，但是他打开办公室的门，看到被恢复了的座位时，他心里还是有点堵得慌，还是有一点沮丧的。

他今天仍然是科里来得最早的，他并不因为座位恢复影响自己的工作。他如同往常一样，先打扫卫生、整理内务、收拾报纸。他将科里每个人的茶杯收齐放到脸盆里，端到水池上，倒掉剩茶，洗净茶杯，再放回到各人的办公桌上。接着拎着水瓶到走廊的中部开水间打开水。开水打好后，开始拖地、擦桌子，最后夹报纸。高双林在夹报纸的时候，科里人陆陆续续上班来了。

高双林夹好报纸坐到自己办公桌前，神情有些沮丧地坐在那里，茫然地往前看着，他看清了，办公室里的人都坐在自己的办公桌前，各自做着自己的事情。再看看恢复了座位的办公室，心里有说不出的惆怅。他在心里想，自己挪动座位，也是想为大家做一件好事，让大家坐在一起，亲近一些，便于交流，使大家有一个宽松、整洁、美观的环境。谁知现实如此残酷，观念如此根深蒂固，如此不肯通融呢？

风 景 · 091

高双林看着刘玉刚，刘玉刚点着一支烟，静静地坐在那里，悠然自得，头扭向窗外，看着窗外的风景。窗对面的职工住宅楼还在，还能看到对面人家活动的身影。看着刘玉刚往窗外看风景的样子，高双林想起了汪晓平对他说过的话：我们每个人的眼前，谁没有一道风景呢？

2021 年 4 月 12 日初稿
2021 年 5 月 4 日修改

光　阴

天气预报说，今天夜里有小到中雪。曾友仁上床睡觉前，还看了看窗外。窗外明晃晃的，一轮明月高悬，如清水般的月光从空中倾泻而下，泼洒在大地上。曾友仁狐疑地看着窗外，心里想，这样明明朗朗的天气会下雪吗？到了下半夜，厚厚的云层将月亮紧紧地包裹起来，天顿时变了，变得阴沉沉的。没有一会儿，雪子就从天空中飘落下来，零零碎碎的雪子敲打在窗户的玻璃上，还发出"噼噼啪啪"的响声。风一起，雪子就化成了雪花。一粒雪子化着一朵雪花，千万粒亿万粒雪子化着了千万朵亿万朵雪花。雪花优雅的姿态，犹如白蝴蝶无声无息地在天空中飞舞。飞累了，舞乏了，才肯降落下来，落在屋顶上，落在树上，落在草地上，落在曾友仁家的后院竹叶上。

曾友仁老家在市郊的山里，他家对面的山上，漫山遍野都是竹子，开门就能看得见。山上的竹子连成了片，形成了海，蔚为壮观。一年四季，春夏秋冬，无论是起风，无论是下雨，无论是晴天，无论是雪日，山上的翠竹摇曳飘荡，媚态生姿，百看不厌。从小就目睹这种景色长大的曾友仁，对这种风景有独特的喜好，始终念念不忘，记忆犹新。到城里工作以后，他也没有忘了家门口对面山上那道美丽的景致。于是，他在家乡对面的山上，挖了几根翠竹带到了城里，栽在自家的后院里。几年下来，竹子茁壮成长，连成了一片，编织成了一道景致。竹子在文人墨客的眼中，是高雅的化身，具有虚心、坚韧、挺拔的品质。而在曾友仁看来，它是吉祥、庇护的象征，具有竹报平安、节节向上的寓意。第二天一早，曾友仁起床发现，真的下雪了，窗外白茫茫的一片。他看见窗外后院竹叶上也积了厚厚的一层雪，好像一只只快要吐丝的蚕宝宝，晶莹透亮地趴在那里。

今天上白班，曾友仁骑着自行车来到厂里，通往厂里的水泥路上，路中间的积雪已经被车辆碾压成了水，像是大地流着眼泪似的。路两边积存的白雪，也被车轮飞溅的泥水弄得斑斑驳驳的，就像墨水滴在棉花上令人不忍多看。曾友仁小心翼翼地骑着自行车。骑到厂门口，他看见路上结着厚厚的冰，路很滑，他便停下来，没有再骑自行车，而是推着车走进厂里的。他将自行车送进车棚走出来的时候，看到走在前面的章永健，左右两只手各拎两只水瓶，显得十分吃力的样子。对于身子单薄、个子瘦小的章永健来说，四只水瓶确实是一个沉重的负担。章永健弓着身子十分吃力地拎着水瓶，小心翼翼地在有雪的路上走着。曾友仁走过去，想帮助他，便说，我帮你拎两只吧。章永健侧过头，看见是曾友仁，马上加快脚步让开了，示意不让他帮忙。曾友仁连忙说，你慢一点走，路很滑。章永健没有停下脚步，仍然快步朝前走着。曾友仁跟在后面继续说，没有事的，我看你拎得那么吃力，帮你拎两只。章永健没有停下脚步，有些胆怯地说，不，不，这样不好。说着，踩着地上的积雪，跟跟跄跄往前走了。曾友仁只好作罢,看着往前走的章永健,他大声说,你慢点走,路上都是雪,小心滑倒。

　　章永健比曾友仁岁数长,四十多岁,是省里下放来厂里接受监督劳动的文化人。两个月前他被安排到轧钢班劳动,曾友仁是轧钢班的轧钢工,他们俩才相识,成了同班组的工友。曾友仁清楚地记得,章永健来厂里和到班组时的情形。那天厂里召开全体职工大会,除在岗位上生产走不开的员工之外,其余的员工都得参加大会,包括休息在家的员工。那天大会会场的气氛也显得十分庄重,十分严肃。主席台前列成横队站着七个人,一个个弯腰躬背,低着头站在那里,不敢抬头看台下,其中一人就是章永健。章永健个头最小,身子也最瘦弱。主席台上讲话的人表情严肃,声音洪亮,情绪激动。他说,现在文化艺术界大多数人已经跌到修正主义的边缘,他们下放到厂里来,我们要时时监督他们,监督他们劳动,让劳动改造他们。坐在会议室的工人们不声不响地低着头,有的下夜班的工人显得十分疲倦,闭着眼睛坐在那里,也不知道他们有没有认真听主席台上人的讲话。曾友仁与工人们坐在一起,他没有听台上人的讲话,而是把眼光放在台前七个人身上扫来扫去,像是探雷器扫探地下有没有地雷似的。会后,个头最小、身子最瘦的章永健被安排到了轧钢班。其余几个人,有安排在均热车间的,有安排在精整车间的,也有安排在机修车间的,都是工作比较艰苦的地方。

　　章永健是车间主任领到轧钢班的,在轧钢班休息室里,面对全班的轧钢工人,主任对章永健说,按上级要求,你要好好接受工人师傅的监督,好好劳动,好好改造,我们也相信你会做到的。主任又对全班轧钢工说,你们也要负起监督的责任,不要迁就他、迎合他，也不要纵容他、姑息他。章永健站在主任身边，弯腰躬身，低着头，双手自然垂在腹前没有说话，一副彬彬有礼的样子。这时，曾友仁才看清，他个头虽小，有些瘦弱，神情却也坦然，坦然的神情中也透露出几许自豪和傲气。

车间主任将章永健送到班里，做了简单的布置，他就走了。主任走后，班长安排章永健与班里的人一起搬钢锭切头。钢锭切头是上一班生产积存下来的，当班的在轧钢之前，必须将地沟里的钢锭切头清理干净。钢锭切头大的有几十斤重，小的也有十来斤。班里人干这种活干惯了，小的搬起来就扔到铁板车上，大的两个人抬。章永健好像没有干过这样重的体力活，他拣小的搬也显得十分吃力。搬了几块以后，他的脸就开始变色了。曾友仁看到章永健在搬切头的时候没有戴手套，于是走到章永健的身边，悄悄地将自己的帆布手套丢在章永健的手边。章永健侧头看了一眼曾友仁，投来感激的目光。两个月下来，章永健与曾友仁虽然话不是很多，私下交往也不是很多，但章永健对曾友仁是认可的、友善的，并抱有真诚的好感。

曾友仁站在雪地里，看着拎着水瓶蹒跚走在前面的章永健，在心里嘀咕着，章永健的神情与平时好像不一样呀，今天他是怎么了？曾友仁没有往深里想，跟在章永健的身后，走进厂房内。刚走进厂房内，浓浓的钢铁味道便钻入了他的鼻子里。厂房内，机器轰鸣声不绝于耳，刚刚停歇下来的轧机、辊道还是热的，还在散发着热量。曾友仁走上栈桥，一股热浪就扑向了他。

走进班组，曾友仁换好工作服，将毛巾塞在脖子里，拿起铁锹就去地沟清理氧化铁皮去了，这是轧钢班接班后要做的事情之一。操作台上的几位轧钢主操手，要去轧机旁检查轧机的运行状态，检查轧辊的消耗程度。章永健也扛起铁锹，跟在曾友仁的后面来到地沟里。曾友仁先前给章永健的帆布手套，已经破得不能再用了，曾友仁特地多带了一副在身上。见章永健来到地沟里，曾友仁将手套递给了章永健。章永健接过手套，十分感激地轻轻说，谢谢曾师傅。曾友仁说，不用谢，不用客气。章永健没有再说话，而是挥起铁锹干活了。这时又来了几个人，他们齐心协力，一会儿就将地沟里的氧化铁皮清理干净了。

炼钢厂生产设备出了故障，红锭（钢水浇注的钢锭还没有冷却呈红色状）送不过来，初轧厂这边被迫停产了。停机待料的时候，班组里工人常常聚在一起聊天吹牛，说一些趣闻逸事。小刘是班里的小广播，常常道听途说，传播小道消息。班组里的人都知道他有信口开河、满嘴胡说的毛病。但是他讲故事、说趣闻时往往眉飞色舞，手舞足蹈，样子怪异，声调抑扬顿挫，很是风趣，所以也爱听他说。大王逗他说，小刘，有什么新的消息，说来给我们听听？小刘说，想听什么你说吧！大王说，别卖关子，说说有什么新闻吧。小刘说，你不说我还忘了呢，真有一则新闻说给你们听听。小刘清了清嗓子，又咳了几声，才开始说。小刘说，听说，烧结厂皮带运输生产线上，有位女工特别够意思。上夜班时，她不想干活，给班上的男工搞一下，活就全由男工包了，她就去一边休息了。这件事情被其他男工知道了，都争先恐后与这位女工上夜班，结果发生争执，几个男职工打了起来，事情闹到了厂里，厂长发火了。小刘说得有声有色，眉飞色舞的，好像是真的一样，逗得大家哈哈直笑。大王说，你就满嘴胡扯吧。小刘认真地说，你们不相信？那你们问问烧结厂的人就知道了。章永健坐在一旁发呆，两只眼睛看着均热炉台，不敢参与他们的说笑。小刘对章永健说，章永健，你是文化人，你们文化人在一起，不会讲这种低俗的故事吧？章永健侧过脸，看着小刘，神情为难地摇了摇头，没有说话。

　　章永健坐在那里发呆，昨天的事情像挥之不去的影子，老是在他脑海里盘旋。昨天，保卫科的人将下放来厂里的七个人一起叫到保卫科进行了训话，让他们老老实实接受改造，不要抱着侥幸的心理，不要抱有埋怨的情绪，不要偷懒耍滑逃避劳动。保卫科的人还说，我们已经发现你们其中的个别人，在工人师傅面前装着一副体弱无力的样子，偷懒耍滑，逃避劳动，以假象欺骗工人师傅。章永健自省，保卫科的人所指的，我身上有没有呢？他说的那些事情，在我身上存在不存在呢？想到这里，他心里就有些发冷，所以早上打开水的时候，当着上班那么多工人的面，曾友仁要帮他拎水瓶，他怎么敢将水瓶递给他呢？

　　下班后，班组里的人都到浴室去洗澡了。在浴室里，曾友仁在寻找章永健。透过浴室里朦朦胧胧的蒸汽，曾友仁在大浴池的一角看到了神情疲惫的章永健，他躺在浴池里闭目沉思。曾友仁下到水池里，慢慢走到章永健的跟前，在章永健的身边坐下来。他低声说，今天见你神情低落，是怎么搞的？章永健见是班组里的曾友仁，他马上直起身与曾友仁并排坐着，轻轻地说，没什么，觉得有点累。曾友仁不知道他们昨天被训话的事，便说，是不是想家里人了？说起家里人，章永健一脸茫然，他哪能不想家里人呢？可是想又有什么用？又能跟谁说呢？章永健目光呆滞地看着前方，没有说话，只是轻轻地摇摇头。曾友仁说，下了班，到我那里去坐坐，说说话。章永健马上说，不，不，不，这样不行。曾友仁口气坚定地说，有什么不行的，有话憋在肚子里，会把身子憋坏的。章永健仍然坚持说，不，不，不，不能去，别人知道了对你也不好。曾友仁说，有什么不好？我一个普普通通的工人怕什么，你自己也不用怕。正好今天是个大雪天，围着炉子取取暖，说说话，我们悄悄地不让任何人知道。洗好澡以后，我在厂大门外的马路边等你，你不要有任何顾虑。

曾友仁从厂里出来时，抬头看看天，天色阴沉沉，像是还要下雪的样子。他推着自行车站在马路边等候章永健。等了一会儿，天上飘起了雪花，一朵一朵的雪花，像是一片一片轻盈的羽毛，从天上慢慢地飘落下来。曾友仁站在那里等着，天慢慢地黑了下来，行人变得模糊不清了。雪，还在执着地、纷纷扬扬地下着。路灯亮了，灯光昏暗无力。曾友仁举目朝前看着，终于在漫天飞舞的雪花中，看到章永健顶着风雪，紧缩着身子，慢慢朝自己走来。

一路上，两个人没有说话。曾友仁骑着自行车，章永健坐在自行车的后架上，双手紧紧扶着自行车车座。曾友仁小心翼翼地骑着车子，他们俩各人想着各人的心思。到了家门口，曾友仁向屋里爱人说，家里来客人了。曾友仁爱人打开门，见到章永健，马上热情地说，快进门，外面冷。章永健进门说，麻烦弟妹了，多有打扰。曾友仁爱人说，老曾早就想请你来家里坐坐，怕你不方便不肯来。章永健十分感激地说，谢谢，谢谢你们！曾友仁爱人说，老曾在家常常说起你，不要客气。你一人在外不方便，来到这里，就当在自己家里一样。

出来这些日子，章永健没有听到过这样暖心窝子的话，听见曾友仁爱人这样说，心里还是很感动的。走进屋里，章永健一眼就看见玻璃窗前婆婆娑娑的竹影。章永健眼里马上放出光

光 阴

来，脱口说，你屋子外面种的是竹子？曾友仁说，在后院里，是我种的。说着，曾友仁打开后门，打开后院的电灯，后院里的"竹林"马上映入眼帘。章永健兴致勃勃地站在雪地里，用眼睛仔仔细细地盯着眼前的竹子看，看竹节、看竹梢、看竹干、看竹叶。章永健有些兴奋，自言自语地轻轻说："岁寒别有精神在，宜凭阑干雪里看"，今天看到好景致了。说这话的同时，章永健也想到了王羲之之子王徽之，想起王徽之生性爱竹子的故事。有一年，王徽之临时借别人家的宅子住，说好的只住一段时间。王徽之到了人家宅子里，第一件事情就让手下人在院子里栽种竹子。家里人知道后不解地问他："暂住，何烦尔？"——临时住住，为什么要做这么麻烦的事情呢？王徽之坐在一边啸咏，啸咏了半天，才指着竹子说："何可一日无此君！"——怎么可以一天没有这位君子呢！想到这里，章永健对曾友仁感慨地说，没想到曾师傅也爱竹。当年苏东坡说过，宁可食无肉，不可居无竹。曾师傅也有这个雅兴？曾友仁坦率地说，我老家是山里的，漫山遍野都是竹子，开门就能看得见，从小看惯了，仿佛不见竹子，就好像少了点什么似的。于是，我就从家里挖了几棵来，栽在院子里，也就是看看吧，没有章老师所说的那样雅兴。

那天，就着竹子的话题，章永健兴致特别好。曾友仁乘兴又劝章永健喝了点酒。两杯酒下肚，章永健话多了，打开了话匣子。在这两个多月来，曾友仁还没听过章永健说过这么多话。说到动情的时候，章永健低声喃喃，仿佛在自语，又仿佛在吟唱。只听他轻轻地说："绿蚁新醅酒，红泥小火炉。晚来天欲雪，能饮一杯无？"我家新酿好的酒，还没有过滤，酒面上还泛着绿泡，香气扑鼻。用红泥制成的烫酒小火炉也准备好了。天色已晚,看样子要下雪了,能不能陪我喝一杯呀!说到这里,章永健好像清醒了许多,振了振精神对曾友仁说,这是白居易写给他的好朋友刘十九的诗。全诗没有一句华丽的辞藻,字里行间却洋溢着温馨炽热的情谊。今天晚上,正巧窗外也下着雪,曾师傅和弟妹设酒真心实意地待我,洋溢着温馨炽热的情谊,令我感动,令我终生难忘呀。

事后,曾友仁也悄悄地邀请章永健来家里吃过几次饭,喝过几次酒。章永健痴迷于竹子,每次到曾友仁家里来,他都要钻到后院里,站在竹子面前,呆呆地看上半天。那时,曾友仁还不知道章永健是画家,更不知道章永健尤其擅长画竹子。当时在省城,章永健画的竹豪放多姿、虚心劲节,不仅得到了广大市民的喜爱,也得到了许多专家学者的赞誉,誉他为"江南一枝竹""板桥后一人"。

在曾友仁的家里,章永健十分开心,也十分健谈。回到班组里,他又变成少言寡语、担惊受怕的人,常常一个人默默地坐在一隅。他与曾友仁也不接触,也少有言语。过了些日子,曾友仁悄悄请章永健到家里吃饭的事,不知被谁知道告发到厂里去了。那天,保卫科的人将曾友仁叫到了保卫科。

下午三点钟的时候,曾友仁走进保卫科。保卫科里三个人,其中一个秃顶的人,用一双狡诈的、冷冷的目光看着曾友仁,用冷冷的语调询问他。曾友仁站在秃顶人的面前,谨慎地回答秃顶人的询问。诸如,你是轧钢班曾友仁?你知道我们喊你来是为什么吗?你最近做了点什么事?有时曾友仁反问秃顶一句,我做了什么事情?秃顶狡诈地冷冷地看着曾友仁说,你自己做了什么事情,你自己心里清楚,你自己好好想想吧,还让我说得那么明白吗?保卫科其他两个人也用冷冷的眼光斜视着曾友仁,令曾友仁很不习惯,很不自在。秃顶让曾友仁站在那里自己想,曾友仁便站在那里想。秃顶便做自己的事情了,也不再搭理曾友仁。过了一刻钟的时间,曾友仁才从保卫科出来。

回到班组里,已经到了下班的时间了,有的人已经换下工作服,手拿毛巾和肥皂往外走,去浴室洗澡。有的嘴上叼着烟,坐在凳子上休息。有的正在换衣服,做下班的准备。曾友仁回到了班组里,仍然不忘记保卫科秃顶的那些含含糊糊的话语,记起秃顶警告他说话时的样子和他那张狡诈的面孔、冷冷看他的眼神。想到这些,曾友仁心里起了小小的波动。莫不是请章永健到家里吃饭的事被人告发了?是谁告发的呢?自己规矩本分,遵守纪律,工作积极,不搬弄是非,在班组里也与工友友好相处,其他还有什么事呢?没有其他事情,保卫科的人为什么把自己喊去警告自己呢?还告诫提醒自己要自省。再看看班组里的人,待他也没有异样,难道不是班组里的人告发的?那么是谁告发的呢?回到家里,看着后院高高的挺拔的竹子,看着屋里一切都熟悉的环境,他的心也定了下来。

接下来,曾友仁他们班由白班转成了夜班。那天上小夜班,在班上他没有看到章永健,问起班长才知道,章永健身体不舒服,请假在宿舍休息。曾友仁放心不下,下了小夜班,他径直来到厂单身宿舍看望章永健。章永健的房门并没有关死,轻轻一推门就开了。他进门打开房间里的电灯,看见章永健独自蜷缩在床上。曾友仁走到床边,见章永健昏昏沉沉地睡着,轻轻地喊,章老师,章老师,你生病了吗?章永健醒来,伸出一只手,喃喃地说，是曾师傅吗？这么晚了，你还跑来看我。曾友仁说，我刚下夜班，听说你病了，我就来看你了。曾友仁握住章永健伸出来的手，觉得他的手很烫，再用手摸他的额头，额头也很烫。曾友仁吃惊地说，你还在发烧呢！不能这样躺着，得马上上医院。说着就给章永健穿衣服。章永健有气无力地说，不能再麻烦你了，已经给你添了不少麻烦了。曾友仁没有说话，给章永健穿好衣服，外面又用大衣将他紧紧裹住，用自行车推着他去医院。

夜深了，马路上静悄悄的，只有寒风在耳边呼呼吹过。昏暗的路灯，泛着毫无生气的红光，映在路边斑驳的残雪上。曾友仁吃力地推着自行车，时不时提醒坐在车座后架上的章永健。曾友仁轻轻地在章永健耳边说，你坐好了，一会儿就到医院了，到医院就好了。章永健昏昏沉沉地低声"嗯嗯嗯"地应着。

尽管室外气温很低，寒风凛冽，到了医院，曾友仁身上还是出汗了。他也顾不了自己，将章永健安顿在急诊室门口的长凳上坐下，急急忙忙去挂了急诊号，拿着急诊号去找值班医生。值班医院给章永健看过，开了处方，让曾友仁带他去吊水。吊上水以后，章永健慢慢地安静下来。没有过一会儿，章永健就睡了。曾友仁就坐在章永健的床边守候着，他看着盐水瓶，看着橡胶管上的那个玻璃小水滴，盐水一滴一滴地往下滴，流进章永健的血管里，也仿佛流进了曾友仁的心里。此刻曾友仁看着章永健安详地睡着，曾友仁也放下心来。到了天亮，水才吊完，章永健也退烧了。曾友仁将章永健送回到宿舍，并嘱咐他一定要好好休息。

光阴如梭，时间过得真快，眼看就要过新年了。又轮到曾友仁他们班上白班。还是和往常一样，到班组后，曾友仁换好工作服，扛着铁锹往地沟去。章永健也扛着锹，跟在曾友仁后面，一起去清理氧化铁皮。

氧化铁皮清理完以后，他们回到班组，刚刚坐下来，这时，厂里保卫科的人来到班组，说是要找章永健。章永健听说找自己，他马上走过来。保卫科的人对他说，你跟我到保卫科去一下，有人来找你。章永健心里很狐疑，他想，有谁找我呢？章永健看看班长，看看班组里的人，没有说话，就跟着保卫科的人走了。

章永健一走，从此再无消息，杳无音信，就像在人间蒸发似的。曾友仁曾经问过班长，班长说，不知道，一点消息没有。曾友仁又去问车间主任，车间主任也说，不知道，没有任何消息。曾友仁去保卫科去问，保卫科的人说，上面来了文件来了人，要带章永健走，章永健就跟着来的人走了。具体走到什么地方去了，为什么要带他走，我们也不知道，也说不清楚。

转眼过了十年。

曾友仁在班上轧机停机待料，班长组织大家清理地沟里的氧化铁皮。厂办的小李来找曾友仁，说有人找他，让他到厂部去一下。曾友仁心里想，有谁来找我呢？曾友仁也不知什么事，也不想问什么事。他从地沟里走上来，将铁锹靠在墙边，就跟在小李后面到来厂部。厂部办公楼前停着一辆黑色小轿车。见小李领着曾友仁过来，轿车里走下一位年轻的小伙子。年轻人十分热情地迎上来，恭恭敬敬地说，您是曾友仁曾师傅吧？曾友仁惊奇地看着轿车，看着眼前年轻的小伙，点点头。年轻人热情地说，有位领导要见您，您上车吧！曾友仁一听要上车，他着急了，他说，我又不认识领导，谁要见我呀？年轻人抱歉地说，上面通知我说，有位领导要见您，究竟是谁，我也不清楚，见到了您就知道了。厂办小李也在一旁说，曾师傅您就上车吧，领导特地派车来接您，您肯定认识的，去了您就知道了。曾友仁犹豫地说，我穿着这身油腻的工作服，会把车子弄脏的，这怎么能上车里呢？曾友仁为难地站在那里，不知道是上车好，还是不上车好，就像是一根木桩似的竖在那里。年轻小伙说，不碍事的，您上车吧。曾友仁这才坐到车里。

轿车从厂里开出来，驶上了宽敞的柏油马路，沿着雨山湖的林荫大道驶上了幸福路。这条幸福路是当年毛泽东主席视察这里曾经走过的路。沿着幸福路，轿车一直往山上开，开到半山腰上的交际处门口才停下。

交际处是市里档次最高的宾馆，是市里专门接待领导和贵宾的地方。下了车，小伙引曾友仁来到交际处的会客厅。会客厅里摆放着一圈豪华的真皮沙发，沙发上坐了几位领导，窃窃私语在交谈。见曾友仁到来，其中一位领导马上站起来，迎着曾友仁走过来，他十分激动地说，曾师傅，我们终于又见面了。说着，走到曾友仁的跟前伸出双手，紧紧握住曾友仁的手。

这时，曾友仁才认出了章永健，他眼里含着泪花，无比激动地说，是章老师？真是章老师啊！

一别十年了，曾友仁仿佛在梦里。这时坐在沙发上的几位领导同时也站了起来，围拢过来。章永健兴奋地向曾友仁分别介绍。他说，这位是市委书记，这位是市长，这位是市委常委宣传部部长。又转身对市里的领导说，这位是我在厂里时的师傅，我的师傅，也是我的恩人。说完，他对各位市领导说，你们先坐一会儿，我单独和曾师傅说说话。说着，就引曾友仁往自己的客房去。曾友仁迟迟疑疑地跟在章永健的后面,脚步走得很慢,他的意思是还有几位领导坐在那里,怎么能将他们晾在那里?章永健明白曾友仁的意思,便说,没有事的,让他们坐一坐。

走进客房,曾友仁有些惊讶,他从来也没见过这样豪华的房间。客房是大套房,里里外外三四间,各个房间里的布置都不一样,陈设富丽堂皇,极尽豪华。章永健请曾友仁在宽大的沙发上坐下后,自己隔着茶几也在沙发上坐下来。章永健望着曾友仁,无限感慨地说,光阴似箭,一别十年了。

曾友仁说,整整十年了,你走后,一点消息没有,我也曾经打听过,大家都说不清楚。我天天想,夜夜盼,今天终于盼到您了。

章永健回忆说,那一天走得确实很突然,我一点心理准备也没有。

曾友仁说,你走后,我曾到厂里去问过,保卫科的人告诉我说,是上面来人将你带走的。具体带你到什么地方,他们也不知道。

章永健说,那天,保卫科的人来班组找我,当时你们都在场,说有人找我,我便跟着保卫科的人走了。到了保卫科,我看见厂长、书记、保卫科科长他们都在保卫科。保卫科里有一位陌生人,陌生人与他们说了几句话以后,我就同陌生人坐车走了。陌生人是省里来的,车子也是省里的,当天我们就到省城了,我被安排到宾馆住下来。当时,我也不知道是怎么回事,与来接我的陌生人一路上没有交流,没有说话。他倒是对我很尊敬,很热情。我自我感觉是好的兆头,我觉得我的日子可能要出头了。果然,第二天,省里领导就接见我们,还有其他陆陆续续从外地来到省里的人。这些人都跟我的经历一样,被下放到下面,再从下面召回来。省里领导接见我们后,就宣布恢复我们的名誉,回原单位工作。我回单位工作不久,就被派到国外代表国家在国际艺术教育协会担任职务,在国外待了几年之后才回来。一晃十年过去了,仿佛在梦里。这次来这里,是市政府邀请我来的。来到这里,我就急于要见你,你是我的师傅,也是我的恩人。

曾友仁仔细听着章永健叙述,在听的过程中,深深沉浸在往事的回忆里。他听到章永健说自己是他的恩人的时候,曾友仁马上说,章老师您太客气了,我们是同班组的工友。

章永健说,在厂里虽然时间不是很长,但是那段时间是我情绪最低落的时候,要不是你和你的爱人的关爱和支持,我真怕自己坚持不下来。

曾友仁说,现在好了,能见到你,别提我心里有多高兴!

章永健说,在厂里的时候,我从来没有在你面前说过我是画家,那时候我哪有资格拿笔画画呢?

曾友仁诧异地说,您是画家?

章永健自豪地说,我是画家,而且尤其喜好画竹子。那年到你家去,痴迷你家那一片竹子。那片竹子还在吧?

曾友仁兴奋地说,还在。

章永健说,来,我画一幅墨竹图送给你,既是给你留着纪念,也是表达我对你的感激之情。

说着,章永健站起来,走到画案前,静心沉思了一会儿,接着他挥毫作画。他画的是一幅写意墨竹,挺拔向上的竹子,浓淡相间,错落有致,使人如入一片郁郁葱翠竹林之中。曾友仁看着章永健作画，看到他画的这些竹子，有似曾相识的感觉，感觉画的就是自家后院里的那片竹子。在画竹叶时，章永健下笔劲利，实按而虚起，笔笔精切，一气呵成。

墨竹图画好后，章永健又在右上方题了一首郑板桥的诗：

秋风昨夜渡潇湘，触石穿林惯作狂。
惟有竹枝浑不怕，挺然相斗一千场。

这首诗歌颂了竹子在困难的环境下，不畏艰难，挺然相斗的精神。借此诗，章永健表达了他对曾友仁的感激之情，也借此诗赞扬了曾友仁在困难中挺身而出，顶住压力，乐于助人的无私无畏的精神。

章永健将自己画的这幅墨竹图双手递给曾友仁，曾友仁接过这幅画作时，两个人都已经泪流满面了。两个人想要说的话，都在这幅墨竹图里，都在两人的泪水里。

曾友仁十分喜爱这幅墨竹图。回家以后，他将这幅珍贵的画作送到装裱店精制装裱，恭恭敬敬地挂在自家客厅正中央的墙上。每天早晨起来，他要看一眼墨竹图，晚上睡觉前也要看一眼墨竹图，常年坚持，始终不断。

古人说，子在川上曰，逝者如斯夫，不舍昼夜。消逝的光阴就像河水一样，不分昼夜向前流逝了。时间又过了二十余年，曾友仁已经退休在家养老了。他原先那个家，也被翻新盖成了新楼。曾友仁家由原先的一楼搬到了新楼的三楼。唯一舍不得的是自家后院里的那片竹子，旧楼拆除翻盖成新楼时，整个小区统一规划，那片竹子被铲除，不知所终了。搬到新楼的三楼后，曾友仁仍然将那幅墨竹图,恭恭敬敬地挂在客厅正中央的墙上,每天早晚都要看一看。

看着这幅墨竹图,曾友仁仿佛看到了那段难以忘怀的岁月,仿佛看到了那片难以忘怀的竹子。

2021 年 4 月 19 日初稿

2021 年 5 月 4 日修改

青　烟

　　哨子响起，唤醒了沉睡的钳吊。长长的哨音清脆嘹亮，钳吊慢慢地在轨道上滑动起来，就像一只展翅欲飞的大鹏，向均热炉台这边驶过来。钳吊移到均热炉炉台台口，接盖机开始移动，揭开均热炉炉盖，均热炉马上敞开巨大的火红的炽热的胸膛，熊熊的烈火在炉膛里燃烧。钳吊将长长的手臂，伸进炉火烧得正旺的炉膛里，轻轻地抓起一根通红通红的钢锭。厂房内顿时火光冲天。钳吊变成了金红色，炉台变成了金红色，厂房内变成了金红色，站在接盖机旁边的厂长包洪泽也变成了金红色。

　　包洪泽几乎每天都要到生产现场来转一转，看一看，无论是刮风下雨，还是酷暑严寒，从不间断，这是他的工作习惯，也是他的工作责任。钳吊吊起红锭送到一号台，一号台操作工将红锭调整摆正后，再让红锭顺着轨道向轧机驶去。眼盯着红锭进入了轧机，当班生产正常运行起来以后，包洪泽才离开均热炉台。经过均热炉台连着二号操作台的栈道走到二号台，再从二号台的楼梯走下来，走出车间，走出厂房外。

厂部机关大楼在厂房外，中间隔着一条铁路和一条马路。马路上跑的都是来厂里拉钢坯、拉工业废料的大货车。无论生产繁忙还是不繁忙，拉货的汽车每天都在马路上来回穿梭，一辆接着一辆，声音嘈杂，尘土飞扬。包洪泽站在马路边，等了几辆拉货的汽车驶过以后，才走过马路，跨过铁路，走到厂部机关大楼跟前。包洪泽的办公室在三楼，刚走进办公室，办公桌上的电话铃就响了。包洪泽拿起电话，听出是同学周成打来的。

周成是包洪泽的同班同学。上初二的时候，周成从别的学校转学来到包洪泽所在的班，他们成了同班同学，高中毕业前，从来也没有分开过。在班上，他们俩趣味相投，兴趣一致，十分要好。到了下放那年，他们俩才分开。包洪泽下放到淮北农村，周成下放到长江对面的和县乡下。两个人在学校里，是同学们公认的"铁杆"朋友，私下同学们称他们俩为"死党"。下放以后，虽然他们俩分别在两地，但是他们两人坚持书信往来，联系不断，友谊长在。招工回城以后，包洪泽招工进厂，在厂里学习勤奋，工作努力，得到了群众的赞誉与好评，也得到了领导的认可和赏识。包洪泽从基层普通工人做起，不断进步，后被提拔为厂长。周成招工回城以后，考上大学，毕业后分配在市政府当秘书，跟在市领导后面服务，经领导教育培养和提携，他也不断进步，现在担任市政府副秘书长。周成为人热情，交际广泛，朋友众多。

周成在电话里说，晚上不要忘了，祥云茶楼，好朋友开的，今天开业，一起去捧捧场。

包洪泽说，记着呢，没有忘。

周成说，将嫂子邀上，不要忘了，请她出来坐坐。

包洪泽说，知道了。

下班回到家里，爱人已经下班了。她在厨房里擦洗灶台。包洪泽爱人喜爱干净，每天总要擦擦洗洗的，一刻也闲不下来。凡是看见灰尘，看见不洁的地方，她就心生怨气，满脸不高兴。

包洪泽对爱人说，周成邀请晚上到祥云茶楼去吃饭，你换上衣服，我们走吧。

爱人停下手里的活，将手中的抹布丢在灶台上，有些勉强地说，我还要去吗？

包洪泽说，事先不是说好的嘛，下午周成又打来电话，特地嘱咐了一句，一定要将你邀上，让我不要忘记了。

爱人擦擦手，摘下围裙，显得有些无奈地说，那就去吧。

祥云茶楼坐落在雨山湖畔，迎面朝着雨山湖，背面靠着雨山。茶楼前是一片草坪，走过草坪就是湖岸，湖岸曲曲弯弯，绿树成荫。茶楼后有一条上山的步道，青条石铺成，一级一级蜿蜒向上，深远僻静。茶楼坐落在这么幽雅的地方，周成一定劳苦功高，否则不可能建在这里。周成本身就是一个热心帮助人的人，也是一个有能力能帮人办成事的人。茶楼呈徽派风格，整个建筑以砖、木、石为原料，黑瓦白墙，色彩典雅大方，通体显得恢宏华丽。装饰上也十分考究，砖雕的门罩，石雕的漏窗，木雕的窗棂、楹柱等，使整个建筑精巧大方，美丽如诗。

包洪泽和爱人来到茶楼门前时，茶楼已经高朋满座，宾客如云，人声鼎沸了。包洪泽和爱人走进茶楼，周成笑盈盈地迎了过来，高兴地说，你们来了，欢迎，欢迎。你们先走一走，看一看，然后在二楼包厢用餐。爱人说，来了这么多人，很隆重嘛！周成笑笑说，来的都是客，都是朋友，都是来恭维捧场的。包洪泽说，茶楼装修得很豪华，也很有特色。周成说，还行，还有点品位。包洪泽笑笑说，何止有品位，很有文化啊。周成笑笑说，徽派文化，都是安徽人嘛！又说，你们先看看吧，一会儿再见，我去应酬一下其他客人。包洪泽说，你去照顾其他客人，我们自己看看。

走进门，门厅有一块照壁，照壁上镶嵌了一块巨大的圆形的镂空砖雕。照壁后面是木质楼梯，盘旋而上。室内木质雕花走廊上挂着红灯笼，墙壁上挂着字画，显得十分喜庆。一楼有鱼池，里面有锦鲤，靠墙放有几只古色古香的博物架，架上摆放着古玩，形态各异，古朴诱人。二楼的正厅临窗摆放着几张方桌，旁边设有包厢。三楼整个一层都是包厢。各个包厢装饰也各不相同，房间里花格博物架上，有的放着瓷器，有的放着书籍，有的放着各式各样、大小不一的紫砂壶。虽说是茶楼，其实就是饭店，可以吃饭喝酒。

茶楼门前和一楼楼厅里都是来宾，站得满满当当的，就像在集市上，你挤着我，我挨着你。包洪泽与爱人走上二楼，本以为二楼人要少些，走到二楼一看，才发现楼上也站满了人。这些人大多数相互之间不认识，其中有几个人认识包洪泽的，都过来与他打招呼、握手问好。来打招呼握手的，包洪泽有的认识，有的不认识，有的似曾相识，他只好一个一个地应付。包洪泽一面和这些人应付，一面走进包厢，这里看看，那里看看。包厢里的陈设仍然是徽派风格，古朴大方，自然典雅。包洪泽只顾自己走走看看，竟没有注意到自己身边的爱人。到了招呼上桌坐下来喝酒的时候，包洪泽才发现爱人不在身边，他楼上楼下找了一遍也没有发现，不知道她什么时候悄悄地先走了。

来的都是朋友，都是客人，主办方也没有排席位，随便坐，坐满一桌为算。开席后，大家推杯换盏，相互敬酒，欢声笑语，气氛倒也融洽。周成过来敬酒，发现包洪泽身边少了爱人。马上说，嫂子呢？包洪泽说，她有事先走了。周成遗憾地说，特意请她出来坐坐，你怎么让她先走了呢？是不是你没照顾好她？包洪泽只好说，对，是我没有照顾好她。敬完酒，周成走出包厢，又到其他桌敬酒去了。

包洪泽发现爱人走了以后，心里也有些不怎么愉快。近些日子来，包洪泽觉得不知是自己有了变化，还是爱人有了变化，两人之间交流起来好像不是很畅快，常常为一件很不起眼的小事生闷气，闹得不高兴。包洪泽在家里，早晨起床较早，他没有睡懒觉的习惯，生物钟很准时，到时就醒了。醒了以后，包洪泽走进厨房烧水、做早点，若不小心将灶台上弄脏了，或是地上弄了些水渍，爱人发现后每每都是满脸不高兴，往往抱怨地说，你看看你，怎么弄的，地上到处都是水。她一抱怨，一不高兴，一天的气氛就被破坏了，包洪泽自己一天也高兴不起来。时间久了，两人之间就有些不冷不热的感觉。包洪泽常常在心里安慰自己，这是中年人的通病，或许是到了更年期的缘故吧。

酒席散了的时候，包洪泽走下楼梯，走到门口时，有一位年轻女士朝他大大方方地迎过来，十分热情地说，包厂长您来啦，我还不知道您来呢！包洪泽一下子愣住了，两只眼睛直看着眼前这位披着长发、身穿白色短袖连衣裙的女士，露出惊诧的神情。年轻女士继续说，我叫严丽琴，和您是一个厂的，您不认识我，我可认识您呐。包洪泽更加惊异地看着严丽琴，轻声地说，你说你是我们厂的?严丽琴说,是一个厂的,我是均热车间开接盖机的。

周成从楼上走下来,在门口看见包洪泽与严丽琴在说话。他说,你们俩认识吗?严丽琴马上说,他不认识我,我可认识他,他是我们厂的厂长。周成对包洪泽说,我倒忘记告诉你了,她是你们厂的,这个茶楼就是她同学开的。周成在讲话的时候,包洪泽两眼还盯着严丽琴在看,仿佛严丽琴身上有种魔力,将包洪泽深深地吸引了。

这时,楼上又下来许多人,都堵在门口,严丽琴和周成都忙着招呼离席的客人。转身,周成对包洪泽说,常来茶楼坐坐,都是朋友。严丽琴跟在后面也大大方方地说,欢迎包厂长常来。听到周成和严丽琴一席话,包洪泽好像从睡梦中醒来,他连连说,好,好,好,来坐坐,来坐坐。

回到家里,包洪泽看见爱人坐在床上,靠着床背,戴着老花镜在看书。包洪泽说,你怎么不吭一声,就悄悄地走了呢?爱人说,那么多人,我一个也不认识,在那里站也不是,坐也不是,十分别扭,我就先走了。包洪泽说,不就是应酬应酬,捧捧场嘛,管他认识不认识呢?爱人说,我可没有那样的城府,站在那里直觉得闷得慌。包洪泽说,走的时候跟我说一声呀。爱人抱怨地说,你那时哪能顾得上我呀!爱人一抱怨,一不高兴,包洪泽就像一只泄了气的气球,立即疲软没了精神。

包洪泽失眠了。窗外,明净如水的月光倾泻到屋里来,房间里明朗清晰起来,他看清了床头柜上的台灯,看清了床边高高挺立的挂衣架,看到了靠墙放着的桌子,看到了桌子上的茶杯和书本。此时,他的头脑也像这明净如水的月光,明明朗朗的。他看见严丽琴披着长发、身穿白色短袖连衣裙笑盈盈地朝他走来，又看见披着长发、身穿白色短袖连衣裙的肖玲朝他走来。一会儿是严丽琴，一会儿是肖玲。两个人反复变换，反复交替。包洪泽不敢相信两个人声音、气质、相貌、举止、衣着是如此相像，世界上真有如此相像的人吗？难道肖玲没有死？还活在人世间？抑或肖玲转世了？

在包洪泽心灵深处埋藏着一个封存久远的秘密，三十年多来深深地藏匿在心底从不示人。今天严丽琴走到了他的跟前，立即勾起了他难以忘却的往事。

包洪泽在上初一的时候，被班上一个活泼可爱的名叫肖玲的女同学深深吸引住了。肖玲披着长发，身穿白色短袖连衣裙，生性活泼，富有活力。一双水汪汪的大眼睛，清澈明亮，顾盼生辉。肖玲坐在前面，包洪泽坐在后面，隔着三张课桌。上课的时候，包洪泽注意力全部集中在肖玲的身上，他喜欢看她的一举一动，尤其喜欢看她回眸一笑的动人姿态。肖玲知道包洪泽在注视自己，有时她有意识地回头看看他，莞尔一笑。肖玲的这一笑，仿佛是向包洪泽伸过来的一双温情的小手，抚慰在他的心上，包洪泽得到了安慰，得到了愉悦，得到了满足。

下课了，同学们都到操场上去活动嬉闹，有的在追逐，有的在跳绳，有的在跳橡皮筋。包洪泽不参加活动，他静静地坐在一旁，眼睛盯着肖玲看，看她和同学一起在跳橡皮筋。星期天休息，包洪泽鬼使神差在家里待不住，经常守在肖玲必须经过的路段，坐在那里等候肖玲。有时肖玲同家里人一同走过来的时候，他就在远处向他们行注目礼，一直将他们送到远方，直到看不见为止。

那年夏天,坐在路边等候肖玲的包洪泽,看到肖玲同家人走过来。肖玲披着长长的头发,身穿短袖白色连衣裙,时不时转过身,看着路边的包洪泽。她的动作轻盈飘忽,如同神仙。包洪泽两眼盯着肖玲看。走到路口时,肖玲与家人打招呼告别,家里人朝车站走去,肖玲却向河边的小树林奔去。快到小树林的时候,肖玲停下脚步,转过身,撩起长长的头发,注视着身后远远看着她的包洪泽。包洪泽见肖玲招呼他,他马上迎着肖玲幸福地跑过去。

小树林边上原先有一片瓜地,还有一个看瓜的草棚,都是废弃了的,长期没有人用了。肖玲跑到草棚里,包洪泽紧紧地跟过去钻进草棚。肖玲站在草棚中央,包洪泽走进草棚深情地看着肖玲。他们彼此都没有说话,此时仿佛一切声音都是多余的,只有静静地注视,才能对得起这美妙而难忘的时刻。背面有一束阳光透过草棚破损的缝隙照在肖玲的头发上,肖玲如一位美丽的女神,高傲端庄地立在那里。包洪泽渴望地看着肖玲,他慢慢地蹲下来,蹲在草棚的门口。这时,肖玲轻轻地撩起长发,又一点点让头发自由落下。自由落下的头发,犹如一片瀑布倾泻而下。然后肖玲慢慢地解开连衣裙的带子,连衣裙轻轻如云飘然落下来,肖玲露出了自己美丽的胴体。这是包洪泽有生以来见到的最美丽的一道风景。包洪泽情不自禁地伸出一只手,抚摸她的皮肤,那柔软绸缎般的质感,深深嵌入包洪泽的骨髓里,令他经久不能忘却。可是时间不长,仅隔了不到一周的时间,肖玲就在小树林边上的河里,落水淹死了。听到消息以后,包洪泽跑到小河边伤心地号啕大哭起来。哭累了,哭乏了,他才停息下来,两眼紧盯着流淌的河水,不忍离去。直到太阳落山了,天渐渐暗下来了,他还在河边来回徘徊，回忆自己与肖玲在一起的幸福时光。

这件伤心的事情深深封存在包洪泽的记忆里，从来也没有向人诉说过。事隔三十多年了，怎么出现了与肖玲一模一样的严丽琴来了呢？

钢铁工业淘汰落后产能，大力推进产业结构调整，优化设备改造，提升技术等级的大戏，在各个钢铁企业隆重拉开了大幕。江南钢铁公司也积极紧追其后，力争抓住关键环节，突破难点，保持企业平稳快速发展。

公司召开淘汰落后产能，提升技术等级座谈会，包洪泽参加了会议。在会议上，包洪泽注意力集中不起来，他脑海里萦绕着自己也解不开的谜团，肖玲和严丽琴的影像在眼前不停地闪现，他手握着笔，在纸上胡乱写着，仔细辨认才能依稀看出是"肖""严"两个字。

公司生产副经理在会议上说，初轧开坯工艺，在钢与钢材之间起到了一个良好的咽喉作用，为公司的发展做出了不可磨灭的贡献，但是初轧工艺又是一个高能耗、高污染的工艺，在炼钢连铸不断发展的今天，初轧工艺越来越不适应企业发展的需要，要加紧做出初轧工艺淘汰时间表，加快连铸项目的工程建设，力争赶在其他钢铁企业的前头，保持企业平稳快速发展。

副经理继续说，大家可以充分发表意见，谁先说说？说着，用手指指包洪泽。他说，包洪泽厂长你先说说看。

听到点自己的名，包洪泽才将纷乱放飞的思绪收拢回来，回到座谈会现场。包洪泽说，淘汰落后工艺是大势所趋又迫在眉睫的事，我个人完全同意淘汰初轧的落后工艺。我们厂还有一部分冷锭，外来加工开坯的也积存一部分冷锭。炼钢红锭如果停止生产了,不再送初轧了,我们的意见,是必须把积存的冷锭消耗完。这样,初轧机才能停。我们回去以后好好干,不拖公司淘汰落后工艺的后腿。

副经理说,公司生产部对于冷锭积存的问题也有所考虑,能轧的我们尽量自己轧,不能轧的,或者来不及轧的,可以用外销的办法来解决,你们看呢?

包洪泽表态说,听从公司的安排。

自从见到严丽琴以后,包洪泽如同浴火重生凤凰涅槃似的,又回到了他那逝去的时光。包洪泽变成了那个十三四岁的男孩,那个执着而决绝、痴情而沉迷的男孩。包洪泽深深陷入肖玲是不是没有死的纠结之中不能自拔,甚至活在自己认定的肖玲与严丽琴一定存在某种关系的世界之中。痴情而沉迷,执着而决绝逼迫他每天必须要见到严丽琴,否则他就张皇失措,如坐针毡,不得安宁。

当年那个男孩,最先是坐在路边静心等候心中的女神必须经过的路段,包洪泽现在也是这样。严丽琴每天上班,总要接班上岗,总要进接盖机操作室的。包洪泽就守在加热炉边,看到严丽琴走进接盖机操作室以后,他才离开均热炉台。只有这样,他才会释然和愉悦。

一天,严丽琴接班看到包洪泽站在均热炉旁边用眼睛注视着自己,她以为包厂长找自己有事,便主动地走过去,热情地说,包厂长是不是在找我,有事吗?

包洪泽马上调整好情绪应付严丽琴,他坦然地笑笑说,没什么大事,那天我问你,你们家是不是本地人时,你好像说不是的。

严丽琴说，我们家是从芜湖过来的，我十岁那年，我们全家随父亲来到这里的。

包洪泽说，我看你好像有点面熟，你母亲姓什么？姓肖吗？

严丽琴咯咯咯地笑起来说，包厂长肯定认错人了，我妈不姓肖，我妈姓李。

包洪泽坦率地说，哦，可能是我认错了。

这时，随着一声长长的哨音响起，钳吊起动了，开始向均热炉这边移动。严丽琴说，要出钢了，我去工作了。说完，莞尔一笑走了。看着严丽琴的笑容，包洪泽仿佛看到了年轻时的肖玲，他感到温暖而慰藉。

尽管严丽琴否认自己与肖玲有任何关系，但包洪泽还是不能释然，他看到严丽琴，仿佛就看到了肖玲，于是他仍然执着追着严丽琴。起初他是注视严丽琴，借着工作上的便利，接触严丽琴。时间长了，包洪泽有意接触严丽琴，被严丽琴发现了，也起了她的注意。那天，严丽琴看到包洪泽站在均热炉边，主动迎过来问包洪泽是不是找自己有事，就是一个很好的例证。包洪泽在心里想，自己毕竟是厂长，考虑到自己的声誉，他不想引起严丽琴的猜疑，也不想引起其他人的关注和闲话。从那以后，包洪泽不敢直接面对严丽琴了，也不敢单独一个人与严丽琴交谈。但是，包洪泽看不见严丽琴时又觉得十分伤感，仿佛又失去了什么，心慌意乱，惆怅不已，心绪不宁，于是他开始躲在暗处窥视严丽琴。

上白班的时候，包洪泽站在自己办公楼的走廊上，目视办公楼前水泥路上上班的人群，直等到严丽琴披着长发骑着自行车从眼前骑过他才罢休。夜班的时候，包洪泽会守在厂房外自行车车棚附近，看到严丽琴推着自行车走出车棚，再用目光远送严丽琴骑着自行车离去。逢到休息日，包洪泽则会在严丽琴家门口远处守候着，直到见到严丽琴为止。

有的时候，守候不一定都能见到严丽琴，于是，包洪泽由窥视改为跟踪，跟踪严丽琴。严丽琴下班的时候，从自行车棚推着自行车走出来，然后骑上自行车离去。包洪泽远远跟在她的身后，直到严丽琴骑到家，看见严丽琴走进门洞里，他才依依不舍地离开。逢到严丽琴休息，他会早早地守候在严丽琴家楼下，等候严丽琴出来。严丽琴上商场购物，包洪泽会远远地尾随其后。严丽琴陪家人去公园游玩，包洪泽也会悄悄地躲在树丛后面，窥视着他们。如果有一天没有候到严丽琴，包洪泽会烦躁抓狂，甚至在心底里咆哮：严丽琴你在哪里？你在哪里啊！你究竟是谁？为什么会出现在我面前？是谁让你出现在我的面前的？为什么啊，啊？为什么现在要出现在我面前？之后，包洪泽像生了一场病似的，神情恍惚，精神萎靡。

那天晚上，吃过饭以后，爱人见包洪泽神情有些疲倦，她知道他在厂里工作压力比较大，有些想说的话到了嘴边也不想说了。但是儿子的事是大事呀，为了儿子的事，为了儿子的前途，有些话她不得不说。爱人对包洪泽说，你除了工作以外，也得关心关心你儿子吧！

包洪泽说，儿子怎么了？

爱人不高兴地说，儿子怎么了？这一段时间成绩下滑，这次模考没考好，可能上高中都有困难。明天就要正式考试了，你总不能让他上技校吧！

包洪泽这才清醒过来，他立即想到了周成。家里凡是有事，包洪泽都是求周成帮忙的。家里人生病住院，调动工作，孩子上学，等等，都是找的周成。第二天上班的时候，包洪泽给周成打了电话，电话里周成说，我问问情况再说。没想到过了几天，周成打电话来说，你儿子被二中高中部录取了，你放心吧。

为了感谢周成，包洪泽和爱人请周成在祥云茶楼吃饭。

老朋友相聚，气氛轻松愉快。后来下起了雨，雨下得确实很大，屋檐上的雨水瀑布似的倾泻下来，在祥云茶楼门前挂起了一道雨帘。周成说，我的车来了，我先走了。周成冲破雨帘，出了门就钻进等候他的轿车里。包洪泽对爱人说，你先回家吧，下这么大的雨，我要到厂里去看看。

包洪泽心里想的是严丽琴。他冒雨到了厂里，先在地下油库、主电室里看看，又到轧钢车间里转了转。等到小夜班下班时，他才远远地站在自行车车棚外等候严丽琴。包洪泽穿着雨衣站在雨中，像一尊雕像竖在那里，两只眼睛紧盯着前方，好似猎人注视着前方的猎物。此刻站在雨中暗处的包洪泽成了当年的小男孩，一位怀着美好憧憬、痴情沉迷的小男孩。严丽琴出现了，她穿着雨衣，冒雨跑进了自行车车棚里，过了一会儿推着自行车走出来。这时，下班的人都走出了厂房，来到自行车车棚取车子。包洪泽骑着自行车跟在严丽琴后面，一直将严丽琴送到她家楼下。看见她走进门洞里了，他才回家。

到家已经深夜一点多钟了，包洪泽衣服全被雨水淋透了。为了不影响家里人睡觉，他轻轻地脱下雨衣，将头发上的雨水擦擦干以后就上床休息了。睡下以后没有过多久，包洪泽觉得自己身子变轻了，轻如鸿毛，仿佛被风吹起来，飘飘忽忽的。接着，包洪泽则迷迷糊糊地做起梦来。在梦里，他看见前面穿着雨衣、骑着自行车的严丽琴，突然停下来，脱掉雨衣，转过身来，两只眼睛深情地看着包洪泽，还用手轻轻地撩起了自己长长的头发。包洪泽仔细看时，撩起头发的却是肖玲。肖玲的背后有一束耀眼的阳光，她温柔地笑着，还是当年的样子，穿着白色短袖连衣裙。包洪泽慢慢地走近她，再仔细看时，肖玲却变成了严丽琴。严丽琴穿着雨衣迎头朝包洪泽走过来，嘴里还凶狠地说，你怎么总是跟踪我？为什么要跟踪我？你不想想你的身份吗？你是有身份的人，你是厂长，你不尊重你的名誉，我还要尊重自己的名誉呢！严丽琴说完话，又变成了雨中骑着自行车的严丽琴。包洪泽骑着自行车想追上严丽琴，可是双腿像灌了铅似的沉重，再怎么用力自行车也跑不快，始终追赶不上严丽琴。这时从路旁边又冲出来几位穿着雨衣的男人，在雨中恶狠狠地用手指着包洪泽叫嚷着，你是无耻的恶棍，你是无耻的意淫者，你是无耻的变态狂，你是……包洪泽醒了，惊出了一身冷汗。爱人见他这样，安慰他说，你是怎么了？是不是工作压力太大，还是哪里不舒服？包洪泽搪塞地说，没什么，只是觉得有点累。

  过了几天，包洪泽突然听到了周成不幸落难的消息。这个消息，犹如一声晴天霹雳，在他耳边炸响，他十分震惊，也十分悲痛。那天晚上，周成冒雨同市领导在江堤上巡查时，不小心滑入江中，被滔滔江水冲走了。市领导当即组织力量搜救，可是雨下得太大，滔滔江水又十分湍急，一直没有搜索到。市里没有停歇，坚持不懈组织人员进行搜寻。搜寻了几天，才在长江的慈姆山石缝中，找到周成的尸体。在殡仪馆，包洪泽与周成做最后告别时，他看见周成被推进炉膛里，一团熊熊燃烧的烈火顿时裹住了周成，周成瞬间变成了一股青烟。看到这一情景，包洪泽伤心至极。

那天，包洪泽来到周成落水的江边，面对滔滔的江水，坐在江堤上号啕大哭起来。当年肖玲落水遇难以后，他在河边徘徊许久，号啕大哭过。今天他为自己的好友周成，再次号啕大哭。他苦苦地哭诉，你们为什么都离我而去？为什么都离我而去？包洪泽知道，自己无力挽救他们，只能以号啕大哭来对他们进行悼念，用号啕大哭的方式来排解自己心中的悲伤和苦痛。

回到厂里，包洪泽站在办公楼的走廊上，他知道严丽琴上白班，上班的时间已经过了，他没有见到严丽琴的身影。待转小夜班了，包洪泽来到均热炉台上，他仍旧没有看到严丽琴的身影。严丽琴怎么了？是调整班次了，还是调整岗位了？还是有意躲着自己？包洪泽此时不想探个究竟，也不想咨询任何一个人，他只是用心在等待，用情意在企盼。

公司确定了淘汰落后工艺时间表，厂里积存的那些冷锭，公司已经组织人员进行外销了。公司决定初轧年底实行永久性停产。

和往常一样，包洪泽仍坚持每天到生产现场转一转、看一看的习惯。今天他走到均热炉台上，心情与往常却不一样，情绪有些低落，有些沮丧。看着眼前的一切，心情也有些沉重。这里轰鸣的声音将停息，这里飞转的轧辊将停息，这里运行的钳吊将停息，这里一切的一切都将停息。

这里是包洪泽熟悉的工厂，是他不断成长的工厂。他自从下放招工回城进厂以来，他一直在这个厂里，从一个普通的轧钢工人做起，后来担任了轧钢班长，再担任车间副主任、主任，再提拔为副厂长、厂长。厂里的一切都是他十分熟悉的，厂里的一切都是他的朋友。钳吊是他的朋友，均热炉是他的朋友，轧机是他的朋友，这些朋友在不久的将来，也将永远地离他而去。

包洪泽站在均热炉台上，站在接盖机旁边。一声长长的哨子响起，钳吊启动了，慢慢地在轨道上滑动起来，向均热炉台这边驶过来。钳吊移到均热炉炉台台口，接盖机揭开均热炉炉盖，炉膛里的火在熊熊地燃烧着，厂房内顿时火光冲天。钳吊变成了金红色，炉台变成了金红色，厂房内变成了金红色，站在接盖机旁边的厂长包洪泽也变成了金红色。钳吊缓缓地向均热炉口移动，还没等钳吊伸出手臂，包洪泽抢先向均热炉跨出了一步，包洪泽跌进了炉膛里。包洪泽死了，他死得如此决绝而彻底，消失得如此纯粹而朴实。

人们根本没有想到，包洪泽以世人意想不到的方式，完成了死亡仪式。不知包洪泽自己是怎么想的，他拒绝寻找，拒绝祭奠，不留任何痕迹。包洪泽那轻微地朝前迈出的一步，那一步是无法用长度来丈量的，他的那一步跨出了世俗，由尘世跨入了天堂。包洪泽在熊熊火焰之中，将自己化成了一缕青烟。

2021 年 4 月 26 日初稿
2021 年 5 月 5 日修改

雪　殇

　　雪从夜里就开始下了，一刻也没有停过。到了早上，房子上、树上、窗台上，小区里的草坪、路上到处都是雪，白皑皑一片。

　　刘若雪今天上白班，她推着自行车走出楼道时，冷风像一只巨大的手掌将她挡在楼道口，好像挡着不让她出门似的。刘若雪毅然地推开巨大的手掌，艰难地推着自行车走到雪地里。雪还在下，像是天外的来客，一片一片地落下。这会儿雪片似乎也大些，仿佛是梨花的花瓣儿，一片跟着一片，不紧不慢地落在刘若雪的头顶上，落在她的身上，落在她身边的地上。小区里的路上都是雪，车子不能骑，只能推着走。刘若雪自言自语地愤愤地说，这鬼天气，让人怎么受得了哇，一夜间下了这么厚的雪！站都站不稳，走都走不动，还要推着自行车。她一边说着，一边推着车子走，好不容易走出小区，走到大马路上。上了大马路，她已经气喘吁吁，十分乏力了。她睁着圆圆的大眼睛，朝前看了看，路面上的雪被汽车碾压成了斑驳的水渍，好在还没有结成冰。刘若雪毅然骑上自行车，像是骑上了一匹骏马，冲进雪花飞舞的世界里。刘若雪身子胖,加上穿着厚厚的羽绒服,整个人就像一只球在雪天里滚动。

刘若雪骑着自行车冒着风雪,费了好大的劲,终于骑到了厂里。她将车子推进自行车车棚,将车锁好,走出车棚。她抬头看看天,天空中黑云密布,雪仍在下,雪花从黑云里飘出来,与从家里出门时相比,雪似乎更加稠密了。车棚就在车间大门口边上,她踩着路上的积雪,朝车间走去。

刘若雪所在的厂,是一座国营大型轧钢厂,从加热车间、轧钢车间、精整车间,再到成品库,是一条现代化的长长的流水生产线,有几百米长。她所在的车间,是整条流水生产线上的中间段,也是整个轧线上最关键的轧钢车间。全厂加上辅助机修车间和行政科室,共有员工2000多名。走进车间大门,左手边是机修车间电工休息室,右手边是均热车间的加热炉。轧钢车间轧钢工休息室,在轧线的西边。刘若雪每天来上班,都要走过电工休息室,走过加热炉,走过轧线上的天桥,才能到轧钢车间轧钢工休息室。刘若雪走到电工休息室门口时,就看见许多人围在休息室门口,小声在一起议论着。她停下脚步,凑过去听了一会儿,才听出缘由。她心里陡然一颤,如被雷击了一下,脸色也变得有些灰白了。原来昨天夜里在配电房那边的雪地里发现了一具尸体,经查,死者是不久前来厂里的务工人员。

刘若雪的心"扑通扑通"地跳着,她走进班组休息室时,看见二号台的轧钢工许健生、姚东他们俩先到了,已经将屋里的炉火烧得旺旺的,一进门就有一股热浪扑向自己,犹如一脚从寒冬踏进了春天里,顿时身上就感到暖烘烘的。刘若雪进门便对他们说,昨天夜里厂里出了事,你们听说了吗?许健生和姚东没有接她的话。刘若雪走到内屋更衣室将衣服换好走了出来。她看见许健生和姚东两人对厂里发生的事没有反应，于是改口继续说，这个鬼天气，雪从夜里就开始下了，到现在一刻也不停，有一段路路上积了雪，路面上还有冰冻，车子没有办法骑，我还推了一段路，好不容易骑到了厂里。许健生、姚东他们俩听着刘若雪在说话，都没有主动搭她的腔。其实，许健生和姚东他们俩一早来到厂里的时候，也听说了昨天夜里厂里发生的事情，他们长期在一起上班彼此之间的秉性相互都知道，刘若雪是个话痨，谁搭她的腔，她就找谁说话，所以他们俩都没有主动搭她的腔。你不搭她的腔，她也无所谓，彼此都习惯了。刘若雪也不计较他们搭她的腔，还是不搭她的腔，刘若雪照旧说着，一边说一边看着他们各自在做自己的事。许健生在整理班组内务，拿着拖把低着头在拖地。姚东用脸盆将长条桌上的烟灰缸和丢弃的杂物一起收集到脸盆里，端着脸盆到水池上去洗了。

这时班组里的人陆陆续续都来了，每进来一个人，屋门都要开合一次，都会将屋外的寒气带一点点进来，最后走进来的是班长。他们走进来习惯性地先到更衣间换衣服，换好工作服才走出来。见来的人多了，刘若雪说话的兴趣又提了起来，她说，我刚走进车间大门，就看见电工休息室门口，聚了几个人在议论。我凑过去听了一会儿才知道，他们议论的事比今天的天气还要坏，是一个极不好的消息。

班长换好工作服走出来，他看见刘若雪在说话，便笑了笑对她说，大美女一大早就听到什么坏消息啦？

见有人搭她的腔，刘若雪两只圆圆的大眼睛，顿时发出一道明亮的光来。她说，我走到电工休息室门口时，听他们在议论，我站在旁边听了一会儿,才知道昨天夜里在配电房那边死了一个人。这个人不是我们厂子里的,听说是外来务工人员。在他尸体旁边还有一把剪电缆用的大老虎钳,他一定是想偷电缆,不巧的是他可能剪到有电的电缆了,结果被电死了。听到这个消息,我心里一颤,十分吃惊,太可怕了。

许健生拖好地,将拖把放在墙角。听刘若雪在那里说,他便抬起头对她说,你怎么确定他一定是偷电缆被电死的呢,这么快就给他定性啦?你看见的吗?

刘若雪马上说,他不是偷电缆被电死的,在他的身边为什么还有一把大老虎钳呢?

许健生说,他死在电缆线旁边吗?

刘若雪说,听说他是倒在配电房外面的,在外面雪地里被发现的。

许健生说,就是嘛,他为什么没有倒在电缆线旁边,而是倒在配电房外面呢?这件事情不能妄下结论,要等专家来论证以后才能确定,你说是不是?现在下结论是不是太早了点?

刘若雪继续说,这么冷的大雪天,不好好地在家里待着,跑到厂里来干什么?跑到厂里来,还想偷厂里的电缆,这不找死又是什么?

许健生驳斥她说,你刚刚不是说死者是外来务工人员吗?那他一定是当班的,在厂子里上班,他怎么能待在家里呢?你真是绝顶的聪明。说完话,他就出去例行检查了。

听了许健生的话,刘若雪来劲了,她加快了语速,就像机关枪里面连发出来的子弹,对着他出门的背影说,我不是绝顶的聪明,我也不是很笨的。我读过高中,在农村里插队两年时我坚持自学。招工进厂以后我上过电大，读过加缪的《正义者》，读过海明威的《永别了，武器》，读过日本作家芥川龙之介的《舞会》，读过霍桑的《红字》。我知道司汤达、莫泊桑、托尔斯泰、巴尔扎克、克里斯蒂。我知道《史记》，我知道李白和杜甫，我不算绝顶聪明，也不是很笨吧！

刘若雪在说话时，班组里大多数的人都已经出去了，到自己的工作台，做交接班上岗准备工作去了，仅留下班长在屋里写接班日志。这时，姚东洗好茶杯和烟缸，端着脸盆走了进来，正好听到她如数家珍，知道哪些名人，读了多少多少书。

班长说，大美女还在发表高见吗？人家都去做上岗工作准备了，你也得准备准备呀。

平时不爱说话的姚东，将脸盆放在条桌上说，刘若雪待在我们班组里，与我们大老粗在一起亏了，一肚子才华没有地方展示，你应该调到厂里去。

刘若雪马上说，你什么意思？

班长在一旁说，我们姚东平时不喜欢说话，他说起话来干脆、直白，也很实在，不喜欢拐弯抹角，他说你有才华是事实也是真心实意的，姚东你是这个意思吧？

姚东笑笑说，我直截了当，实话实说，我怎么想的就怎么说了。

刘若雪释然地说，请我去，我还不去呢！我就喜欢待在这儿。

许健生在轧机边察看了一番，走了回来。他对班长说，轧区我已经检查过了，没有什么问题，轧辊也不需要更换的。班长说，辊道下的氧化铁皮呢？要不要清理？姚东说，昨天大夜班没有轧多少钢，辊道下面氧化铁皮不是很多，暂时可以不清理。班长说，我们当班中，如果有待料时间的话，我们就组织几个人清理一下，也给下一班生产创造良好的条件，你们看怎么样？许健生说，行，有时间的话，我们清理一下。

刘若雪的话，好像还没有说尽兴。她继续说，上上个星期五，也是我们厂里的工人，工休时带孩子放风筝，风筝线断了落在一个废旧的厂房顶上，这个工人爬到房子顶上够风筝。这个废旧的厂房顶是石棉瓦的，年久失修已经风化了，他爬到高处时，石棉瓦碎掉了，他一下子掉了下去。废旧的厂房里还有许多废弃的设备，这个工人当场就摔死了。这是上上个星期五的事，你看今天一大早，又发现配电房那边死掉一个人，真吓人。

许健生说，今天也是星期五。

刘若雪说，我知道今天是星期五，你以为我不知道呀！

厂里正常生产的时候，几乎每天都是一样呆板固定的。设备机械地运转着，工人机械地操作着。机器隆隆的叫声与工人机械的操作，都是按部就班没有变化的，日复一日，月复一月，年复一年。到了下午两点钟的时候，加热炉台上指挥钳吊的调度员口里吹着长长的哨音，急速地用手比画着，示意钳吊停下来，停止出钢。转而，又用手向一号台比画着，示意出事故了。

在一号台操作的刘若雪，看到调度员的手势，立马就意识到发生事情了。顿时，她的心跳到嗓子眼，一阵恐惧像是一只猛兽向她扑来，浑身似水浇的冰凉，她手足无措地愣在那里，自言自语地说，这是怎么啦？又会出什么事情呢？不会像早上一样，又出……她不敢想下去。她将钳吊放下来的最后一块红钢调好头送向二号台，才停止操作走出一号台操作室。走出操作室，她就看见好几个工人，急急忙忙地往加热炉一号坑的方向跑。

刘若雪走到二号操作台外面的走廊上，就走不动了，一是由于她心里发慌，没办法使自己自然地走动；二是她本身身体胖，两腿像灌了铅似的重得提不起来。这时，还有人从她身边跑过，向加热炉台上奔跑。

刘若雪问身边匆匆跑的人，出什么事了？

那人一边跑一边说，不知道，好像是机修车间里的人。

刘若雪说，人没有事吧？

那人说，现在还不清楚，我过去看看。

这时，又有一个人跑过来，刘若雪说，究竟出了什么事，看你们慌慌张张地跑？

那人一边跑，一边说，不清楚，听说有人出事故了。

辊道上最后一块通红的钢坯通过轧机，轧辊仍在有序地运转着，机器仍在隆隆地轰响着，红红的钢坯仍在轧机下，有规律地碾压着。坚硬的红钢，在轧机下成了一个柔软的面团，一会儿碾向前，一会儿碾向后，来回碾轧着。不一会儿，一块长方形的红钢坯就变成了一条 30 米长的小方坯。辊道上顿时也变成了一条钢的河流。

加热炉台上围了一些人，也有的人像刘若雪这样，站在那里远远地向加热炉台上眺望。过了一会儿，围在加热炉台上的人开始散了，陆陆续续离开了往回走，回到自己的岗位上去。

班长从加热炉那边走过来，见到刘若雪与几位轧钢工站在二号台操作室外走廊上，向加热炉台上的人群张望。班长说，不要过去了，是机修车间里的一位电工，在例行检修打开配电柜时，不小心触电了，被电击倒了，人已经不行了。他被电击中后，是仰倒在地上的。

事情发生后,整个轧线停产了。整个长长的轧线有了暂时的寂静。这寂静好像是在默默地为死者送行,也好像给死者留下片刻的安宁。半个小时以后,轧线恢复生产,指挥生产的哨音清脆地响起来。整个轧线又欢腾起来了,钳吊照样吊钢,轧机照样下压,机器照样轰鸣,生产依然是有秩序、有节奏、机械地进行着。机器不知道外面发生的任何事情,机器也不关心外面发生的任何事情。对于那位电工来说,他的生命已经终结,已经走到了尽头。而对于机器来说,它是茫然无知的,就好像刚刚什么事也没有发生过。

刘若雪换岗下来,她心绪不宁地回到班组休息室。早上听到死亡的消息后,她感到十分吃惊,现在在当班时间里又出现了一起工亡事故,这一现实更使她感到恐惧。刘若雪一个人坐在条桌前,满脑子里回放着所经历的一幕幕。她黯然神伤、自言自语、十分惊恐地说,这究竟是怎么回事呢?这个星期五究竟是怎么了?

许健生走进休息室,他进来是拿衣柜里的香烟的。见刘若雪有些惊恐地坐在那里,就劝她说,这么大一个厂子,哪能不出一点事故呢?工亡的事也是经常发生的,你不要太在意,不要往心里去,也不要想得太多。你不是喜欢读书吗?你自己静静心,看看书。说完,他就走了,回到二号操作台。

刘若雪独自坐在那里,自言自语地说,我是带了书来的,是芥川龙之介的小说集。昨天晚上,我还读了他的《舞会》,说是他的名著,我也看不出来好在哪里。不就是跟法国军官跳了一次舞嘛,这有什么值得炫耀的呢?"我在想烟火的事儿,好比我的人生一样的烟火",我也不能理解,关键是我现在静不下心来呀!

有什么事使你烦恼,让你静不下心来呀?走进来说话的是牛国建。牛国建是这个班的轧钢工,可是他很长时间没有到班组里来过了,长年在外不来厂里上班,他自己在社会上混事。

听到牛国建的声音,刘若雪惊吓得手一抖,刚刚拿到手里的书,一下子掉在桌子上。看着牛国建冒着大雪走进来,她惊恐万状地对他说,你怎么来啦?

牛国建说,来看看你呀,好久没有见你了,有点想念你呗。

刘若雪说,你还是赶快走为好,现在厂里比以前管理严格多了。最近厂里又出了不少事情,你这时候来,有点不太适合。

牛国建说,看来你从来都没有想过我,不欢迎我回来是不是?

刘若雪说,你想回来上班吗?

牛国建说,回来就必须是上班,不能有其他事吗?

刘若雪说,那你回来有事了?

牛国建说,当然有事了,没有事,我会冒着这么大雪跑过来?

刘若雪知道牛国建在社会上关系很复杂,他本人也是混球一个,性情粗野狂暴,为人心狠手辣,性格偏执古怪,与班组里的人格格不入。他在班组的时候,也没有多少人搭理他。刘若雪从心里更是畏惧他、害怕他。有一次上夜班时,牛国建借着酒劲,曾经强暴过刘若雪。刘若雪因为胆小怕事,畏惧他性情粗野,没敢声张。自从那以后,刘若雪时时提防他,事事躲着他,不敢轻易冒犯他。有一天,牛国建在食堂里与一位工人发生了口角,两人争执起来,牛国建冷峻地看着对方,突然举起手里的搪瓷碗,狠狠地砸向那位工人的额头,那人额上顿时砸出一个巨大的口子,好似小孩张开的嘴巴。他伙同社会上的混混,偷窃倒卖厂里的物资被告发以后,他被抓了进去,坐了三年牢。牛国建进去以后，刘若雪那颗惧怕的心才渐渐地放松开来。按照当年的政策，牛国建刑满释放后仍回厂里由厂里安置工作。于是，牛国建刑满释放后又回到了班组里。牛国建回来以后，刘若雪惧怕他的那根弦，从心理上、工作上又绷得紧紧的了。可是从牢里放出来的牛国建，不是当年的牛国建了，他的心思不在刘若雪身上，而在捞钱上、在混事上。他回到厂里不久，就开始混日子不好好工作，常常跟社会上的混混混在一起，经常迟到早退，发展到后来经常旷工，时间长了干脆不来上班了。他具体在社会上混什么，没有人说清楚。有的人说他在做生意，有的人说他在赌博，有的人说他在帮黑社会做事，有的人说他又进去了。平时大家也不关心他，很长时间以来，班组里没有人提起过他。

牛国建突然出现在刘若雪面前，刘若雪顿时寒毛直竖，特别紧张和害怕。她连忙从口袋里掏出一只小药瓶，倒了一颗药吃了下去。

牛国建说，你这是干什么？

刘若雪说，我有高血压，我突然感到不舒服，身体不舒服，头也有点晕，可能是血压高了。

牛国建调侃地对她说，你一见到我，血压就高了，而不是热情高，难道你对我一点感情也没有吗？

刘若雪说，你想到哪里去了。今天厂里的事情真多，上午死了一个务工人员，刚刚又死了一位电工，弄得我心里很畏惧，心情也不好。

牛国建说，死人有什么了不起，哪一天不死人？务工人员、电工死了关你什么事？他们与你一毛钱的关系都没有，我才关你的事呢！

雪 殇 · 135

说着，牛国建挨着刘若雪坐下来，刘若雪像触电似的，马上远远地离开他一截。牛国建继续说，我出来以后，已经没有家了，我老婆与我离掉了，至今我仍单身一人。加上这鬼天气，家里冷冰冰的，我都不想进那个门。今天见到你，我心情陡然好起来，想到了那天晚上美好的一刻，我就感到无限的温暖。然而，你见到我，怎么血压陡然升高了呢？说着，又往刘若雪身边坐去。

刘若雪突然站起来，站到一边说，你看，有人来了。

这时，下班时间到了，班组里的人从操作台回到班组休息室里。见到牛国建在，大家都十分惊讶，也感到十分意外。在这样的大雪天里，他来班组里干什么？大伙见到他，不冷不热的，也不正视他，也不主动跟他招呼，好像根本不认识他，没有他这个人存在似的，各自做自己的事情。下班后，大家都要洗澡，都要换工装，有的人不去洗澡，不去换衣服，靠墙站在那里，看着他究竟来班组里干什么。

班长说，你今天怎么来啦？

牛国建说，我想大伙了，我回来看看，欢迎吗？

班长说，我以为你听到什么消息了，想回来上班呢。

牛国建说，我能听到什么消息，我来是有事的。

班长说，公司最近下了一个文件，想必你也听说了，公司要整顿劳动纪律，清理在册不在岗的人员。

牛国建说，什么在册不在岗？

班长说，你长期不来厂里上班，就属于在册不在岗人员。最近公司下文，要整顿这方面事情，劝不在岗的人员回岗上班，不想回岗上班的，可以与厂里解除劳动关系，解除劳动合同。你自己有什么打算？你是回来上班，还是不回来上班？你自己决定。

牛国建说，班长在跟我开玩笑是不是？我离开岗位那么多年了，心都在外面，你让我回来上班？这么大的一个厂子，就像一部庞大的机器，我只不过是这部机器上的一个小部件，只能机械地动作，没有生机，没有自由，没有自我。这不把我憋死呀！我还能回得来吗？

班长坚定地说，那你要是真的不肯回来，我们也没有办法，你好好想想。我觉得你还是回来上班为好！老是在外漂着也不是个事情。

牛国建说，你说得倒轻巧，你让我回来，我就回来了？

班长说，那你不能回来上班，我们也就不能给你继续考勤了。公司明文规定，而且下了很大决心，要清理在册不在岗人员。

牛国建说，你就不能动动脑筋，想想办法？

班长说，你让我怎么动脑筋，怎么想办法？

大伙在一旁附和说，这怎么动脑筋，怎么想办法？

牛国建说，你们和厂里迂回呀，和厂里打哈哈呀，这阵风过去了，不就得了。

班长说，你臆想得倒好，你问问在座的大伙，能不能迂回，能不能打哈哈。厂里这次是真抓了，昨天劳资科里的人，还来班组里核查呢。

大家一起附和着说，这一次厂里是动真格的了，不像是做做样子虚晃一枪，躲是躲不过去的。

班长说，这几年来，我们大伙对你够仁义的了，你不来上班都给你考勤了，这是全班组里的人为你扛着的，工资一分钱也没有少过你，这一点你应该知足。

牛国建有些烦躁地说，少来跟我说工资，那一点钱还不够我吃一顿饭的呢！再说了，工资也不给我送了，往年都是你派人送给我的，现在还要让我自己来拿，这是谁出的主意，这有点不够意思了吧？

班长说，亏你能说得出口，别的班组里也有像你这样的人，长期不来上班，班组里也给他考勤。但是，他的工资一分也不要，全部交给班组处理，让班组平均分给大家。而你呢？工资一分钱也没有少给你。

牛国建激动地提高嗓音说，那么奖金呢？

大伙一起说，你不来上班，还想要奖金，你够意思吗？

牛国建恶狠狠地说，今天大雪天，我不想与你们讨论够意思不够意思的事。我只想问问，能不能将半年的奖金给我，我只要半年的奖金，拿了钱我走人，我们相安无事。关于在册不在册，在岗不在岗下次再说。

有人交头接耳地说，他是回来要奖金的，怪不得这么大雪天里跑了来，他也真能做得出来。

班长说，奖金分配是按业绩考核的。

牛国建马上打断班长的话，你糊弄鬼吧，按业绩考核？奖金分配什么时候按业绩考核过？

班长说，大伙都在这里，你可以问问大家，这些年来我们是不是按业绩考核的。

牛国建说，我不管你考核不考核，你给不给吧？

班长说，奖金给不给你，不是我一人说了算，是要班组讨论决定的。

牛国建情绪激动起来，他大声嚷嚷说，你们说，给还是不给。他用手指向刘若雪说，你说，给还是不给？

刘若雪战战兢兢的，特别害怕，她说，大家相处在一起不容易，又这么多年没有见过面了，有事好好说，不要动气，今天又是这么一个大雪天。

牛国建怒不可遏地说，别啰唆，干脆点，是给，还是不给。

刘若雪吓得直哆嗦，她说，这……这……

牛国建指着班长说，你说，给不给？

班长坚决地说，工资已经给你了，奖金按理说不能给你。

牛国建又指向许健生说，你说，给不给？

许健生坚定地说，奖金不能给。

旁边有些人畏惧牛国建，不敢大声说话，声音也十分含糊，不知是说给，也不知是说不给。

牛国建又指向姚东，他大声说，你说给不给？说着用手指着姚东的脸。

平时，在班组里姚东话最少，与刘若雪喜欢唠叨迥然不同。这时牛国建用手指着他问，姚东十分平静地伸出手，将牛国建指向他的手挪开了，他淡定地说，请你不要在这里大声嚷嚷，也不要在这里吓唬大家，你长期不来上班，工资给了你已经对得起你了。你在外干什么，以为我们都不知道吗？你在外根本不是做生意，而是在外面吸毒，你自己心里清楚。如果我说的不是事实的话，马上请公安来对你进行尿检，不把你抓进去才怪呢！你还敢在这里大声嚷嚷，还敢在这里吓唬大家，你能吓唬谁？

牛国建听到姚东说的话，顿时暴跳如雷，他恶狠狠地说，我再问你一遍，你说，给不给？！

姚东坚定地说，不给！

牛国建突然从口袋里掏出弹簧刀，猛地朝姚东胸口刺去。嘴里依然恶狠狠地说，让你说不给。

站在旁边的刘若雪看见牛国建从口袋里掏出弹簧刀朝姚东胸口刺时，她十分敏捷地扑过去，用身子挡住了姚东，牛国建的弹簧刀一下子刺中了刘若雪的胸口。

姚东没有意识到牛国建会拿刀捅他，当牛国建问他给不给时，他似一根直挺的木桩竖立在那里，仍然坚定地对牛国建说，不给。他的话音还没有落，就看见刘若雪用身子挡住了自己。

牛国建的刀刺中了刘若雪，紧接着牛国建又向刘若雪捅了一刀。刘若雪睁大眼睛看着牛国建，坚定地说，不给。说完就朝后倒去，在她身后的姚东，紧紧地把刘若雪抱住。随即刘若雪胸口的血往外涌出来，工作服一下子染红了。

牛国建一看刺中的是刘若雪而不是姚东，于是拔出刀还想朝刘若雪身后的姚东刺去。站在休息室里的人，被牛国建突然凶残的举动怔住了，当他们反应过来以后，见牛国建再次举刀向姚东刺去时，班组里的人一齐勇敢地扑向牛国建，一下子将牛国建按倒在地上，许健生用脚死死地踩住牛国建握着弹簧刀的那只手臂。牛国建在地上垂死挣扎，班组里的人死死地按住他。直到保卫科的人赶过来，才将他制服。刘若雪也被急速地送往医院抢救。

此时，雪还在下，似乎比早上小了许多，雪花不成片状，而是粉状的，胡乱在天地间飞来飞去……

我的上司陈小水

退休以后,我早晨起来喜欢在公园走走。公园就在我们小区围墙外面不远,出了小区的小门,过一条马路,就是公园的南大门。在单位里工作的时候,整天忙于事务,尽管公园离我这么近,我从来也没有进去过。

公园的早晨,一切都像刚睡醒的样子,空气清新,雨露滋润,每一棵小草的草尖上,都顶着一颗晶莹透亮的小水珠。有些老人来得更早一些,男的在打太极拳,女的在舞柔力球,大妈们在跳广场舞。路边汽车嘀嘀嗒嗒的声音与跳广场舞大妈的音乐声混在一起,奏起了清晨交响曲。新的一天就这样热热闹闹、红红火火开始了。新的一天,充满了朝气,使人备感亲切和愉快。

我神清气爽地走在公园的石块铺就的小路上,小路曲曲弯弯,慢慢向前延伸,好似伦敦海德公园里的九曲湖边的小路。公园小路旁也有一个湖,湖面不大,湖水清澈。湖岸上绿树成行,树影婆娑。欢快的鸟儿在树丛里跳跃、飞翔,相互追逐,清脆欢快地叫着。我在石块铺就的小路上慢悠悠地走着,一边走,一边看风景，一边听鸟叫。突然，听到身后有人大声喊我：

陈大亮，你也退休了吧？

我停下脚步，回头一看，原来是我原先在厂里的顶头上司，厂党委副书记陈小水。他精神矍铄，步态稳健，从我身后走过来。

陈小水迎着我走过来的时候，仍然大声地说，欢迎你也加入我们的行列。

我赶紧接上他的话说，是陈书记啊，您老早哇！

陈小水走到我跟前，我们面对面站着，我说，许多年没有见到您了，今天看到您真高兴。您还是那么硬朗，还是那么精神，说话声音又洪亮。

陈小水书记直率地对我说，身体还行吧，还能动弹，每天出来活动活动。

我说，您过得真好，身板挺直，面色红润，精神抖擞。

陈小水说，我如果没有记错的话，你今年应该六十一岁了。

我连忙说，是啊，是啊，我去年刚刚退休，今年六十一岁。

陈小水说，我记得，那年你进厂的时候，二十二岁，我五十七岁，比你大三十五岁，我今年九十六岁了。

我吃惊地看着陈小水，根本看不出他已经是九十六岁高龄的老人了。从面相上看，根本看不出他的老态，尽管他头发稀少，头顶中间光秃秃的，像个小球场，但是稀少的头发有光泽，油光闪亮。他气色好，面色红润，有精神，说话有力，吐字清晰，真是老当益壮。他那饱经风霜的脸，虽然由岁月深深雕刻着一道道皱纹，但是两只深陷的眼睛，深邃明亮，炯炯有神。

我十分感叹地说，真看不出来您已经九十六岁高龄了。您每天沿着公园小路走走？

陈小水说，下雨天不出门，路滑不方便。不下雨的时候，我天天来公园走一走，再打打八段锦，每天活动活动。

八段锦在北宋时兴起，是流行在民间的健身方法，为我国传统医学中的瑰宝，绚丽多彩。我知道八段锦共有八节，好似锦纶般的柔和和优美。这套健身方法，在我退下来的时候，也有朋友推荐我学，说八段锦功法适合男女老少，祛病健身，可使瘦者健壮，也可使肥者减肥。不受场地局限，简单易学，动作舒展，可是我还没来得及学呢！没想到这么高龄的陈小水居然能坚持打。

陈小水说，你忙你的吧，我先走了。

我连忙说，不忙，不忙，都退休了，还能忙什么。突然，我想起陈小水会拉二胡。我对他说，您还拉二胡吗？我记得您会拉二胡的。

陈小水有些感慨地说，不拉了，很长时间没有拉了。

我说，我觉得您还是挺喜欢拉二胡的。

陈小水说，自己喜欢有什么用，拉了人家嫌烦，家里人嫌烦，楼前楼后的人嫌烦。不能干扰人家嘛，所以不拉了。接着，他说，我先走了。

我赶紧说，您慢慢走，走好！

看着他的背影，我感慨万千，浮想联翩。我和陈小水曾经在一个厂里工作过，时间不长。那时陈小水是厂党委副书记，是我的顶头上司，他倔强的个性和独特的做派，我是不会忘记的。尽管我们多年没有见过面了，但是对他的印象还是挺深刻的。今天偶然相遇，记忆就像春天地里的种子遇到雨水，复活、发芽、蓬勃生长起来。

那是1979年，正是我国改革开放刚刚起步推进的时候，我从农村招工进了江南钢铁公司刚刚投产不久的初轧厂。可能是厂里看了我填写的履历表，或许是看到我写的工工整整的字，或许是厂部机关需要补充些年轻的同志，于是将我直接分到了宣传科。与我一起从农村招工回来的知青，全部分到了车间班组里，有的分到了轧钢车间，有的分到了均热车间，这些都是熟练工种，也有少数为技术工种，分到机修车间的，我是唯一的一个分在厂部机关的回城知青。

到厂部宣传科报到的那天，厂广播站转播中央人民广播电台的消息，中共中央宣传部和中国社会科学院在北京召开了理论工作务虚会。在会上，邓小平同志阐述了坚持四项基本原则的重大意义，提出了要适合中国情况，走出一条中国式的现代化发展道路。我觉得，在这样蓬勃发展的大好时机，到厂部以后，我一定要努力工作，不辜负厂里对我的期望，好好干出一番成绩来。

到厂部报到，是厂里组织科王科长领我去的，他首先将我领到厂党委副书记陈小水的办公室。宣传科隶属党委系统，由厂党委直管，厂党委副书记陈小水分管宣传科，也是我的直接领导、顶头上司。那天，天还有些寒冷，尽管厂部办公大楼里有暖气，陈小水书记还是穿了件蓝色中山装，一脸严肃地坐在办公桌前看材料。陈小水书记身材高高大大的，四方脸，长长的头发，朝后面梳着，头发里掺杂着些许白发。看到他神态庄严的样子，我不免有些敬畏。

王科长进门就说，陈书记，这就是我们新挑选来的小伙子，安排到宣传科工作，今天来向您报到。

陈书记放下手里的材料，侧脸对我说，我已经看过你的材料了,你叫陈大亮?

我怯怯地说,是的,我叫陈大亮。

陈小水书记说,我叫陈小水。你是大亮,我是小水,你大我小。

我怯怯地侧脸看王科长,不知道说什么好。

王科长马上说,这倒是十分凑巧的事,陈书记不说,我还没有注意到呢!

陈小水继续对我说,你今年二十二岁,我1922年生,都是二十二,这也是十分凑巧的事,你说是不是?

我没有想到,与陈书记见面他会讲这些,讲到了名字,讲到了年龄。我心里敲起小鼓来,也不知道这是一件好事还是坏事,站在一旁没敢吱声。

王科长附和说,我们还真没想到呢,还有这么凑巧的事!

陈书记转过脸对王科长说,我只不过说说而已,你领他去宣传科吧。

于是,王科长就将我领到了宣传科。那是我第一次见到陈小水书记。

宣传科与陈小水书记办公室都在三楼,厂部办公大楼坐南朝北,是个通走廊。我每天上班到宣传科,都要从陈小水书记的办公室门前走过。陈小水书记上班不喜欢关门,他只要坐在办公室里,他的门总是开着的。无论春夏,还是秋冬,不管是天热,还是寒冷,他都是这样。这是我到宣传科工作以后发现的。所以,我每天上班都是比较早的,总是赶在陈小水书记没进办公室前,先到办公室。

厂部办公楼共四层,一楼是安全保卫,二楼是劳资和生产,

我的上司陈小水 · 145

四楼是工会和会议室，三楼是厂长办公室、党委书记办公室和我们组织宣传部门。宣传科与陈小水书记办公室紧挨着。宣传科共三间办公室，负责内宣和外宣的一间，负责理论学习的一间，厂部广播站一间。我负责厂里的内宣和外宣。我的办公室在陈小水书记办公室隔壁。

我最先发现陈小水书记倔强的个性，是早晨上班。

厂部有一辆吉普车，由厂秘书科管理，公司明文规定，分配给厂里的吉普车是为生产服务的。厂里实际操作时，做了灵活的安排，在为生产服务的同时也为厂领导服务，负责接送厂领导上下班。厂部领导共有五位，厂长、分管生产的副厂长、分管设备的副厂长、党委书记（当时厂里没有正书记，只有陈小水副书记一人，主持厂党委工作）、工会主席。按照厂里安排，陈小水书记应该乘坐吉普车上下班。可是陈小水不听厂秘书科的安排，他不坐车，每天仍然骑自行车上下班。

有一天，厂秘书科长来到陈小水书记办公室，我趴在办公桌前正在写一篇生产报道的稿子，陈小水书记办公室门又不关，陈小水书记声音又大，秘书科长与陈小水书记的讲话，我都能听得见。只听厂秘书科长对陈小水说，陈书记，您以后上下班不要再骑自行车了，您在家里等着，厂里的吉普车会去接您的。

陈小水书记不高兴地说，公司配给厂里的吉普车是为生产服务的，我又不分管生产，我坐干什么，我不坐。

厂秘书科长为难地说，您上下班还是让我们接送吧，您不坐车，骑自行车上下班，其他厂领导还以为我们工作没做好呢！其他领导会怎么想？

陈小水说，其他领导怎么想，是其他领导的事，随他们怎么想去！我不愿意坐车上下班，也不习惯！他们愿意坐的让他们坐就是了，我是不会坐的。

　　陈小水的性格是秉直的，他说不坐，就是不坐。陈小水不坐吉普车上下班，仍然骑自行车，其他领导便不高兴了，嘴上不说，心里却鼓起了一个疙瘩，对他也有了看法。见陈小水不坐车上下班，有的领导也动摇了，分管设备的副厂长首先退了出来，也改成骑自行车上下班了。接着，厂工会主席也退了出来，也骑自行车上下班了。这样一来，仅剩下两位厂领导，使得厂秘书科长左右为难，不知道是继续安排车接送呢，还是不安排车接送。

　　陈小水这种耿直的性格，决定了他的工作作风，他认准的事情，别人轻易撼动不了，他的这种性格，不仅使得厂秘书科长十分为难，有时弄得我们也很为难。有人说过，时代这东西，就像陆地向海洋过渡的潮间带，看起来河湖满地，可有人能繁衍生成红树林，有人则可能完蛋板结掉了。当时我很年轻，虽不指望自己能繁衍生成红树林，但也不想让自己板结完蛋掉，总想努力做出一些成绩来。做出成绩是要陈小水书记支持的，他不支持一切无从谈起。我是做宣传工作的，工作都是求人的事，有时求到陈小水支持时，我心里就忧悚，生怕他犟脾气上来不予理会。好在有一次去求他，陈小水书记还是给了一点面子。

　　记得有一天，为了庆祝厂里月度产量突破历史纪录，我们邀请了公司日报的记者和市报、市广播电台、电视台的记者来厂里采访报道。为了渲染现场采访的气氛，我们在厂部门前贴上了大幅标语。那时我们厂是公司生产的咽喉单位之一，是由钢变成材的重要关口。公司钢厂铸成的钢锭，只有经过初轧开成坯，才能送到轧钢厂轧成材。因此，公司和市里主流媒体对这次采访十分重视，公司报的总编、市报的总编、广播电台及电视台的台长都来了。采访进行到一半时，突然下起大雨来，黑沉沉的天就像要崩塌下来似的，狂风追着暴雨，暴雨追着狂风。狂风卷着暴雨像无数条鞭子，狠命地往厂部大楼水泥路上抽打。暴雨将现场采访冲断了，也将我们刚刚贴上的标语淋坏了。好在那阵大雨下的时间并不是很长，下了一会儿就停了。为了继续现场采访录像，我赶紧请轧钢车间的耿师傅帮我们重新写标语。耿师傅自学魏体字，而且写得很好，我们的宣传标语都是请他写。标语写好后重新贴上，这时厂部大楼门前的水泥路正在收干，空气里弥漫着轧钢铁粉的味道。电视采访仍旧放在重新写好的标语前。虽然经历了大雨，但是采访极为顺利。记者们辛辛苦苦干了一整天，我们安排了晚餐以表示对他们的感谢。平时，记者来厂里采访，我们也安排记者吃工作餐，或在厂附近的小酒店里，或在厂部食堂里。一般记者来厂里，我们出面接待记者也不会有意见。这一次，市报的总编、副总编、电视台台长、副台长亲自带队来采访，晚餐我们安排在春盛大酒店。按照对等接待的礼节，也得由陈小水书记出面才好。

凡遇到宴请的事，想让陈小水书记出个面，撑个场面，那是一件十分困难的事情。我知道就连厂里一些技术改造、设备更新，邀请一些上级领导和技术专家来厂里，厂里宴请他们时，邀请陈小水参加，多数他是不参加的。厂秘书科科长在我们科不知诉了多少次苦。这次市报的总编、副总编来了，市广播电台的台长、副台长都在，我硬着头皮去找陈小水书记，邀请他出个面，给我们撑个场子。我走进陈小水书记办公室，他端坐在那里看文件。

我几乎哀求地轻轻对他说，陈书记，这次来厂里采访，公司和市里媒体都十分重视，公司报的总编，市报的总编、副总编，市广播电台的台长、副台长都来了，晚上请您出个面，以您的名义请他们吃个饭，好吗？

陈小水放下手里的文件，对我说，你是知道我的，我不大愿意出席这样的活动。

我怯怯地说，我知道陈书记不愿出席这样的活动，但这次不是让您出席，而是请您去请他们。

陈小水说，你们去请他们就行了，我不去。

我说，我们人微言轻，压不住阵呀！

陈小水笑了，他说，要多大的磨盘才能压得住阵呀？

我一听，觉得陈小水书记情绪比较好，平时很难看到他的笑脸，今天或许他会同意出场。我恭维地说，您去了就能压住阵了。

陈小水说，好吧，那我去。

我高兴地说，谢谢陈书记，下了班我接您一起过去。

陈小水马上说，不用接，我自己骑自行车过去。

我说，晚上安排在春盛大酒店。

陈小水说，我知道，下了班我自己过去。

出了陈小水书记办公室，我欢天喜地领着大伙到了酒店。等了一会儿，陈小水书记骑着自行车来到酒店，他与来的总编、副总编，台长、副台长，记者们客气地打过招呼，坐下来在一起聊天。陈小水与报社总编讲了几句话，就开席了。开席以后，大家交箸碰盏，陈小水坐在那里，既不说话，也不动筷子，摆在面前的酒杯，他也不碰一下。

坐了一会儿，陈小水对客人说，家里有些事情，我先走了，就不陪你们了。

说完，他离席回家去了。

事后，我才知道，陈小水有自己的原则，在参加厂里一些宴请时，他也是这样，不吃菜，不喝酒，从不动筷子。总是在适当的时候，借故退席。在我的记忆里，他在厂里领导我的时候，他从来都是这样，从来没有一次违背过他自己的原则。

还有一件事情，令我很困惑，至今也没有明白，他怎么会那样，他内心世界里装的到底是怎样的东西？

那年公司在党校举办封闭式培训班，时间是半个月，吃住在党校。培训内容是：深入学习领会坚持四项基本原则的重大现实意义。那次培训，我陪陈小水书记一起去的。厂级领导安排在党校一号楼住，宣传系统的人员安排在二号楼住，我与陈小水也就是前后楼。每天早晨，参加培训学习的人都有早起锻炼的习惯，或出去跑跑步，或出去走走路。跑步的有独自跑的，也有的结伴跑。走路的，也有结伴一起走的。唯独陈小水一个人，既不走路，也不跑步，也不结伴。他孤身一人早起拉二胡。陈小水拉二胡很特别。校园里风景优美，绿树成荫，曲径通幽，除了有一个硕大的体育场，还有一个人工大湖，名曰：爱学湖。湖岸柳树依依，曲曲弯弯。陈小水拉二胡，他不坐在湖边的树下，面对清澈的湖水拉，也不坐在宽广的草坪上，沐浴清新的空气拉，而是坐在围墙跟下，对着一块大石头拉。俗话说，对牛弹琴，陈小水是对石拉琴。

陈小水对着石头拉二胡，起先我没有注意，我早上起来喜欢跑跑步，沿着校内的小路跑上两圈。有一天，我跑着跑着，就听到一阵阵二胡的声音，拉得并不好，有的音还不准。我跑过去一看，是陈小水。他端坐在围墙跟下，面对着石头在拉二胡，拉得十分投入，如痴如醉，如泣如诉。我就很纳闷，他不坐在湖边，对着空气清新的湖面拉，不坐在绿色的草坪上，面对学校优美的风景拉，而是对着大石头拉，石头能听得懂琴声吗？有一次，我有意识靠近一些听他拉，不小心弄出了响声，惊动了拉二胡的陈小水，他侧脸看我时，我发现他两眼泪水涟涟，泪水似断了线的珍珠一滴一滴滴了下来。我想，陈小水在想什么，他怎么会这样呢？

　　随着时间的流逝，我在厂里的时间长了，在工作上与陈小水接触多了，我觉得陈小水书记除了性格耿直的一面之外，他内心还有情感丰富的一面。因此，我对陈小水只能是既熟悉又不熟悉，既了解又不了解。机关里的人事本身就十分复杂，人际关系也错综纠缠，家长里短的，一根鸡毛能吹上天。遇到一点小事，也窃窃私语、议论纷纷。机关里的人议论的内容比较庞杂，当然也有一些人在私下里悄悄议论陈小水的，我自己就听到过。对陈小水的议论，多数是捕风捉影，除了议论陈小水性格耿直、脾气古怪之外，也有人悄悄议论陈小水喜欢女人。说他喜欢女人，是说他见到女工就眉毛舒展，喜笑颜开。平时，陈小水是不苟言笑的，也不喜欢到各个科室走走串串，他总是一脸严肃，让人敬畏。有的人，在看到陈小水严肃的一面时，也注意到了他对女工并不是十分严肃的一面，而是脸带喜色，笑脸相迎。尤其是对年轻的女工，他更是偏爱有加。听到机关人的议论，我也留心过，在走廊上我确实也见过陈小水跟女工讲话的样子，他的言语比对

我的上司陈小水 · 151

我们确实是要柔和得多,他的笑意也比对我们要多得多。对女工讲话客气,笑脸相迎,就是喜欢女人吗?我觉得不能这样妄下结论。换句话说,喜欢女人是错吗?这种议论,或多或少也传到了陈小水的耳朵里。听到议论,陈小水不辩驳,不发火,不理会,好像他没有听到似的。

陈小水不是对这些议论不想辩驳、不想发火、不想理会,他只是觉得没有适当的时间。在一次党的民主生活会上,他说话了,发火了,并激动地站了起来。那天,我在会上做记录。

陈小水激动地说,现在有人私下里议论我,职工群众议论我,我不在意,职工群众有权对一个领导干部品头论足。机关里的同志,甚至是领导同志,也在私下里议论我,这就不对了,有话摆在桌面上说嘛,干什么要在私下议论呢?在私下里议论是自由主义行为,这是党的纪律所不允许的。有人私下议论我,说我喜欢女人,喜欢女同志。说我见到年轻貌美的年轻女同志,打心眼里高兴。我想问问大家,女同志美不美?年轻女同志美不美?她们是美丽的,看到美丽的东西,心情高兴、心情愉快是错吗?1938年,我十六岁,我参加了新四军,那年5月,我们随新四军先遣支队在粟裕、钟期光的率领下,挺进江南敌后,在江南一带打击敌人。7月,日伪军二百余人窜到了一个叫模溪的地方,他们想与当地的国民党军"江南游击队"会合。国民党军"江南游击队"共有一千余人,他们游而不击,专事抢掠,残害人民,当地百姓怨声载道,恨死他们了。同时,我方也得到情报,"江南游击队"的首领有意向日伪军靠拢,准备向日伪军投降。我们接到上级要狠狠打击日伪军、狠狠打击"江南游击队"的命令。那次战斗在凌晨的时候开始。那一战打得很激烈，打得十分惨烈，十分惨烈呀！我们的先遣队与当地的自卫队积极配合，一面阻击前来接应江南游击队的日伪军，一面截击向日伪军方向逃跑的"江南游击队"。经过激烈战斗，终于全歼了敌人，取得了胜利。在那场战斗中，与我一起参加革命的二娃在战斗中牺牲了。在后来的几次战斗中牛蛋和喜子也牺牲了。二娃、牛蛋、喜子都是我们村的，和我一样大，同岁。我们村一起出来参加革命的共有九个人，八位同志在战斗中都先后牺牲了，就剩下我一个人。在一次战争中，我也差一点牺牲了，你们看。说到这里，陈小水举起了左手，左手只有四根手指。陈小水继续激动地说，那一根手指是被敌人的炮弹炸掉的。我命大，我活了下来。参加革命的第一年，二娃就在战斗中牺牲了，牛蛋、喜子第二年也牺牲了，他们才十七岁，他们年纪轻轻地走了，都没有结婚。看到厂里的年轻女工，我就想起了二娃、牛蛋、喜子他们，如果他们在世，他们也会结婚的，也会生儿育女。厂里的那些女工，或许就是他们的女儿。这么多年来，你们以为我是为自己活着吗？你们错了，我是为死去的战友们而活着的，我是为他们而活着的！

那天，陈小水说得很激动，他在说话的时候面颊和耳朵都红了，脖子上拱起了蚯蚓般的青筋，眼里也饱含着泪水。我第一次看到他那么激动、那么动情。说完话，陈小水就出去了，离开了会议室。我现在已经记不起来，陈小水走了以后，民主生活会是继续开，还是暂时休会了。好像是，那次会议是暂时休会了，没有继续开。

那次民主生活会不久，我就离开了初轧厂，被选调到公司党委办公室，专门从事公司的调研工作，负责公司领导文稿的撰写，之后又到公司报社、宣传部任职。陈小水书记任我的顶头上司，前前后后不足三年时间。我上调到公司，离开厂里没有多长时间，陈小水书记也退休了。陈小水书记刚刚退休的那段时间，碰到厂里人的时候，有时有的人还能说到他。时间长了，陈小水在人们的视线里渐渐地淡出了，没有人再提起他。我离开厂里以后，根本就没有再见过陈小水。一别三十多年后，今天才碰到一起，陈小水居然能记得我的名字，还能报出我的岁数，真令我惊讶！

我走在公园的小路上，远远地看见陈小水一个人在一块空地上，犹如一只亭亭玉立的孤鹤，在那里不僵不拘，柔和舒展，翩翩起舞。只见他一会儿两腿分开半蹲下，展肩扩胸，左右手如同拉弓射箭，一会儿他又直立起身体，转头扭臂，慢慢地来回摆动。

看到他今天精神矍铄、老而强健、目光炯炯的样子，我想起了与他在厂里的日子，想起他在民主生活会上所说的话。我以为，正是因为他不是为自己而活着，而是为他的战友，为了他人而活着的，所以他才活到如此高寿、如此轻松、如此自如。

2018 年 9 月 24 日　中秋节

翡 翠 佩

一

曹亚琴早上骑着自行车去厂里上班，快骑到厂门口的时候，一位身材魁梧、个头很高、皮肤黑乎乎的女工，骑着自行车迎面冲着曹亚琴撞了过来，车速特别快，就像是一匹脱缰的野马，一下子将曹亚琴撞倒了。曹亚琴歪倒在路边，自行车压在她的身上。

撞倒曹亚琴后，那个女工两脚迅速地撑在地上，像骑木马似的将脱缰的野马制服了，自己却没有摔倒。她看见躺在地上的曹亚琴，没有道歉地说一声对不起，也没有赶过去将曹亚琴扶起来，而是怒不可遏地对着曹亚琴破口大骂：大清早的，你在想什么？你这个婊子！

曹亚琴听她出言不逊，张口骂起人来，顿时觉得一头雾水，自己并不认识她呀！曹亚琴愤怒地说，你自己骑车不长眼撞到人了，还强词夺理骂人，你凭什么张口骂人？说着，迅速从地上爬起来，一副不甘示弱的样子，将自行车支在身边。

女人恶狠狠地说，骂你怎么了？没有撞死你这个婊子算你走运。说着她骑着木马似的自行车，还想朝曹亚琴撞过去。都是骑着自行车上班的人，见到这种状况都停下来，围在一起看热闹。他们看见女人还想用自行车撞曹亚琴，有的就劝阻说，有话好好讲，不要动气嘛。

这时，同曹亚琴一个班组的方晓莉骑着自行车过来，她看见曹亚琴和那女人两个人像正在打斗的一对大公鸡，马上用手推开人群，挤到曹亚琴跟前。冲着怒不可遏的女人大声说，你自己撞倒人了，连个礼都不赔，样子那么凶，张口还骂人，你讲不讲道理？

那女人看到方晓莉站过来帮腔，马上吼道：你滚一边站着去，没有你的事！这时曹亚琴也来了脾气，冲着那女人说，你站出来，我们到一边去，我倒不相信没有说理的地方。围观的人大多数是曹亚琴厂里的人，大家都指责那女人不讲道理，态度不好。那女人看看自己并不占上风，身上那种狂妄的霸气，就像被一阵风吹走似的，不再那么张狂了，挤出围观的人群，骑上自行车默默地走了。

方晓莉看着这女人远去的背影，她在心里想，这位彪悍的女工，看来不是一盏省油的灯。她转向对曹亚琴说，你没事吧，有没有撞到哪里？

曹亚琴说，还好，没事的，我只是歪倒在地上了。

说着，两个人推着自行车走出人群，跨上车子朝着厂大门口骑去。骑在自行车上的方晓莉，侧过头对曹亚琴说，你认识她吗？看她怒气冲天的样子，好像跟你有仇似的。

曹亚琴委屈地说，我哪里认识她？今天早上遇到鬼了。

方晓莉提醒她说，你再想想，或许是以前认识的，在学校？在农村？或许在什么地方你得罪过她？

曹亚琴说，这个女人我肯定不认识，我从来没有和这样的女人打过交道。

方晓莉说，那她为什么对你这样凶狠？

曹亚琴说，我也觉得十分奇怪，她好像吃了枪子似的冲着我，不仅用自行车撞我，还恶狠狠地骂我。

方晓莉安慰她说，或许她认错人了，你可能和她的仇人长得有几分相像。

曹亚琴自怨自艾地说，今天真倒霉！

方晓莉又说，算了，没有撞到哪里就行，过去的事让它过去算了，不要往心里去。

曹亚琴感激地说，今天谢谢你，要不是你帮我助阵，那女人还不知道要张狂到什么样子呢！她的样子真的好凶。

正是上班高峰期，都是骑着自行车赶着去上班的，厂区的大道上顿时成了一条自行车长河。曹亚琴和方晓莉俩人并行骑着自行车，随着庞大的自行车车流一起涌进了厂里。

走进班组更衣室，曹亚琴没有像平常一样马上换衣服，而是坐在更衣室长条凳子上生闷气。刚刚发生的一切，在她眼前一幕一幕地重现。她百思不得其解，这个女人到底是什么人呢？我真的不认识她呀，看她那个气势汹汹的样子，确实是有意冲着自己来的，好像我与她有多深的仇恨似的。她明明有意直接朝我撞过来，还强词夺理说我骑车子不朝前看，把全部责任强加于我。如果是我朝她撞去的，她那么重的笨熊似的身子，经得起我撞吗？不撞她个四脚朝天才怪呢！还有，她开口恶狠狠骂我，骂得那么难听,难道她知道我和姚海波的事?她是姚海波什么人?她和姚海波是什么关系呢?不会的,一定不会是因为姚海波的事。曹亚琴马上否定自己的猜测。这个女人骑着自行车朝二钢厂的方向骑去了,肯定不是我们厂里的。我根本不认识这个人,而她是因为什么要撞我呢,而且那么恶狠狠地骂人?难道真的像方晓莉分析的那样,认错人了?我与她的仇人长得几分相像?如果她真的认错人了,那也就算了,算我今天倒霉。想到那个女人认错人时,曹亚琴在情感上才不那么纠结了,心理上有了些解脱,心情也慢慢地好了起来。

同班组的丁小兰走进更衣室,见曹亚琴已经来了,她也不说话,仅仅朝曹亚琴微微一笑,笑得很浅,不注意还觉察不到。丁小兰这浅浅的微笑,算是与曹亚琴打过招呼了,平常丁小兰也不爱多说话。

曹亚琴坐在那里,看见丁小兰走了进来,她才意识到自己坐在那里想事情已经有一段时间了。她不想让别人看到她心事重重的样子。于是马上站起身,脱下身上的外套,转身打开了自己衣柜。

每天早晨接班,她们第一件事情是到班组更衣室换工作服,男的自己也有一间更衣室。换好工作服,才去淘米蒸饭,查看交接班记录,了解电器设备运行情况,然后才参加组长主持的早班会,听组长布置一天工作的安排。这是一天正常的工作程序,机械式的运转,每天几乎都一样,按部就班。今天早上,曹亚琴因为遇到了不愉快的事情,心里纠结有个疙瘩,所以在更衣室里耽搁了一些时间。直到丁小兰来了与她照了面,她才从纠结里走出来。

和曹亚琴打过招呼后，丁小兰打开自己的衣柜，她先将自己口袋里的东西掏出来，放在衣柜里。她的动静比较大，哗啦一声，惊动了站在对面的曹亚琴。曹亚琴一眼看到了丁小兰从口袋里拿出了一块翡翠佩，那是她再熟悉不过的一块翡翠佩。丁小兰又从口袋里掏出手绢、手套和口罩，将掏出来的东西混杂地放在一起，翡翠佩放在最上边，放在口罩上，十分醒目。看到这枚翡翠佩，曹亚琴顿时觉得好似一把利箭插在她的心上，刚刚才好起来的心情，顿时又坏到了极点。

正在这个时候，丁小兰侧着身子猫了下腰朝更衣室门外大声说，什么？喊我？谁喊我呀？丁小兰一边说着，一边朝更衣室门外走去。

曹亚琴没有听到有人喊丁小兰的声音，她只看到丁小兰离开衣柜走出去了。当丁小兰大声应声走出去以后，曹亚琴快速伸手拿到那枚翡翠佩，她看也没看便紧紧地握在手里，她感觉到此时此刻自己颤抖的手握住的不是一块翡翠佩，而是紧紧握住了一把利刃。在她紧紧握住这把利刃的同时，她心里也掀起了一阵狂风暴雨。曹亚琴仿佛在这狂风暴雨里，紧紧握住这把利刃去追赶姚海波。

丁小兰回来了，曹亚琴顿时清醒过来，此时她再想将翡翠佩放回到丁小兰的衣柜里，已经来不及了。曹亚琴只好转过身，将翡翠佩放进了自己的衣袋里，同时将难耐的纠结放到了心里。

二

曹亚琴拿了丁小兰的翡翠佩，心情始终平静不下来，事后也有些后悔和自责。她想，自己怎么能随便拿人家的东西呢？管他是谁的东西呢，只当没有看见不是更好吗？现在怎么办呢？将翡翠佩还给丁小兰？怎么还给她呢？曹亚琴知道自己与姚海波的关系是不能见阳光的，这一次偷偷拿了丁小兰的翡翠佩也是不能见阳光的，自己怎么能一错再错呢？如果说，第一次不能见阳光的事，是出于无奈而为之，那么第二次不能见阳光的，是出于什么原因呢？出于妒忌？出于愤怒？还是出于茫然？曹亚琴在心里拷问自己。

丢了翡翠佩以后，丁小兰一点反应也没有，仍然和平常一样。曹亚琴觉得很奇怪，难道丁小兰没有发现自己的翡翠佩丢了吗？不会的，她自己放的东西怎么会发现不了呢？她是领导干部家的子女，是否好东西见得多了不在乎这个小玉佩？有几次曹亚琴想暗示一下丁小兰，丁小兰也没有接盘子，而是说别的事岔开了。

丁小兰是公司领导的女儿，这是人人都知道的，但是她在班组里并没有表现出特别的清高和傲慢，也没有表现出居高临下、高人一等的样子。丁小兰性格比较孤僻、内敛，甚至显得有些自卑。平时喜欢安静，不喜欢与他人打打闹闹，不喜欢与大家聚在一起天南海北地海吹，也不喜欢听小道消息、传播小道消息。除了工作以外，她就做自己喜欢做的事，所以在班组里她既谈不上跟谁好，也谈不上跟谁不好。在正常工作中，她背着电工的五大件，随班组的人去各个岗位定点巡检，例行检查了解设备运行情况，检查设备存在不存在安全隐患。除此之外，她就做自己的事。在班组人的眼睛里，她喜欢做的事就是看看书，学习外语。

曹亚琴拿了丁小兰翡翠佩，当一时难以抑制的冲动过去以后，她感觉到那枚翡翠佩不再是一把利刃，而是她心灵上的一块阴影，是她心理上一只沉重的包袱。她暗暗告诫自己：将翡翠佩还给丁小兰，不再让这件事折磨自己，也不再让自己背上这个沉重的包袱。然而曹亚琴迟迟没有找到合适的机会，未能将翡翠佩在神不知鬼不觉的情况下放回到丁小兰的衣柜里。在以后的上班下班换衣服时，丁小兰在更衣室里，都是站在衣柜边一刻不离，换好衣服就将衣柜锁上了，根本没有给曹亚琴将翡翠佩还回去的时间和机会。曹亚琴又不好意思当着丁小兰的面将翡翠佩还给她，还给她时怎么对她说呢？当初你凭什么拿了人家的翡翠佩？还有令曹亚琴十分纠结的是，这枚翡翠佩怎么到了丁小兰的手里？

曹亚琴对这枚小小的长方形的翡翠佩再熟悉不过了，它确确实实是姚海波的。曹亚琴第一次看到这枚翡翠佩时，是挂在姚海波的脖子上的。看到这枚翡翠佩，便勾起了曹亚琴永远不会忘却的记忆。

那是1976年，江南钢铁公司到淮北招工的那一年。在那一年里，曹亚琴认识了姚海波，也看到了这枚翡翠佩。

那年，曹亚琴在淮北农村已经三年多了，三年多来曹亚琴起早摸黑，与当地农民同吃同住同劳动，累得精疲力竭，吃尽了苦头。无论是身体还是心灵，曹亚琴都感到极其倦乏，她整天期盼哪一天能招工回城。三年多来与曹亚琴一起从江南来淮北的知青，有许多人通过各种关系和渠道，陆陆续续离开了淮北，离开了贫困的农村。有的病退，有的顶职，有的通过关系转到城市附近的郊区，有的在上一轮招工中，招工回城里去了。在她们大队里除了上海知青以外，从江南来的知青，仅剩下曹亚琴和丁小兰了。

丁小兰的父亲是一位企业领导干部。丁小兰下乡时，她父亲被打倒了关在牛棚里，还没有解放出来，丁小兰属于一个可以教育好的子女。因为家庭的原因，下乡以后她就留在农村里了，没有上调招回城里。曹亚琴是工人的子女，上一次来淮北招工，她本应优先招工回城的，据说是有人找关系、走后门，将她的招工名额给顶掉了，所以曹亚琴也没有走掉，在农村里留了下来。

现在曹亚琴与丁小兰在同一个生产大队，原先她们俩相互不认识。在城里上中学的时候，曹亚琴在六中读书，丁小兰在二中读书。同年下乡到淮北以后，虽然她们俩同在一个生产大队，但是不在一个生产小队，居住地也相隔一段距离。曹亚琴在前庄生产小队，丁小兰在后庄生产小队，平时做农活和日常生活各自在自己的生产小队里，仅仅在大队组织学习的时候才能坐到一起。都是江南来的知识青年，久而久之彼此就认识了。但是，她们俩交往不是十分密切，甚至可以说，几乎没有什么交往。由于家庭的因素，丁小兰从小就被人轻看，受人欺辱，低人一等，以至于她性格孤僻、自卑。久而久之，丁小兰无形中在心里筑起一道屏障，看世事人情都用怀疑的眼光，平时少言寡语，不善言谈，不善交际。等到大队里仅剩下曹亚琴和她自己，两个江南来的知青的时候，她们也不相互串门，不相互走动，各自做自己的事。丁小兰喜欢学习，喜欢看书，喜欢学外语。那时在淮北生活是十分艰苦的，劳动强度也大，江南来的知青又吃不惯淮北的玉米面和山芋粉等杂粮，家里带来的细粮面条和炒米、锅巴之类，也吃不了几顿便没有了，常常吃不饱饿肚子。在那样困难的情况下，哪有心思学习呢，而丁小兰就能静下心来看书学习。

曹亚琴是工人的子弟，家里人口多，生活比较困难，总想能早一天招工回城，既摆脱面朝黄土背朝天的困苦日子，也能早一点自立，为贫困的家里减轻一点负担。上一次招工被人顶掉名额以后，在她心里造成了极大的怨恨，既怨恨世态炎凉，也怨恨人情凉薄。她期盼再有招工时，菩萨能显灵眷顾到她，让她回城里，回到父母的身边。她期盼招工的太阳能照到她，给她一片温暖。好不容易终于等来了招工的这一天，然而，给她带来的消息是一个致命的坏消息。这一次招工，只招收丁小兰一个人回城，丁小兰的父亲解放了。

曹亚琴悲伤地想，凭什么丁小兰就能回城，就因为她的父亲解放了，官复原职了？我凭什么就不能回去，就因为我父亲是江南钢铁公司的工人吗？曹亚琴独自一人到县里，恳求负责招工的人能同情她、怜悯她、关照她，能招她一起回城。

从村里到县里有十里路，曹亚琴抬腿就往县里走。走到半路上时，天色阴沉下来，风几乎不再流动了，空气也变得凝重起来。不一会儿，远处的天边出现了一道长龙似的闪电，"哗"的一声，大雨就像塌了天似的铺天盖地从天空中倾泻下来，雨点连在一起，像张开了一张雨网，挂在曹亚琴的眼前。曹亚琴被擒获在雨网里，深一脚浅一脚地一步步往前走，好不容易走到了县里。县里的人告诉她，这次招工是江南钢铁公司负责的，你只有去找江南钢铁公司来招工的人。负责江南钢铁公司来招工的是江南钢铁公司初轧厂机修车间书记姚海波。按照县里人的指点，曹亚琴在县委招待所找到了负责招工的姚海波。尽管雨止住不下了，天也开始放晴了，但是曹亚琴已经被雨淋透了，成了落汤鸡。等到曹亚琴找到姚海波时,她身上的衣服还没有干透。

那时正是秋分时节,天也渐渐地凉了,浑身湿透的曹亚琴,在县委招待所找到姚海波时,姚海波正在和其他几个人讲话。曹亚琴只好远远地站在一边,不敢贸然上前去打扰。说实在的,此时的曹亚琴心里还是有几分胆怯、几分茫然、几分害怕。姚海波毕竟是负责招工的,毕竟是个领导。她不知道这个领导会不会同情她,会不会通情达理地接待她。她茫然无措地站在一边耐心等待着。尽管衣服是湿的,身上有点凉,但是她忍着。过了一会儿,和姚海波讲话的那些人走了以后,曹亚琴才走上前,向姚海波说明了来意,姚海波热情地接待了她。曹亚琴将自己在生产队里的表现,将自己家里的困难,和自己上次招工名额被顶掉的事,一一向姚海波详细地说了。姚海波十分耐心地听曹亚琴诉说。曹亚琴说完以后,姚海波安慰曹亚琴说,对你说的情况我只能表示同情,没有得到公司的指令,我也不能擅自做主带你回去。对于你目前的处境,我只能表示同情。

曹亚琴这次来县里找负责招工的人,她是下了决心的,一定要说服招工的人,将自己与丁小兰一起招回城里去。曹亚琴哀求姚海波说,你看我来的时候被雨淋了,跑了那么大老远的路,好不容易才找到您,您一定要为我想想办法,求求您了,这一次您无论如何一定要帮帮我,您要是不帮我的话,我一定绝望活不下去了。说着,曹亚琴激动地哭起来,加上她衣服还没有干透,浑身颤抖得厉害。姚海波走过去,将两只手扶在曹亚琴来回颤抖的双肩上,安慰她说,你不要哭,这不是一句话能说清楚的,没有招工指标我也没办法,你还是回去吧!不要着凉了。

听到姚海波的安慰,曹亚琴更加控制不住自己的感情,双肩颤抖得更加厉害了，眼泪如潮水"哗哗哗"地流了出来。曹亚琴哭着说，您帮帮我，请您帮帮我，现在我很害怕，十分害怕呀。姚海波说，你害怕什么呢？曹亚琴抬着泪眼说，如果这一次再不能回城，我不知道我将怎么活，我害怕天明，害怕夜晚，害怕天阴下雨的日子。对于往后怎么办，我想也不敢想，我能不害怕吗？姚海波劝她说，你别激动，你听我说，我这次来，公司只给了我一个明确的任务。曹亚琴知道姚海波所说的明确任务，就是带丁小兰一人回去。想到丁小兰，曹亚琴马上在脑子里编辑了一段话，她对姚海波说，我和丁小兰在一个生产大队里，我们是好朋友，关系相当要好，听说您来招工带她回去，她说了一定要帮助我，本来她自己要来和您说的，我没有让她来，我相信您会通情达理的，您一定会为我想想办法，不会将我一个人丢在这里不管的。何况我父亲也是江南钢铁公司的工人，您能带丁小兰回去，也能带我回去，您说是吗？曹亚琴本来想说，您能带公司领导的孩子回城，也能带公司工人的孩子回城，但是她怕贸然这样说刺激姚海波将事情弄砸了，于是她在说出来的时候，临时改变了。

或许是曹亚琴可以想想办法的话提醒了姚海波，姚海波双手在曹亚琴的肩上，有意识地用了一些力，他对曹亚琴说，那我得向公司汇报以后再说，没有公司的决定，我自己是不能自作主张的。曹亚琴从来没有被男人的双手强有力地扶住双肩，她觉得这样很受用，也感到有些安慰。曹亚琴继续哭着说，您一定会为我想办法的，您是一位好人，一位心地善良的人，愿意帮助别人的人。曹亚琴哭着继续说，我只有求您了，只有您能救我，否则我就绝望了，再也活不下去了。姚海波安慰她说，你先回去吧，我请示一下公司再说。

　　从县委招待所出来以后,曹亚琴并没有回去,而是站在县委招待所门口附近的一棵树下,她在等待姚海波。曹亚琴与姚海波见面以后,更加坚定了她来县里时已经下定的决心,无论如何也要让姚海波带自己回城。曹亚琴靠在路边的树上,回想三年来艰难的生活,生活的屏幕顿时打开了,一幕一幕在眼前显现。曹亚琴一想到那无边无际的玉米地,一想到劳作在强烈阳光下那种闷热难耐的情景,一想到下雨天屋前无法下脚的烂泥路,一想到累了一天回来看到眼前脏兮兮的灶台,曹亚琴浑身就发抖。再想到如果丁小兰回城了,剩下她一个人孤零零地留在农村,她更加难过。

　　天色渐渐晚了下来,西边的天上出现了迷人的晚霞,红红的太阳就要落山了,收起了它那强烈的光辉,渐渐变成了一个柔和、鲜艳的大火球,挂在西边的天上。过了一会儿,太阳慢慢地走了,走得悄无声息,走得无影无踪,只留下一片神奇的晚霞。眼前不宽的马路上行车和行人也渐渐地少了。曹亚琴没有心情观赏风景,她焦急地在等待姚海波。

　　天暗了下来,星星出来了,月亮慢慢地升起来了,月光与路边的灯光交织在一起,变成一道柔和、迷人的光网。在这诱人的光网里,曹亚琴看到姚海波从县委招待所里走了出来。曹亚琴见到姚海波就像见到了救星似的,赶紧迎面扑上去,径直往姚海波的怀里扑,嘴里无比兴奋地说,您终于出来了,我等您等得好焦急。

　　姚海波吃了一惊,一看是曹亚琴扑向了自己,他本能地张开双手扶住了曹亚琴,没有让曹亚琴扑倒在自己的怀里,他惊讶地说，你怎么在这里？你没有回去呀？

曹亚琴马上凄然地哭了起来，她说，您没有答应我，我哪有心思回去？我求求您了，带我回去吧。

随即，姚海波将曹亚琴带到县里另外一家旅店，这家旅店相对于县委招待所要偏僻得多，安静得多，客人也少得多。走进旅店的房间，姚海波才张开强有力的双臂，将瘦小的曹亚琴搂在怀里，他嘴里说，我知道你会再来找我的，没想到你没有回去。曹亚琴十分兴奋地被姚海波双手搂着，她无比期望地说，我全靠您了，只有您能救我。姚海波更加用力地将曹亚琴搂在怀里。随后，姚海波将曹亚琴放倒在床上，二人很自然地发生了关系。那一年，曹亚琴十九岁，那也是曹亚琴的第一次。那一年，姚海波三十三岁。

事后，曹亚琴躺在姚海波的胸前，她看到了姚海波脖子上挂的这枚翡翠佩，她用手抚摸着这枚颜色通绿、周身油润的小玩意儿，那时候她还不知道这个小玩意儿叫翡翠佩。姚海波看着曹亚琴用手抚摸着他胸前的翡翠佩，他对曹亚琴说，你喜欢吗？你要是喜欢我就送给你，说着就要从脖子上取下来，曹亚琴马上用手制止住说，你戴着很好看的。姚海波说，这是我们家祖传下来的，据说有许多年头了，在我爷爷手上就有了，我是听我妈妈说的。

在姚海波的运作下，曹亚琴如愿以偿地和丁小兰一同招工回到了城里，一同进了江南钢铁公司初轧厂，一同分配在机修车间主电室里当电工。车间书记是姚海波，曹亚琴与丁小兰由插友成了工友，都在姚海波的领导之下。

进厂以后，姚海波有时也缠着曹亚琴，暗地里让曹亚琴到他车间办公室或是厂部值班室。起先，曹亚琴也应约去了，她是抱着一种感恩的心理去的，毕竟是姚海波从农村将她带回城里的。回到城里一段时间后，曹亚琴也觉得暗地里与姚海波这样来往不好，他毕竟有自己的家庭。那天，曹亚琴上夜班，姚海波在厂里值夜班，姚海波将曹亚琴约到了厂部值班室。走进值班室，他们相对坐下来后，曹亚琴隔着办公桌目光驻留在他的右脸颊上，只见他有些泛青的胡茬中间有一道小小的血痕。

曹亚琴说，你脸上那道血痕，是怎么搞的？

姚海波用手摸摸血痕说，你是问这个吗？前两天被老婆抓的。姚海波说这话时十分随意，神情也显得满不在乎，然而对曹亚琴却是重重一击。

曹亚琴说，有事好好说，为什么非要动手呢？

姚海波说，哪有什么道理好讲，可能是不高兴了呗，也可能是生气了。

曹亚琴说，她的脾气很暴躁吗？不是为了我们之间的事吧？

姚海波坦率地说，我们之间的事，她哪里知道，她要是知道了，还不打到厂里来。说着，姚海波敞开自己的衣襟，朝曹亚琴走过来。

曹亚琴说，以后我们不能这样下去了，你和你的家人好好过日子吧，她肯定很需要你，也离不开你。

姚海波说，那样我会想你的。

曹亚琴认真地说，凡事总有走到头的那一天。

那天，曹亚琴看到了姚海波胸前的翡翠佩，一晃一晃地在眼前跳跃。

曹亚琴很纳闷，姚海波随身佩戴的翡翠佩怎么会到了丁小兰的手里,是不是自己和姚海波摊牌以后,姚海波去纠缠丁小兰了?

三

这枚翡翠佩确实是姚海波的。但是,不是曹亚琴心里想象的那样,姚海波与丁小兰有什么关系后,姚海波才将翡翠佩给了丁小兰。这枚翡翠佩是姚海波送给丁小兰父亲的,丁小兰父亲不肯收,让丁小兰还给姚海波。

姚海波从淮北农村将丁小兰带回城里以后,感觉自己立了一大功劳,得到了丁副总经理和丁副总经理家人的好感。丁小兰回城之前,丁小兰父亲解放出来,官复原职,继续任江南钢铁公司的副总经理,全权负责全公司的生产。在姚海波的眼里,丁副总经理就是他升迁的阶梯,只要丁副总经理肯将梯子竖立起来,他姚海波就能顺着梯子爬上去。姚海波不时地到丁小兰家走动走动,冠冕堂皇地向丁小兰的父亲请示汇报工作,事实上是与丁小兰的父亲拉关系,套近乎,做着自己能够升迁的美梦。

最近一段时间,初轧厂里传说要提一个分管后勤生活的副厂长,因为现在厂里负责后勤生活的副厂长年龄已经到点了,眼看就要退休了。姚海波知道自己没有多少生产上的管理知识,但是在车间书记的位置上做了多年,轮流排座次也应该轮到自己了。何况是分管后勤生活的副厂长,既不需要多少生产技术上的专门知识,也不需要在生产上有什么特长。姚海波自认为,做一个负责后勤生活工作的副厂长,自己还是能够胜任的。要想得到这个职位,最理想的是公司领导能助他一臂之力,丁副总经理能开个

翡翠佩·169

口，那最好不过了。怎么能让丁副总经理知道自己的想法呢？只有到丁副总经理家多跑跑，多谈谈自己的想法，让丁副总经理在谈话汇报时体会到自己的想法，这样可能要自然些。姚海波也知道，千万不能在丁副总经理面前直接透露出自己想干副厂长的事，那样公开伸手要官是讨不到好处的。姚海波去了丁小兰家几次，可是机缘不巧，丁副总经理常常忙于公务不在家，去了几次也没有见到，只见到了丁小兰。于是，他就想到了要丁小兰做个中间人，在他与丁副总经理之间搭个桥，传个话。

　　姚海波想，如果丁小兰肯在她父亲丁副总经理面前，为自己美言几句，帮他敲敲边鼓，说说话，那肯定是再好不过了。可是，能不能让丁小兰帮自己说话，丁小兰愿意不愿意帮自己说话，姚海波心里没有底。自己跟丁小兰说了，丁小兰会不会反感他，姚海波也拿不准。在姚海波的眼睛里，丁小兰是个孤僻冷静的人。就拿姚海波到淮北去招丁小兰回城的事来说吧，这件事对于丁小兰来说，应该是天大的事，前途无量。如果回不了城，那将是前景暗淡、了无希望。姚海波到村里去找丁小兰，告诉她自己要招她回城的事，丁小兰并没有表现得十分兴奋激动，而是心静如水，一如平常，甚至都没有对姚海波热情地看一眼。即便是这样，姚海波还是不死心，还是要尝试一下。他决心去找丁小兰，让丁小兰帮自己说说话。

　　姚海波平时很少到车间班组里来，尤其是主电室这样的要害岗位，姚海波更是很少进来，如果有事要找主电室的人，他都是让车间文书打电话到主电室，由文书通知他们到车间去。这天，姚海波来到丁小兰他们班组，他隔着玻璃站在班组的门外，没有进来。他看到班组里伍国强、方晓莉、丁小兰、曹亚琴和小杨、小王他们几个都在。曹亚琴站在操作台边上在检查一只仪表,方晓莉和丁小兰面对面坐着,手里各捧一本书在看。姚海波站在门口,想了一会儿还是没有进去。但是,丁小兰抬头看到了门外的姚海波,姚海波也看到了丁小兰看到了自己,他没有任何表示,转身就走了。

晚上,姚海波来到丁小兰家,开门的仍然是丁小兰。走进门里,姚海波在客厅的沙发上坐了下来,丁小兰给姚海波倒了一杯茶。姚海波轻轻地说,丁老在家吗?丁小兰说,不在家。姚海波又说,还没下班呀?丁小兰说,他晚上有个会,可能很晚才能回来。你有事吗?姚海波说,没事,没事,我就是来看看丁老。丁小兰与姚海波也没话讲,坐着也尴尬,于是说,下午我看见你到主电室了。姚海波看看丁小兰,他说,我本来是去找你的,看见人多我就没打扰你了。丁小兰说,找我?找我有什么事?姚海波说,我想求你为我办一件事,事实上就是求你替我说一句话,你看行不行?

丁小兰不解地说,我能跟谁说一句话呀?

姚海波说,我们厂分管后勤生活的副厂长到点了,马上就退休了,我想请你在你爸爸面前帮我说说,我看你爸爸对我还是很关心的。

丁小兰为难地说,这个呀?你让我怎么说?

丁小兰还没来得及将自己要说的意思完全表达出来,姚海波就将翡翠佩拿出来说,这是我的一点心意。

丁小兰一看是翡翠佩,她马上理智地拒绝说,不行,不行,这不行。

姚海波说,这不是送给你的,是送给丁老的,麻烦你转交给他。

丁小兰说，我爸爸也不会要的。

姚海波说完将翡翠佩放在桌上茶杯旁就走了，丁小兰追到门口，也没有拦下姚海波，她一筹莫展地愣在门口。

丁小兰等父亲回来以后，说起姚海波来看他，又丢了一块玉佩的事。丁副总经理看也没看玉佩，就说，我哪能收他的东西，还给他。

丁小兰将手里的这枚翡翠佩看了看。她看到的不是翡翠佩的价值，而是看到了翡翠佩背后姚海波那张怪怪的脸。

对于这块翡翠佩的处理，丁小兰没有听父亲的话，将翡翠佩还给姚海波。她压根儿就没有想过要将这枚翡翠佩还给姚海波。丁小兰想到了曹亚琴，她选择将翡翠佩给曹亚琴。在给的方式上，丁小兰在上班前就有了谋划，她有意识将这枚翡翠佩暴露在曹亚琴面前。让曹亚琴看到翡翠佩以后，自己再借故离开，留下让曹亚琴拿走这枚翡翠佩的时间。她希望曹亚琴能按照自己的谋划拿走这枚翡翠佩。

果真曹亚琴拿了这枚翡翠佩。曹亚琴拿了丁小兰的翡翠佩后，一直在观察丁小兰在丢失翡翠佩以后有什么反应，可是曹亚琴始终看不出丁小兰有什么反应。在丁小兰那里，好像什么事情也没有发生过似的。曹亚琴弄不懂，这到底是怎么一回事？丁小兰怎么会有姚海波的翡翠佩呢？

四

自从曹亚琴拿了丁小兰的翡翠佩以后，她对姚海波就有了一种恼怒、憎恨、讨厌和抵触，她不想与姚海波碰面，尤其是人少的时候，她更不愿意见到他。可是在一个车间里上班，姚海波又是自己车间里的书记，开个会，谈个话，办个学习班的，早不碰面，晚也得碰面，躲是躲不过去的。车间里开会的时候，姚海波与车间主任、工会主席都要端坐在主席台上。在会上车间主任讲话，工会主席讲话，最后姚海波进行总结讲话。姚海波讲话，每每都是一本正经、一脸严肃、认认真真地对坐在下面的员工讲，如何坚持正确的政治路线，如何树立正确的人生观，如何在工作岗位上争先创优，如何一定要讲纪律，正作风，做贡献，等等。他不用稿子，出口成章，一套一套的，一讲一个小时，口若悬河。姚海波讲话的时候，曹亚琴在下面听，在听的时候，曹亚琴喜欢琢磨姚海波讲话时和与自己单独在一起时的表情。在台上讲话时，那是一张十分严肃的脸，满脸都写着人生、纪律和作风。与自己在一起的时候，那张脸上，原本不太大的眼睛，带着笑意，有点色眯眯的样子。曹亚琴替姚海波想，在世人面前一张脸，在世人背后又是一张脸，两张脸来回不停地变换，而且是毫无顾忌地变换，毫无痕迹地变换，乐此不疲地变换，这难道就是他的人生？继而又想，他的人生是这样，其他人的人生和自己的人生不也是这样吗？想到这里，曹亚琴不仅为姚海波悲哀，也为自己悲哀。

　　姚海波将翡翠佩丢给了丁小兰，他不知道丁小兰有没有给她父亲。如果丁小兰将翡翠佩给了她父亲，拿到翡翠佩后丁总会怎么想呢？丁小兰会不会在她父亲面前为自己说说话呢？姚海波不好直接问丁小兰，只是在适当的时候，适当的场合，才委婉地问丁小兰，自己工作还有哪些需要改进的地方，还有哪些需要注意的，还有哪些做得不够的，请多多指正，提提意见。丁小兰总是搪塞地说，没有什么呀，你做得很好呀！

在车间里，姚海波也好像变得谦恭了许多，在走廊上碰到了车间文书，他笑笑说，在忙什么呢？文书说，都是厂里科室要的统计报表。姚海波说，我的工作有哪些做得不到位的，你要多多提醒批评呀。文书停下脚步说，姚书记这样说，我倒有一件事，跟您汇报许多次了，您说研究研究，到现在也没有结果。姚海波诧异地说，什么事啊？文书轻轻地说，就是协作单位给的那笔技术咨询费，仍然放在那里，您看怎么处理？姚海波想起来了，他说，我和主任再商量一下告诉你。科协工作是车间书记负责的，技术咨询费也应该是由书记来决定，为了体现自己的宽容和大度，也为了笼络车间主任，姚海波将技术咨询款的分配权交给了车间主任。

姚海波等待丁小兰能给他带来一点消息，但是始终没有等到，在等待的过程中他的心情是焦急的，也是空虚的。这天，车间组织学习，邀请厂宣传科的同志来车间上形势教育课，学习会是姚海波主持的。课结束时，姚海波也没有像往常那样认真总结一番，而是课一结束，学习也就结束了。他没有看见丁小兰来参加学习，只看到了曹亚琴。这天又逢姚海波值夜班，曹亚琴上夜班。在散会的时候姚海波暗示了曹亚琴。看到姚海波暗示后，她的恼怒、憎恨、讨厌和抵触便开始动摇起来，妒忌、醋意和诱惑油然而生。她想到了丁小兰，想到了丁小兰的翡翠佩，她怎么会有姚海波的翡翠佩呢？我一定要当面问问姚海波。

学习会散了以后，曹亚琴先走出会议室，方晓莉从后面赶了上来，走近曹亚琴的身边，方晓莉说，你有事吗？曹亚琴心里一惊，是不是刚刚姚海波对她的暗示被她看到了？曹亚琴停下来，十分自然地对方晓莉说，我没事啊，怎么说？方晓莉说，今天晚上你不是接夜班吗？曹亚琴坦率地说，是啊，今天轮到我们上夜班，你也上夜班呀。方晓莉说，如果你没有事的话，我想请你陪我到商场去逛一下。曹亚琴说，逛商场与上夜班怎么扯到一起了，两者不是一回事呀。方晓莉神秘地对曹亚琴说，我谈了一个男朋友，今天晚上我们第一次约会。曹亚琴说，你的意思是晚上约会，夜班就不来上了吗？要请假是不是？方晓莉说，夜班接班要到晚上十一点以后呢，约会之后来接班也来得及。我想约会时穿得漂亮一点，请你帮我去挑一件衣服。曹亚琴说，那是好事啊！我陪你一起去。

曹亚琴很长时间没有逛商场了，她走进商场里仿佛走进了一个陌生的花花世界。曹亚琴感慨地说，整天上班下班，也没来逛过商场，没想到商场里这么多东西，琳琅满目，眼花缭乱，我都有点转向了。接着曹亚琴又说，平时我们生活是不是机械了一些，整天上班、回家、回家、上班。方晓莉附和着说，谁说不是呢，所以我们要珍惜时间好好生活，特别是我们女人，光鲜就那么几年，很短暂的，我们要好好过自己的日子。曹亚琴说，你想买件什么衣服？方晓莉说，我想买一件套装。于是她们朝女式服装柜台直接奔去。方晓莉走在前面，曹亚琴跟在后面，上了三楼找到了女式服装柜台。方晓莉指着一款套裙说，我已经来看过几次了，颜色我确定不下来，你看看我穿哪种颜色好？请你帮我参谋参谋。曹亚琴不知道方晓莉偏好什么颜色，她自己倒是喜欢蓝色，尤其是浅蓝色，非常纯净，理智和冷静，代表初始的颜色，很容易让人联想到天空、海洋、宇宙和水。曹亚琴说，我觉得那套浅蓝色的比较好，你皮肤又白，浅蓝色又衬托皮肤，你穿上它一定很好看。方晓莉高兴地将两只紧握的拳头放在胸前，高兴地说，真的呀！我来看过几次了，我也觉得浅蓝色很适合我，可是我不自信确定不下来。你说好，那肯定好，就这么定了，我买了。

买好衣服，方晓莉兴高采烈地提着套装，脸上笑盈盈的，眼睛里有闪闪的亮光，就像在战场上打了胜仗，获得了一件战利品似的。看着她高高兴兴的样子，曹亚琴也为她高兴。

晚上要上夜班，回到家，曹亚琴躺在床上想休息一会儿。可是躺到床上以后，她反而清醒了，睡意就像风吹的落叶，四处飘散，不知道要被风吹到什么地方去，脑子里也像四处飘散的落叶似的，乱糟糟的，没了方向。她躺在床上辗转反侧，难以成寐，想到姚海波约会的暗示，没有见过面的姚海波夫人竟变幻出各种身影出现在曹亚琴的脑海。折腾了好一会儿以后，她才迷迷糊糊地有了睡意。不知不觉中曹亚琴走进一个漆黑的空间，仿佛是一个流动的车厢，时不时透过一只圆孔射进一束光来，周围似乎坐满了人，人人面目呆滞，没有一个人说话，死一般沉寂。那束光熄灭以后，又坠入了深深的黑暗中。曹亚琴觉得，这种黑暗令人窒息，阴森恐怖，十分可怕。在这黑暗中，她感觉到一个人走近了她的背后，她情不自禁地回头一看，空空如也，什么人也没有。这时一束强烈的光射向她，才使她猛地惊醒过来。

夜幕降临，工人居住的钟村就像浸泡在黑色的墨水里，只有路两边亮着昏暗的灯光，就像刚刚曹亚琴在梦中所见到的景象。走在这昏暗的路灯下，曹亚琴觉得自己就像是一块锈铁，经过锤炼可以提升改变品质，放在露天里则要氧化锈烂。她不甘心放任自流,又觉得自己没有自强的约束力,于是心情复杂地来到厂里。曹亚琴推开值班室的门,姚海波已经等候在那里了。看到曹亚琴,姚海波马上站了起来,曹亚琴也不说话,与他面对面站着。姚海波慢慢解开衣襟,朝曹亚琴走来。曹亚琴希望能看到姚海波挂在脖子上的那枚翡翠佩。然而姚海波解开衣襟以后,胸前是空荡荡的,脖子上并没有挂着翡翠佩,这是曹亚琴事先预想到的。看到姚海波空荡荡的胸脯,恼怒、憎恨、讨厌和抵触就像雨后春笋似的一下子冒了出来。曹亚琴脱口说,你脖子上的翡翠佩呢?姚海波被曹亚琴突然这么一问,顿时怔住了。他没想到在这个时候,曹亚琴会突然问他这个问题,他一时无措,只好敷衍地说,噢,我忘了戴了。曹亚琴说,你说什么?姚海波说,我真的忘了戴了,这时候你怎么想起翡翠佩呢?曹亚琴说,你说谎!说完,她转身打开值班室的门,怒气冲冲地走了出去。

　　走出值班室,曹亚琴委屈的眼泪扑簌簌地流下来。从值班室到主电室仅仅是一条不是很长的厂区里水泥路,曹亚琴从来没有觉得它长过。今天曹亚琴走在上面,她觉得这条水泥路特别漫长,好像没有尽头似的。走在这条水泥路上,她听见厂里传来隆隆的轧机轧钢的声音,身边传来火车行驶的鸣叫声,她觉得这些声音都很悲痛,很凄厉。

　　曹亚琴走进班组时,班组里的伍国强、小杨、小王、丁小兰都已经来了,曹亚琴从更衣室换好衣服走出来时,方晓莉也兴高采烈地走进班组。曹亚琴看得出,第一次约会方晓莉感觉蛮好的,她脸上荡漾着笑意。曹亚琴说,这么快就回来啦。方晓莉说,赶过来正好接班。方晓莉正是穿着那套浅蓝色的套裙走进来,班组里的灯好像亮了许多似的,伍国强他们几个男人眼里顿时放出贼亮的光来。伍国强惊叹地说,方晓莉今天真漂亮,像个天使似的。小杨马上说,你是相亲去的吧,否则怎么会穿得这么漂亮。丁小兰看着方晓莉没说话,嘴上没有赞扬,她那灿烂的一笑,便是对方晓莉的赞美了。曹亚琴说,你们讲对了,她今天确实是约会去了,她有男朋友了。方晓莉走到更衣室换衣服,换好工作服,她将自己浅蓝色的套裙叠得整整齐齐放在自己柜子面前的条凳上。她走出更衣室时,大家看到的又是平常生活里的方晓莉了。

小杨已经结过婚了,也就才几个月,在班组里也是一个十分活泼的人,他显得过来人特别有经验似的对方晓莉说,第一次约会怎么这么快就回来了?方晓莉看看他说,第一次见面还有规定要多长时间的?小杨说,他没有拉拉你的手什么的?方晓莉脸有些红了,曹亚琴她们几个女的在旁边暗暗发笑。方晓莉对小杨说,你说什么呀?别把你自己做的事都想到人家头上来。大家都知道小杨第一次约会,就把女朋友约会到床上去了。伍国强担心这样你一句,他一句地调侃下去,方晓莉面子上过不去,所以站了出来,接过话头说,巡检时间到了,大家还是去干活吧。

于是,大家都走出班组分头巡检去了,班组里仅留下丁小兰一人值守。伍国强、曹亚琴、方晓莉三人一个组。走出主电室,就是轧线生产现场,耳边顿时响起了轰隆隆的轧机轧钢声,声音清脆而响亮。有节奏的隆隆声,一声接着一声传过来。他们走上栈道,走进生产调度室。生产调度室是厂里生产的中心,他们跟当班调度员进行了解和沟通,了解当班设备运转情况和需要排除设备隐患的处理时间。接着,他们过了天桥,走上均热车间的均热炉台。炉台上正在出钢。一号接盖机打开炉盖,炉坑里喷涌出来的巨大热浪，就像着了火似的，让他们喘不过气来。炉台周围，厂房顶上也像打翻了调色板，到处红彤彤的一片。在炉盖打开的瞬间，钳吊及时将夹钳伸进炉坑里，夹住一根通红通红的钢锭吊起来，像是吊着一只晶莹剔透的红灯笼，也将伍国强、曹亚琴、方晓莉浑身照得红彤彤的。

　　钳吊将钢锭吊出、接盖机将炉坑盖上以后，炉台上泼洒出来的红色油彩就像被人用手抹掉似的，马上便无影无踪了。他们三人走进均热炉配电室，按照看、听、摸、闻的检查程序，依次对电器设备进行检查。突然"砰"的一声巨响，方晓莉被电击中了。随着巨大的响声，方晓莉一下子失去了控制，往后仰倒在地上。站在她旁边的曹亚琴看着方晓莉被弹起来以后，又摔倒在地上。看到这惊人的事故的一瞬间，曹亚琴被吓傻了，站在一边的伍国强顿时也蒙了。

　　方晓莉倒下去了，电气设备跳闸断电了，轧机慢慢地停下来了，急剧旋转的电机也慢慢地停了下来，整个轧钢生产线停了下来，刚刚还十分喧嚣的生产线顿时沉寂下来。这种令人沉闷的寂静和安宁，好像是在为方晓莉祈祷。医务人员立即赶到现场，但是医务人员也无力回天。医务人员将方晓莉抬走以后，炉台上响起了一声长长的悲哀哨音，这是为方晓莉最后送行。紧接着，通上电，电机运转起来，轧机轧钢清脆而响亮的声响，又一声接着一声传开了，轧钢全线恢复了生产。

　　方晓莉就这样走了，结束了她年轻的人生。将方晓莉送走以后，曹亚琴回到班组，她看到方晓莉放在条凳上叠得整整齐齐的套裙时，眼泪止不住流了下来。

翡翠佩·179

五

　　方晓莉是一个个性活泼、对生活充满热爱的人，谁也不会想到死亡会降临到她身上。方晓莉的死对曹亚琴打击很大，特别是在方晓莉倒下去的那个瞬间，曹亚琴就站在她的身边，看着她被击倒，看着她离去。

　　曹亚琴没有想到活着与死亡竟然仅仅一步之遥，距离自己这么近！难道人生真的是生死无常吗？谁能说得准，今天活着，也保证明天还活着？曹亚琴深切体会到，死亡伸手就能轻易抓得到，方晓莉就是一个典型的例子。方晓莉刚刚还欢天喜地约会、交朋友，憧憬美好的未来和新的生活，然而不知不觉地就走到了人生的尽头。曹亚琴想，自己的人生尽头在哪里呢？她觉得自己拒绝姚海波是对的，她不能这样一直摸黑地走下去依附他，随他再找谁去。想到这里，她自然想到了丁小兰，想到了那枚翡翠佩。曹亚琴想，抽个适当的机会将翡翠佩还给她！谁想要她的翡翠佩。

　　这天，厂里进行卫生大检查，即将退休的负责厂后勤生活的副厂长，领着厂宣传科、秘书科、行政科、保卫科人员和车间文书组成的检查小组，挨车间、班组进行检查。检查到主电室时，他们看到墙角垃圾乱糟糟的，尤其是废纸篓旁边，还堆放了一些破破烂烂的碎花布。检查组马上给指出来，责令整改，还扣了分。扣分实质就是扣奖金。检查组走的时候，还特别强调主电室安全的重要性。检查扣了分，小杨心里很不愉快，生气地说，这些破布条肯定是曹亚琴扔的，连累我还倒霉。正巧，曹亚琴不在现场，她按时巡检去了。坐一边平时不爱说话的丁小兰说，你凭什么说这些布条是曹亚琴扔的？小杨说，这些花花绿绿的，不是她扔的还能是谁？丁小兰说，她人不在，你少在背后说人家坏话，给人家造谣、泼脏水。小王马上过来解释说，这些破布条是我扔的，我扔在那里准备处理的，谁知道检查组会来呢？事后，曹亚琴知道了这件事，从内心感激丁小兰。因此，曹亚琴更有意识想接触丁小兰，想通过接触在能相互交流、彼此信任的时候，再把翡翠佩还给她。

到了吃饭的时间，曹亚琴又有些伤感起来，过去去食堂吃饭，总是方晓莉陪她一起去，现在方晓莉不在了，只有她一个人去了。职工食堂不是很远，就在厂部办公楼后面。从班组里出来，经过机修车间钳工组，就走上了去厂部的水泥大路，沿着水泥大道往前走，过一个铁道口，就到厂部大楼了。在厂部大楼西边围墙上有一个小门，走进小门里，往左手一拐就到食堂了。食堂与厂部办公大楼前后照应着，中间仅隔着一个篮球场。走到篮球场上，就能闻到食堂里飘过来的阵阵肉香味。

初轧厂是江南钢铁公司一个比较大的轧钢厂，全厂有两千多职工，加上外协人员，每到开饭的时候，食堂里就挤满了人。尽管厂里一扩再扩就餐大厅，还是显得有些拥挤。食堂里有六个窗口卖饭卖菜，早晚只开两个窗口，每逢中午六个窗口全部开，就这样每个窗口前面都像一条游龙似的，排起了长长的队。曹亚琴站在队伍后面排着，排了一会儿终于排到了窗口。她抬头看看窗口里面，不锈钢的长条桌面上，摆满了大大小小的不锈钢盆，里面盛着各色各样的菜肴，品种很多，荤素都有。曹亚琴用眼睛扫了一下，足足有二十多个品种。曹亚琴买了一个香干炒肉丝，红烧茄子，还买了一块清蒸鱼和一份米饭。

买好饭，曹亚琴端着盛饭菜的盘子寻找座位，正巧她看到窗子边上的那张条桌上，丁小兰坐在那里吃饭，丁小兰的对面有个空位子。曹亚琴兴致勃勃地端着盘子走过去，刚刚把盘子放在桌子上，人还没有坐下来，丁小兰样子怪怪的，不声不响地站起身就走了，也不同曹亚琴打招呼，也没看曹亚琴一眼。看着丁小兰离去的背影，曹亚琴很纳闷，也很生气。她想，丁小兰一定看到自己了，没看到自己她吃得好好的为什么说走就走了？丁小兰面前的盘子里剩了许多饭菜，几乎没有吃几口。曹亚琴心里气不过，心里想，自己是瘟神吗，来不及要回避？曹亚琴心里有了些怨恨，也有了些不理解。曹亚琴坐下来，一点食欲也没有，坐在那里对着盘子里的饭菜发愣。

有三个女工买好饭菜，端着盘子走到曹亚琴桌子跟前说，这里有没有人，我们可以坐吗？曹亚琴本能地往窗子跟前挪了挪，没有说话，示意她们三个人坐。三个女工坐下来，朝曹亚琴友好地笑笑，曹亚琴也回以一笑。她们彼此不认识，想必不是一个车间的。四个人坐的一张条桌，三个女工坐下来以后正好坐满。坐下来以后，三个女工开始窃窃私语，又是说，又是笑的，完全没有把曹亚琴坐在一边当回事。与曹亚琴并排坐的那位女工要漂亮一些，身材、脸庞、身高都和曹亚琴差不多，皮肤也是白白的。坐在曹亚琴对面的两位女工，一个胖一些，一个瘦一些。胖女工大大咧咧，说话很直接，不喜欢拐弯抹角。她一边吃，一边说，我现在不能看我们车间主任，十分讨厌，看了他就恶心。瘦女工说，你那么讨厌他干什么？胖女工说，你们不讨厌他？漂亮女工说，平时我不搭他腔，他拿我也没办法。胖女工愤愤地说，你看他平时在会上说得多好听,要加强党的领导,加强精神文明建设,脸一转,面对着我们女工,马上就色眯眯的了。漂亮的女工窃窃地低头在笑。开始曹亚琴也没在乎她们在说什么,她只顾自己想心事,想刚刚丁小兰怪怪的样子。当她听到色眯眯几个字时,她的注意力开始转向三个女工的窃窃私语。胖女工继续没心没肺地对漂亮女工说,你不要笑,你比我们漂亮,你更要当心一点,说不定哪一天你就被他搞到手了。漂亮的女工说,他怎么你了,对他那么恨之入骨。胖女工说,上个礼拜五我上夜班,他值班,今天才星期二嘛,就是上个礼拜的事。他找我说有事,让我到他值班室里去一下,我便去了。走进值班室后,他就对着我笑,也不说什么事,将值班室门关上以后,他就用身子将我朝门后面顶,当他将身子紧紧贴在我的身上时,我马上反应过来,他想干什么事了。我赶紧将身子一挺,将他推开了。漂亮女工和瘦女工同时笑起来,漂亮女工说,你不能伸手给他一巴掌?胖女工说,当时没有想起来,只想着赶快开门,赶快逃走。

曹亚琴坐不住了,她觉得胖女工好像窥见到了她全部的隐私,在绘声绘色地描述当时发生的情景。胖女工既说给她的同伴听,也说给曹亚琴听。此时此刻,曹亚琴羞愧无比,她觉得自己好像已经被剥光了衣服,裸身站在她们三位女工面前,任她们指责、嬉戏、嘲笑、唾骂、揶揄、讽刺。

曹亚琴回到班组,她一眼看到了丁小兰。丁小兰一如往常端坐在那里,面前摊着一本书,仍然是谁也看不懂,谁也不愿看的外文书,唯独丁小兰对这种书情有独钟。曹亚琴对丁小兰心里窝着一肚子怨气,同时又有一种潜在的不安之感,担心会与丁小兰吵起来。如果按照曹亚琴以往的脾气,丁小兰今天在食堂里对她的那种做派,她早就冲着她大发一顿火了,还会轮到自己坐在那里生闷气,还听着那些不能用耳朵听的难听话。

然而,事情并不是像曹亚琴想象的那样,曹亚琴挑衅性地往丁小兰身边一坐,丁小兰马上站起身离开了座位。难道丁小兰仍像见到瘟神一样马上避开她吗?丁小兰站起身,走到靠墙的柜子上拎了一只水瓶过来,丁小兰给自己杯里兑了水,也给曹亚琴的杯里兑上了水,友善地侧着脸朝她微微地笑了一下,然后将水瓶送回摆在柜子上。然后,坐下来继续将眼光移到自己面前的书上,继续低着头看她的书。丁小兰的这一细小的动作,不太引人注意的一笑,令曹亚琴很受用,心里也感到特别的愉快,刚刚对她的那种怨气和憎恨也随着她这么一个举动、一个微笑慢慢淡化掉了。

次日,曹亚琴有事请假没来上班。就是这么不巧,偏偏在她不在班上的时候,她家里却出了事,电话打到厂里来找她。电话是打到厂部的,厂部将电话转到主电室,电话是丁小兰接的。电话是曹亚琴母亲托邻居打来的,电话内容丁小兰听清楚了。原来是曹亚琴的母亲在家里够东西,高度不够就站在板凳上,不小心从板凳上摔了下来,坐在地上爬不起来了,怕是骨折了,赶紧让曹亚琴回去。曹亚琴请假了不在班组里,丁小兰也知道曹亚琴请假了。接到电话后,一时不知道到哪去通知曹亚琴,当年还没有BP机,还没有移动电话。丁小兰很担心,老年人摔倒了在家里,还不知道会出现什么问题呢!于是她放下电话,与组长伍国强请过假,就匆匆出去了。丁小兰通过父亲的关系要了一辆车,赶到曹亚琴的母亲家。曹亚琴的母亲确实骨折了,邻居已经将她扶起来,坐在凳子上,坐在那里不能直立。丁小兰和司机一起,将曹亚琴的母亲送到公司医院里,并给她办好了住院手续。由于送医院及时,曹亚琴的母亲少受了许多痛苦。曹亚琴的母亲十分感激。她激动地说,你真是好闺女,我得让亚琴好好感谢你。又问起丁小兰的名字。丁小兰说,不用感谢,我和曹亚琴是一个班组的,我姓丁。

曹亚琴知道这件事以后,心里更加感激丁小兰。因为这件事,曹亚琴对丁小兰又有了新的看法,她始终捉摸不透丁小兰究竟是怎样的一个人。在曹亚琴的心里,丁小兰与翡翠佩就像是一对孪生姐妹,说到丁小兰不能不想起翡翠佩;说到翡翠佩不能不想起丁小兰。曹亚琴心想,哪一天,一定要将翡翠佩还给丁小兰。

六

到了深秋时节,天渐渐地开始冷起来了。清早,天阴沉沉、雾蒙蒙的,像是挂着漫无边际的纱幔似的,连远处山峦、远处的楼房也看不清楚,就连眼前路边的树也显得模模糊糊的。又开始起风了,风将地上的落叶吹得四处乱跑,就像被追逐四处逃窜的老鼠。

曹亚琴推着自行车出了家门,迎面清冷的风像是一只小兔子闯进了她的怀里,她本身就穿得比较单薄,在这肃杀的清晨里,她更加感到寒冷,不禁一阵阵瑟瑟发抖。她抬头看看天,在心里嘀咕起来,只怕是要下雪了吧。曹亚琴没有多想,像跨上一匹骏马似的,骑上了自行车。她顶着清冷的风,往厂里骑去。街道上异常冷清,多家店还没有开始营业,门紧紧地关着。在这清冷的风里，除了匆匆赶去上班的人以外，也唯有出来摆摊卖早点的人了。否则清冷的街道上，更会让人觉得格外的寂静和凄苦。摆摊的人推着一辆平板车，平板车上放着小煤炉，煤球炉上支着平锅，可以摊饼，也可以煎荷包蛋，现做现卖。曹亚琴都是在家里吃过早饭才出门的，她不习惯在外吃早点，在她的记忆里，几乎从来没有在摊点上吃过早饭。

雪果然下了下来，一团一团的棉絮样的雪花，紧一阵、慢一阵地飘落下来。不一会儿，地上的雪就薄薄地堆了一层。路上、树上、房子上全都白了，曹亚琴的衣服上也积存一层薄薄的白。快骑到厂门口时，由于地上已经有了薄薄的雪，地上是比较滑的，在拐弯上厂门口大道时，曹亚琴一不小心，连人带车摔倒在地上。她连忙爬起来，扶起车子，她突然想到，年前，也是在这个位置，那个大母熊一样的女人，骑着车子朝她撞过来，将她撞倒了。那时，方晓莉还过来帮助过她，现在她孤零零一个人站在风里，既有些恼怒，也有些伤感。

到了厂里，换好工作服，班组里的人陆陆续续都来了，就听到班组里的小杨对大家说，厂里出大事了你们知道吗？曹亚琴起先没有在意，厂里还不是平常的样子，能出什么大事。小王在旁边说，我听说了，昨天下班的时候，车间书记姚海波和车间文书被检察机关的人带走了。

这个消息很快得到了证实，这是一个惊天动地的消息。机修车间开始技术咨询活动，协作单位给了机修车间技术咨询款26万元，一直放在车间文书那里没有处理。车间文书向姚海波提起后，姚海波让车间主任全权分配处置。车间主任见数额不大不好分配，就私下与姚海波定了，姚海波分10万元，车间主任分10

万元，具体操办的文书分 6 万元。这件事不知被谁告发了。检察机关来查的时候，发现姚海波分得的那 10 万元还放在办公室里没敢动。车间主任分得 10 万元以后，立即捐给了贫困山区希望小学了，他保留了汇款凭证。检察机关以贪污的罪名将姚海波和车间文书带走了。车间主任后来提任为厂里分管后勤的副厂长，这已是后话了。

姚海波被带走以后，各种流言蜚语像雪片似的在厂里满天飞。好在这些流言蜚语中，曹亚琴没有听到关于自己的隐私，没有人将她与姚海波做的那些事，抖开公布在世人面前。如果像那个胖女工指名道姓说的那样，也有人将自己和姚海波做事的细节说一说，传一传，她自己真不知道将如何面对班组里的人。好在姚海波被带走以后（后来判了缓刑），他再也没在厂里出现过，厂里的一些熟悉他的人，包括他的上级和下级，都不知道他的去向，好像在人间里蒸发掉似的。姚海波不在了，眼不见，心不烦，曹亚琴倒也落个安慰，使自己在精神上有一些清静和自在。

七

随着我国改革开放的进程不断加快，冶金工业的转型升级也在快步推进。在七十年代中期建成、公司引以为骄傲的初轧厂已经不能适应钢铁工业的发展了，连铸连轧工艺技术迅速在钢铁企业推进。1997 年，江南钢铁公司报送的《初轧技术改造项目可行性研究报告》经省经贸委报送到国家经贸委获准立项，国家同意江南钢铁公司淘汰初轧、中板的落后技术工艺，新建一条薄板坯连铸连轧生产线以及一条冷轧薄板生产线。

将要新建的薄板坯连铸连轧生产线，就是以现在初轧厂为中心，再向外逐步延伸。于是，江南钢铁公司将薄板坯连铸连轧指挥部专家组设在初轧厂厂部办公大楼，专家组调集了重庆、鞍山、北京和冶金设计院的专家，同时也聘请了德国技术专家加盟设计，丁小兰被抽调到专家组。

在姚海波出事的那一年，丁小兰就离开了厂主电室，调到厂办公室做文秘工作。这次公司成立薄板坯连铸连轧指挥部专家组，丁小兰又从厂办抽调到专家组，这并不是因为丁小兰在技术上有独到的一面，而是因为丁小兰有一些外语基础。她到专家组里来，作为德国专家的秘书，主要协助德国专家进行设计资料的收集和管理，同时负责安排德国专家的接待和日常服务等工作。

到了专家组，丁小兰就被安排到江南公司特别设置的德语培训班，进行了四个月封闭式的德语加强培训。在这个基础上，她又被选派到南京政治学院德语班，进行了一年半脱产学习。经过强化训练，加上丁小兰自己勤奋学习，她的德语水平提高很快，基本上可以与德国专家进行简单对话和交流了，被德国专家赞誉为得力的好帮手。丁小兰经常陪着德国专家出席一些设计评审会、技术交流会，还随专家组到国外进行考察。几年下来，丁小兰除了德语口语迅速提高以外，在专业技术水平上，也得到了迅速提高，得到了德国专家的认可和赞扬。由于丁小兰的敬业和周到的服务，德国专家几乎离不开丁小兰，他们经常双双出席一些公务活动，形影不离。

有一天，丁小兰和德国专家参加一个技术评审会，评审会结束以后，他们乘坐轿车回到专家组。车在专家组办公室的楼下停稳，德国专家先下了车，然后丁小兰下了车。刚刚下车的丁小兰听到远处有人喊她,那人远远站在办公楼马路对面的一棵大树下。丁小兰寻着声音望过去,那人看到丁小兰转身,匆匆迎着丁小兰走过来。走到近处丁小兰才看清,是自己原来的车间书记姚海波。

姚海波穿着米黄色的休闲夹克,下身穿了一条蓝色裤子,脚上穿着一双黑色的旧皮鞋。多年不见,姚海波脖颈上有些很深的皱纹,脸上多了些褐色的斑点,走起路来两腿还有些弯曲。丁小兰看到,姚海波显得有些苍老,神情也有些倦乏。

丁小兰看见姚海波朝向自己走来,她首先有礼貌地用德语对身边的德国专家说,您先上楼去,我一会儿就上来。

姚海波走到丁小兰跟前,神情有些不自然,他说,你好,丁小兰,好多年没有见了。

丁小兰对姚海波的突然出现,感到十分诧异。那年姚海波出事以后,他就在人们视线里淡出了,一点消息也没有,不知道他到哪里去了。丁小兰现在已经不是当知青时的丁小兰,也不是初轧厂主电室班组里那个丁小兰了。她现在是专家组成员,经过这两年的培养,她待人接物都显得落落大方,也显示出职业的那种热情。

看见姚海波,丁小兰还是显得很热情,她大大方方地说,姚书记好,许多年没有见面了,你过得还好吗?姚海波有些颓然,他说,过得一般般吧,谈不上好,你看我现在这个样子,能过得好吗?丁小兰说,自从你离开厂里以后,一直没听到你的消息,也不知你的去向,你现在做什么?姚海波说,在一个熟人那里帮忙,给人家打下手,打打工。丁小兰说,做企业?丁小兰心想如果是做企业的话,他再差也不会差到哪里。姚海波苦恼地说,哪

翡翠佩·189

里是企业，朋友办了一个学校，让我在他学校食堂里帮帮忙，做些管理工作，收入不太好。

丁小兰不知道姚海波突然来找她会为什么事。说到收入不好时，丁小兰有些警觉。丁小兰大方地说，我们俩不能就这么站着说话，到我办公室里坐坐，喝口水呀！姚海波马上说，不，不，不。然后有些羞涩地说，我来找你是有事的。

丁小兰说，找我有事？找我有什么事？

姚海波睁着眼睛，看着丁小兰认真地说，你还记得我给丁老的那块翡翠佩吗？

丁小兰一听知道了，今天姚海波来的目的是讨要那枚翡翠佩的。丁小兰回忆地说，翡翠佩？

姚海波急急地说，对，对，上次去你家，留下的那块绿色的翡翠佩。

丁小兰说，那是好多年前的事了，我哪还能记得清呀？

姚海波说，你好好想想，我让你转交给你父亲的，一定还在的。

丁小兰说，那东西当时我就没有在意，根本没有放在心上，这么些年过去了，让我上哪儿去找？

姚海波有些哀求地对丁小兰说，你再好好想想，那翡翠佩对我很重要，它是我家祖辈传下来的。你看我现在，生活又那么拮据。

丁小兰心想，给了人家的东西哪有讨要回去的道理。她有些不高兴地说，我一点印象都没有了，你让我到哪去找？说完，转身朝办公楼里走去，将姚海波一人丢在那里。

姚海波追在身后，他想起曹亚琴曾问起过他的翡翠佩，他一直很纳闷，曹亚琴那天怎么会突然问到翡翠佩。于是，姚海波哀求地对丁小兰说，你再想想，你不会转送给别人吧？

丁小兰没理他，走到二楼，站在楼梯上，她隔着玻璃看楼下的姚海波。姚海波推着还是他在厂子里骑的那辆自行车。丁小兰看着他骑上自行车，无精打采地走了。

看着姚海波远去的背影，丁小兰在心里想，他怎么会说我转送给了别人？他不会去问曹亚琴吧？继而又想，他是不会去问曹亚琴的，如果他知道翡翠佩在曹亚琴那里，他就不会来找自己而直接就去找曹亚琴了，但是谁能说得准呢？

八

江南钢铁公司薄板坯连铸连轧指挥部成立以后，初轧厂就永久性停产了，初轧厂里的那些员工，树倒猢狲散，各奔东西了，下岗的下岗，分流的分流，转岗的转岗。那一年，曹亚琴四十岁，正好卡在下岗的杠子里，一刀切下来下岗回家了。伍国强被分流到其他厂，仍然是电工，继续干他的电工活。曹亚琴觉得伍国强为人忠实、厚道，是个当家过日子的人，值得信赖，在方晓莉去世的那一年，她就嫁给了他。伍国强既是她的组长，也是她的丈夫。结婚后的第二年，他们就有了一个儿子。

伍国强和曹亚琴一样，也是知青招工进厂的。进厂以后，伍国强进了厂里电工培训班，学习电工知识，然后当了名电工。他工作认真，为人老实，车间里任命他为电工组的组长。伍国强没有什么不良的嗜好，不抽烟、不喝酒、不赌博、不嫖女人，只有一个爱好，喜欢画画，画油画。他的画谈不上很好，也不能说不好。在一起画画人的面前，他的画还是被认可的。厂里举办画展，公司里举办画展，他的画都入选参加展览过。有时市里举办画展，也让他送过作品去参加展览。曹亚琴看不懂伍国强的画，她觉得伍国强画的画，画面模模糊糊一片，什么也看不清楚，看不明白。站在近处看伍国强的画，更是什么东西也看不出来，不知道他画的是什么东西。只有站在远处看，才能隐隐约约地看得出，他画的是似树不像树，似山坡不像山坡的树和山坡。伍国强性格憨、脾气好，在家里从来不发火，从不高声讲话，也从不发脾气，家务事也是他做得多。上早班的时候，他一定会将曹亚琴和儿子的早饭做好才去上班。上夜班更不用说了，他也会将早饭烧好，将儿子送到学校，他自己才会上床休息一会儿。对于做爱，伍国强也是喜好的。只要曹亚琴不推脱，不拒绝，不论是下了夜班回来，还是上夜班临出门之前，一有机会他就会趴到曹亚琴身上忙上一会儿。但是，曹亚琴从来没有埋怨过伍国强，她反而认为这样很安逸、很踏实、很幸福，这就是生活的真实、家庭的幸福、人生的快乐。

　　曹亚琴从厂里下岗回家以后，也没有在家里吃闲饭。她在淮北农村待过，跟当地农民学会了做馒头、包包子、擀面条，还会做葱油饼。于是，她每天早早起床，摆摊做早点。伍国强心疼她，不让她劳累，让她在家休息休息。曹亚琴说，孩子渐渐大了，花钱的日子在后面，趁自己年轻还能做得动，能挣几个是几个，挣比不挣好，总比在家闲着要好。

　　好在，伍国强的父母也是江南钢铁公司的职工，留给他们一套小房子。房子不大，只有六十来平方米，里外间，有独立的厨房和厕所。儿子在外面搭了一张床，既是吃饭厅，又是儿子的卧室。伍国强和曹亚琴住在里面一间。父母留给他们的这套小房子虽然小，又很旧了，好像是六十年代盖的，通走廊，红砖墙，但是地段很好，这栋楼楼下就是菜市场，来来往往的人多。曹亚琴早上出去摆摊，要买点什么，顾客需要点什么，很方便，也不像住得偏远地方的人，买个东西要跑老远。她下楼就能买到，要什么都能买得到。加上伍国强强有力撑着她，下班以后帮她搭个手，她做得十分卖力。虽然吃了不少苦，受了不少累，但是她做得愉快，累得高兴。

起先，曹亚琴摆个摊子做早点，两年下来，她有了些积蓄，再加上菜市场这样特殊的位置，曹亚琴将自己楼下底楼的一间房子盘了下来，开起了小面馆。曹亚琴心也不大，小本生意慢慢做，打出去的招牌名叫"国强小面馆"。招牌十分醒目，强调是做面食，告诉顾客是小本生意，小本经营，不贪。国强，用的是伍国强的名字，既体现了她对国强的依赖和信任，也体现了一点政治意味，希望国家富强起来。

因为市口好，国强小面馆开张近两年来，生意一直不错。曹亚琴本着一个原则，面馆就这么大，不再扩张。定位也不变，面对普通老百姓，面对工薪阶层。经营的品种也不改，早上仍然是包子、馒头、豆浆、稀饭、煮鸡蛋。早点时间过后，下面条、馄饨，仅在佐料上做些文章。诸如：雪菜面、肉丝面、牛肉面、阳春面等。在经营上，曹亚琴遵守一条原则，货真价实，讲究诚信。因此，还引来了不少回头客。日子平常过，时间像流水似的逝去。下岗在家以后，曹亚琴几乎忘记了过去，包括在农村、在厂里的一切恩恩怨怨、是是非非，统统抛弃了。她一心一意，一门心思只做一件事情，经营小家庭，维护小家庭，温暖小家庭。

这一天，有一位高大的女顾客走进小面馆，她要了一大碗牛肉面，曹亚琴将面条递给她时，她头也没抬接过碗便大口大口地吃起来。曹亚琴觉得这个人有点面熟，一时又想不起来。于是，曹亚琴便坐在一边看着她吃。看了一会儿，曹亚琴想起来了，就是那年用自行车撞自己的那个女人。那年她为什么要用车子撞我呢？曹亚琴又想到了这个问题。等她吃完面条去收碗的时候，曹亚琴对她说，这位大妹子，我们曾经见过面吧？那女人一看，脸顿时红了，她连忙说，这家面馆是你开的呀？我来过几趟，怎么没有见到你呀？曹亚琴说，你认识我？那女人不好意思地说，我当年也是下乡到固镇的，在一个公社，不在一个大队，我认识你。曹亚琴说，那当年你上班的时候，用自行车撞我是有意的了？那女人有些不好意思地说，那时刚刚招工回城，我有一股子怨气，就冲着你发了。我实话告诉你，那年你回城指标的名额是我给顶掉的。那年为了能招工回城，我付出了多少代价，现在我都不敢想，也不想讲了。结果被人告发了，回到城里以后，我又被退回到淮北，你说我恨吧？好在，知识青年全部回城时，我随大潮流又回来了。曹亚琴说，我并没有告发你呀？那女人坦率地说，后来我才知道不是你告发的，你也不容易，是个厚道人。当时只是想，顶你的名额倒霉了，如果不是顶你的名额，或许就不会被退回去了，所以心里有点怨气，就想冲着你发一发。那天恰巧老远看到你，我就骑车子朝你追了过去。曹亚琴说，就是嘛，我老是在想，我又不认识你，你为什么要撞我呢？事情过去那么多年了，我也不在意，看你生活也是不容易的。今天偶然遇到你，我才问起你，也算解开了我心里多年的疙瘩。那女人期期艾艾地说，两年前我下岗了，丈夫身体不好，躺在家里不能动，我只有出来打工，现在我打两份工，负责打扫小区里的卫生，补贴家里。女人站起身说，大姐，对不住你了，今天我给你赔个礼。

曹亚琴说，哪有的话，事情过去那么多年了，我们都要好好过日子，以后欢迎你常来。曹亚琴望着女人离去的背影，看到她腰都弯了，心里有种酸酸的感觉。

谁能想得到，姚海波会来找曹亚琴？正像丁小兰曾经猜测到的。

那天，早点忙过以后，曹亚琴按常规要将小面馆里的锅碗瓢勺清洗整理一下，准备中午和晚上的面点，那段时间应该是小面馆暂时休息时间。正是在这时候，姚海波来了。他站在小面馆跟前，弓着腰朝里面看，看来他是听人家说过，一路寻找来的。因此，他抬头看看面馆的招牌，又伸头朝面馆里看。正在店里面忙碌的曹亚琴抬头先认出了姚海波。

曹亚琴走出来对姚海波说，眼前的这位是姚书记吧？

姚海波听到曹亚琴的声音，马上高兴地说，是啊，亚琴呀！多年没有见，你都当老板了。

曹亚琴吃惊地看着他说，你变得我差一点没敢认，真是姚书记？

姚海波说，听厂里人说，你开了一家面馆，我就找来了。

曹亚琴说，前几年，厂里永久性停产了，有的人转岗分流了，有的人按公司推行的三项制度改革要求到点的下岗了。我是被一刀切下来的，成了下岗工人。为了生活怎么办呢？就开了这家小面馆。又说，你坐坐，要吃点什么？

姚海波在门前的小餐桌旁坐下来。曹亚琴给他倒了一杯茶，也坐下来。曹亚琴说，那年，从厂里走后，你一直杳无音信，你到哪去了？

姚海波有些失落地说，到一个朋友那里去了，在他那里打工。

曹亚琴说，一晃这么多年过去了，日子过得真快。你过得还好吧？

姚海波说，日子过得平平常常，谈不上好。

曹亚琴说，从外表看，你的变化还是蛮大的，也显得有些疲倦，你工作是不是很累？

姚海波摇摇头没有说话。

稍稍停了一下，姚海波看着曹亚琴说，有一句话我一直想问你，一直没好意思问你。你还记得吧？那一年，那天晚上我们俩在值班室里，你突然问起我的翡翠佩，问我挂在脖子上的翡翠佩到哪里去了？这件事你还记得吧？

说到翡翠佩，立即打开了曹亚琴封闭多年的记忆匣子，往事水洗般的清晰，一件一件地涌到眼前。姚海波说起那天晚上的事，曹亚琴也再清楚不过了，她怎么会忘记呢！那天晚上，曹亚琴怀着十分复杂的心情，既怨恨又有些猜疑。当她看到他胸前没有翡翠佩，怨恨马上涌上了她的心头，她马上责问姚海波翡翠佩到哪去了。曹亚琴想，这么多年过去了，姚海波怎么突然想起了翡翠佩，突然问起了那天晚上的事，他想干什么？他专程来找自己就是想问问那天晚上的事吗？还是来寻找那枚翡翠佩的？

曹亚琴十分坦率地说，那怎么不记得？我是问过你的，这件事我永远也不会忘记。

姚海波急切地说，那天晚上，在那个时候，你怎么突然问起我的翡翠佩来？

曹亚琴不高兴地说，什么叫突然？

姚海波解释说，我是说，你那天情绪好像跟过去不太一样，见到我没有多长时间，你就问起我的翡翠佩，我有点想不明白，你为什么会问起翡翠佩？

曹亚琴埋怨地说,有什么想不明白的,我觉得你挂着那枚翡翠佩蛮好看的,那天看到你没有戴,所以才问你。

姚海波用怀疑的神态看着曹亚琴说,没有其他方面的原因吗?我感觉到,你那天突然那样问我,肯定是有原因的。当时,你那样问我,我一时心乱迷糊,不知所措,把我问蒙了。

曹亚琴不高兴地说,你为什么不知所措,你自己心里有数,还跑来问我?说完,走到面馆里面,将姚海波一个人留在外面,自己干自己的事,不再理他。

姚海波站起来望着走进面馆的曹亚琴,绝望地说,那枚翡翠佩是我家祖传下来的,对我来说是很贵重的。

曹亚琴直起身,揶揄他说,再贵重的东西也是你的,我也不稀罕。

自从姚海波来问过曹亚琴翡翠佩的事以后,曹亚琴心里又多了一件事情,那就是一定要去找丁小兰,将翡翠佩当面还给她。曹亚琴很早就有这样的愿望,她一定要实现这个愿望。

这一天,伍国强休息在家,曹亚琴将面馆交给伍国强,并对他说,我去厂里找一下丁小兰,多年没有联系了,还不知道她在不在,我有事要找她。伍国强说,我们厂早已不存在了,你去哪里找?听说她经常在工程建设现场,你可以去那里问问,或许能找得到她。曹亚琴说,我先到工程建设指挥部看看,找不到再说。说着,曹亚琴骑着自行车来到原先自己的厂,来到厂部办公楼跟前。这里的一切她都十分熟悉,每天上班下班她都要从这里经过。然而,她来到办公楼前,虽然大楼还在,但是一点人气也没有,周围有些破败和荒凉。办公大楼西边,铁道路口过去,一座新型现代化的厂房已经建起来了。办公大楼里没有人办公了

翡翠佩・197

吗？她抱着侥幸的心理走进办公楼，走廊上空空如也。她走上二楼。走到第三间办公室门口时，她看见一位中年工作人员坐在那里。看见曹亚琴，她主动地问，你找谁呀？

曹亚琴说，这里是连铸连轧薄板坯建设工程指挥部吧？

中年工作人员说，原先是的，工程建设快要完工了，现在指挥部已经撤销，人员回到各自的工作岗位上去了。仅留下几个人，在这里值守，我是值班的。

曹亚琴有些失望地说，我是来找丁小兰的。

中年工作人员说，你说的是丁小兰秘书吗？就是那位为德国专家服务的丁小兰？

曹亚琴眼睛一亮，马上说，是的，就是她，我们原先是一个班组的，她调到厂部后，又调到指挥部的，我有事想找她。

中年工作人员说，她出国了。

曹亚琴惊诧地说，出国了？

中年工作人员说，丁秘书已经嫁给那位德国专家了。

曹亚琴既感到突然又有些兴奋地说，她与德国专家结婚啦？那她还回来吗？

中年工作人员说，她经常回来的。工程上的事还没有结束。

曹亚琴急切地说，能联系到她吗？有没有她的联络方式？

中年工作人员说，不久她会回来的，公司要举行工程竣工投产仪式，他们是专家设计人员，公司已经发出邀请，邀请他们回来参加竣工典礼。

曹亚琴说，他们同意回来吗？

中年工作人员高兴地说，他们同意了。

丁小兰嫁给德国专家这是曹亚琴万万没有想到的。丁小兰自从跟在德国专家后面搞服务,德国专家被她认真负责的精神深深感染了,同时被她的才华、美貌深深吸引了。德国专家对她特别爱慕,久而久之俩人之间产生了爱情,德国专家向丁小兰求婚,丁小兰同意了。当时,在江南钢铁公司,包括在市里还没有经历过跨国婚姻的事情,在公司和省市外事部门的努力下,作为特例中方终于同意了他们的婚姻。于是,丁小兰嫁给了德国专家。

从连铸连轧薄板坯建设工程值守办公室出来,曹亚琴没有回家,而是直接去了三国古玩一条街。三国古玩一条街是这座小城唯一的一条古玩街,这条街专门卖古玩和玉器。小街不长,仅80米长,店面也就十几家。店面都不大,一家接着一家。曹亚琴不懂得古玩,这条街也从没有来过。她走在街上,见街上冷冷清清的,没有多少人,有的店没有营业,门还是关着的。她在街上一边走,一边看。见有一家门开着,里面坐着一位老板,年龄在五十多岁的样子,手里捧着一本书在看,很是儒雅的样子。于是,曹亚琴走了进去。店里面玻璃柜台里摆满了各种玉器古玩,各色各样,品种、款式、颜色都不同。在柜台里,她也看到了翡翠佩,也是各色各样的,眼睛都看花了。

店里的老板坐在那里没有动,仍然安闲地看着手里的书。曹亚琴说,老板,您能帮我看一样东西吗?店老板这才站起身。曹亚琴从包里小心翼翼地拿出一个小布包,她将小布包放在柜台上,又小心翼翼地打开小布包,才拿出那枚翡翠佩。店老板用眼睛一看,顿时放出光亮来,脱口而出说,这是一块好东西。店老板从柜台下面拿出一块白色鹅绒布,铺在玻璃柜台上,她让曹亚琴将翡翠佩放在绒布上。店老板有些激动地说,这块翡翠佩质地透明,呈玻璃光泽,你看满绿,有的地方是帝王绿。店老板解释给曹亚琴听，就是我们俗话说的，这种绿色叫韭菜叶的颜色，这个颜色好啊！曹亚琴说，照你这么说，这块东西很好了。店老板说，当然很好了。店老板又拿出了一把卡尺来，他一边量着，一边说，它的长6.3厘米，宽4.2厘米，它的厚度0.6厘米。这块翡翠佩呈长方形，镂空雕如意莲蓬。这是一块老货，像是清前期的。店老板看着曹亚琴说，您是想脱手吗？

曹亚琴连忙说，不，不，不，我就是请您帮我看看。

店老板说，货是件好货，我有一位朋友想买一件这样的东西。如果你想卖的话，价钱好说，不会亏待你的。我们是门面生意的，不会蒙你的。

曹亚琴知道这是好东西后，就更不敢掉以轻心了，她仍然小心翼翼地用布将翡翠佩包好，收起来放回包里。

店老板说，现在玉器古玩都不好做，生意清淡得很。如果你愿意出手的话，我给你十万块，而且是现款。

曹亚琴一听，这块翡翠佩价值十万元，手都有点哆嗦了，她将翡翠佩放回包里后，又用手轻轻按了按包。连忙对店老板说，谢谢您！谢谢您！说着，就走了出来。

老板在她身后还说，你慢走，想好了再来找我。

骑上自行车，走在回家的路上，曹亚琴心想，这么贵重的东西一定要还给丁小兰，而且要尽快找到丁小兰，将翡翠佩当面还给她。

九

江南钢铁公司连铸连轧薄板坯建设工程已经进入尾声，大部分区域和设备正在紧张地进行调试，有的已经在进行无负荷连动试车了。江南钢铁公司决定,在2000年1月1日这一天,隆重举行工程竣工庆典,以此来隆重纪念千禧年的到来,也希望江南钢铁公司,在新的世纪里能够实现新的跨越式大发展。曹亚琴天天盼望这一天的到来。

日子过得飞快,转眼到年底了。繁华的街道上和主要路口的大型宣传牌,都更换成喜迎千禧年、喜迎澳门回归的内容,有的还挂上了"跨越旧世纪,迎接新世纪""隆重庆祝澳门回到祖国的怀抱"的巨幅标语。迎接新年、喜迎千禧年的味道渐渐浓了,曹亚琴想见到丁小兰的心情也越来越迫切。

在澳门回归的那天,曹亚琴与伍国强坐在电视机前,收看中央电视台直播举世瞩目的中葡两国政府澳门政权交接仪式。节目看到一半时,曹亚琴歪在伍国强的身上睡着了。睡了一会儿,伍国强发现曹亚琴身上有点发烫,觉得有些不对劲,他推醒曹亚琴说,你是不是身体不舒服?你好像有点发烧吧?曹亚琴疲倦地说,我感到很累,困得很,想睡觉。伍国强说,那你上床歇着去,电视不要看了。说着将曹亚琴扶到床上,让她躺下。

曹亚琴生病了,到第二天中午也没有起来,起来头就晕,站不起来。伍国强要送她到医院,曹亚琴不肯,她说再观察观察,实在不行再到医院。接着,她又嘱咐伍国强,你到公司去找找,这几天丁小兰要回来,你一定要想办法联系上她,我找她有事。过了一天,伍国强回来对曹亚琴说,与丁小兰电话联系上了,她答应元旦工程庆典仪式结束以后就来找你。曹亚琴激动地说,那太好了!说完,就觉得浑身疼痛不舒服,头也晕得厉害。她坐在凳子上,喘着粗气,脸色发白。伍国强马上说,你别撑着了,你一定是哪里不舒服,到医院检查检查,不能再拖了。在伍国强一

翡翠佩 · 201

再坚持下，曹亚琴才同意到医院。

到医院后，曹亚琴就晕倒了，立即被送到急诊室。在急诊室里曹亚琴一直昏昏沉沉地睡，有的时候醒了，过了一会儿又迷迷糊糊睡了。这样折腾了好几天，到了迎接千禧年的那天晚上，中央电视台连续24小时直播世界各地迎接千禧年的庆典活动，播出汤加、澳大利亚、日本、英国庆典情况时，曹亚琴还在迷迷糊糊地睡着，没有完全醒来。到了凌晨，中央电视台在直播三亚、泰山新千年第一缕阳光时，曹亚琴醒过来了。她对守在床边的伍国强说，这一觉睡得好舒服。伍国强说，你迷迷糊糊已经睡了好几天了。曹亚琴又说，丁小兰联系上了吗？伍国强说，电话联系上了，她说一定来看你。曹亚琴说，她知道我在医院里吗？伍国强说，在电话里也跟她说了，她会来医院找你的。

千禧年的第一天上午，江南钢铁公司庆典活动结束后，丁小兰来到了医院。丁小兰穿着暗红色套装，外面穿了一件米色长风衣，手里夹着一只黑色手握坤包，神采飞扬、精神焕发地走进病房。看到躺在病床上的曹亚琴，立即加快步子走到床跟前，紧紧握住曹亚琴的手。曹亚琴看到丁小兰，眼睛里激动地闪着泪花。毕竟许多年没有相见了，在这种时候相见，彼此都有些激动。

曹亚琴用被子撑着后腰，半躺在床上。曹亚琴说，这么多年来，我一直都想去找你，一直没有勇气面对你。现在我们都老了，你看我又生病了，还不知道是什么病，浑身没劲昏昏沉沉的，老是想睡觉。

丁小兰说，你一个人在医院，伍国强不在？

曹亚琴说，他刚刚回去给我熬稀饭了，这些天他一直在医院守着，也难为他了。嫁给老伍，是我的幸福，老伍是个好人。

丁小兰真诚地对曹亚琴说，你也是一个好人。

丁小兰过去少言寡语，基本上不与别人往来。现在她变了，变得文雅从容、庄重大方。

曹亚琴有些惭愧，难过地说，我不是一个好女人，我是一个坏女人。说着，眼泪就出来了。

丁小兰也有点动情，她对曹亚琴说，你是一个好人。

曹亚琴说，还记得许多年以前，你丢了翡翠佩的事吗？

丁小兰说，那怎么会忘记，历历在目。

曹亚琴坦诚地说，那翡翠佩是我拿的。拿过以后，我又想还给你，迟迟没有下定决心，一直拖延到今天。说着，曹亚琴将翡翠佩拿出来，递到丁小兰的手里。丁小兰没有接翡翠佩，而是将翡翠佩包在曹亚琴的手心里，让她紧紧地握住翡翠佩。曹亚琴觉得奇怪，自己说拿了她的翡翠佩，丁小兰一点也不惊讶，甚至连惊讶的表情也没有，一脸安详、平静如水。

丁小兰对曹亚琴说，你听我慢慢说，这翡翠佩是我有意让你拿的。你记得那天的事吧？

那怎么能忘记！曹亚琴脱口而出。她清楚地回忆起那天所发生的事。

曹亚琴说，你为什么要把这枚翡翠佩给我呢？

丁小兰感伤地说，这翡翠佩应该属于你的，当然应该给你。接着，丁小兰平静地说，平时我不大愿意回忆过去，回忆过去我就会伤感、辛酸。过去我们过的什么日子，你我心里都有数。在过去的日子里，从某种意义上讲，你我都属于受人欺辱的人。我从小因为家庭的原因，在世人面前抬不起头，说不起话，直不起腰，过着受人冷眼的日子。你当年为了能招工上来，委身于他人，受人欺负。那天晚上我也在县里，我看到你和姚海波在一起，一起走进了那家旅馆。招工回来以后，姚海波仍然不放手纠缠你。他欺负你，就应该得到他的补偿，所以我认为这枚翡翠佩应该是你的。

说到当年招工，说到当年与姚海波的关系，曹亚琴又哭了起来。她哭着说，与姚海波的事是我自己主动的，我实在害怕继续在淮北待下去，想到淮北我浑身就发抖，那是我实在没有办法的办法。丁小兰眼里也含着泪水，用手扶着曹亚琴的肩说，你是被逼的，我心里清楚。你是受欺负的，你本质上不是一个坏人。

曹亚琴说，那枚翡翠佩怎么会到你的手里呢？

丁小兰说，那年，我们厂里副厂长到年龄要退休了，姚海波想接替他的位置当副厂长。那天晚上他到我家来，要我在父亲面前帮他说说话。他就把这枚翡翠佩丢了下来，说是给我父亲的。当时我推托，硬是不肯要。我父亲更不会要他的东西，看也没看，让我还给他。当时，我根本没有想到要还给姚海波，我第一个想到的就是你，我觉得这应该是你的。

曹亚琴感伤地说，拿到翡翠佩以后，我迟迟下不了决心还给你，还纠结地问自己，你是怎么得到翡翠佩的，甚至还怀疑你与姚海波有关系，我真是一个自私的人。

丁小兰坦率地说，你不是一个自私的人，你是一个受人欺负的人。丁小兰说，在我没有出国之前，姚海波曾找到工程建设指挥部，想找我要回这枚翡翠佩。还跟我说这枚翡翠佩是他家上辈传下来的。当时，我很不高兴，哪有给了人家的东西，隔了几年后又来讨要的。

曹亚琴说，前些日子他也来找过我，问起过翡翠佩。

丁小兰惊讶地说，他真的来找过你？他来找你就没有道理了，他凭什么找你问翡翠佩的事？

曹亚琴说，姚海波来找我时，也说到这枚翡翠佩是他家祖上传下来的，对他很贵重。姚海波走了以后，我特地到古玩店里去了一下，让店老板给我看看这枚翡翠佩到底值不值钱。店老板见到这枚翡翠佩时，眼睛顿时亮了。他要用十万元买下这枚翡翠佩。我一听翡翠佩价值这么高，值那么多钱，所以我急于要找到你，把这枚翡翠佩还给你。

丁小兰真诚地说，无论这枚翡翠佩值多少钱，它都是你的。它应该属于你，你拿着它问心无愧。

曹亚琴说，我不能拿，是我偷偷从你那里拿过来的，这枚翡翠佩本来就是你的，你一定要拿着。说着，曹亚琴再次将翡翠佩送到丁小兰手里。接着说，我十分感激你对我处境的同情，对我人生的肯定，还曾经暗暗关心过我、爱护过我、帮助过我，我真的很感谢你。

丁小兰还是像先前一样，将翡翠佩仍旧包裹在曹亚琴的手心里。她对曹亚琴说，好好养病，珍惜生活，你我都好好过日子。

说着，丁小兰站起身说，我要走了，今天下午飞韩国，去浦项谈一个合作项目。我现在既是我爱人的妻子，也是他的德语翻译。我以后会经常回来的，也会经常来看你，多保重。

说完，丁小兰走了。曹亚琴看着丁小兰离去的背影，眼里浸满了泪水。

像老鹰一样飞

朱抗美究竟是呆子、傻子，还是过于木讷、憨厚，我说不清楚。

朱抗美是我小学同班同桌同学。那年我十二岁，上小学三年级。父亲工作调动了，从江边调到市里来上班。我们家从江边大埂上搬到市区里来，房子是父亲单位分的。我也从江边长江小学，转到了市区马山脚下的培育小学。培育小学比长江小学要小得多，学校面积小，班级也很少。三年级仅有一个班，班上仅有一个空座位，没有任何选择，我的同桌就是朱抗美。那年，他十三岁，比我长一岁。

学校教导主任是女的，我的班主任也是女的。教导主任将我送到班级里来时，班主任吴老师正在上课。吴老师看见我来后，她笑笑对我说，欢迎你到我们班级来。随即她用手指着靠墙最后一排座位对我说，坐到你的座位上去吧。尔后她接着说，我们继续上课。我坐到座位上的时候，我的同座没有看我，他眼睛始终盯着黑板的方向，一句话也不跟我说。整整一堂课下来，他动也没有动一下。我觉得，我坐在他的身边，他好像特别拘束，有些不自在似的。

下课后，有个同学喊，王彬，王彬，老师分配你跟傻子坐，你不肯，今天傻子有人陪他坐了。那个叫王彬的同学跑到我的跟前，有些不解地对我说，他是傻子你知道不？你怎么同意跟他坐在一起？老师安排我跟他坐，我才不干呢！你怎么就同意了呢？我说，老师说班里只有一个空位子了。王彬说，我们班后面还可以加桌子的，你没转来之前已经加过一张课桌了。这时，喊王彬的那位同学和其他几个同学围过来，认真地说，是可以加桌子的，他是傻子，你让他干什么，他就干什么。我不知道怎么回答他们，愣在那里没说话。这时我看见我的同桌一声不吭地走出了教室。王彬好像看出了我的心思，他对我说，你自己去看看，看他是不是傻子。于是在他们的簇拥下，我随他们一起走出教室，在教室的山墙跟前找到了朱抗美。朱抗美一个人站在山墙边上，看操场上活蹦乱跳的学生。

王彬领着我们将朱抗美围了起来，就像筑起一个牢笼，将朱抗美死死困在这牢笼里。见大家围过来，朱抗美有点发怵，睁着两只大眼睛，警惕地看着大家。王彬说，把你的鸡鸡掏出来给我们看看。朱抗美看看他，又看看周围的同学，马上用手从裤裆里掏出鸡鸡，紧接着又放了回去。大家一起哈哈大笑起来。在大家大笑的同时，朱抗美想离开人群，迅速逃离这个牢笼。王彬说，你还有一件事情没有做，怎么能走呢？朱抗美认真地说，已经给你们看过了。王彬说，你站到墙那边去，将脸贴在墙上。朱抗美说，为什么要贴在墙上？王彬说，我们都贴过了，就你没有贴了。大家笑着附和说，我们都贴过了，就剩下你了。朱抗美十分顺从的样子，走到墙根前，将脸贴在墙上。大家又笑了。王彬自豪地对我说，你看到了吧，他是不是傻子？

上课铃声响了，同学们闻声都往教室里跑去了，朱抗美将脸贴在墙上没有动。待同学们都走了，我才上前拉开朱抗美。我说，上课了。朱抗美这才跟着我，走进教室。

调到新的学校，过了些日子，我和班里的同学慢慢地混熟了，对朱抗美也有了些了解。朱抗美也不是像王彬他们说的那样傻得不行。我们学校门口有卖零食的，老太太拎只篮子，里面糖果、爆米花、炒瓜子、花生米什么的，五分钱就能买一包。有天下课了，有钱的同学就到校门口买一包，解解馋。王彬他们也想吃，可是没有钱，他们找朱抗美。王彬说，朱抗美把你口袋的钱掏出来给我。朱抗美将两裤兜口袋翻开说，没有。而放学时，我跟朱抗美一块走时，他却从口袋里摸出一枚五分钱硬币，放进书包铅笔盒里了。我说，你不是说你身上没有钱吗？朱抗美说，钱给了他们就没有了。

我喜欢朱抗美那种憨憨的不肯多话的样子。从那以后，我有意识地找朱抗美讲话，多和他在一起。王彬他们要捉弄他时，我也有意识地拦一拦。慢慢地朱抗美放松了对我的警惕，与我在一起也不那么拘束了。有天放学，我跟他后面，想跟他说说话。他低着头往前走，我追上他说，你要到哪儿去。他还是不说话，只顾不停地往前走。我们学校就在马山脚下，出了校门往右拐，学校后面就是上山的小路。朱抗美不说话，沿着小路往山上走。我也跟着他往山上走，好在马山不高，一会儿就爬到山顶了。正是夕阳西下的时候，落日的晚霞像燃烧的火焰，灿烂无比，美轮美奂。

站在山顶上，可以看到老鹰在飞翔，听到老鹰的叫声。也可以看到长江，看见在长江上来往的船只上高高耸起的桅杆，听到轮船的汽笛声。山顶的前方就是悬崖峭壁，峭壁上有两只老鹰窝。我们家住在江边大坝上的时候,夜里能听到老鹰的叫声。从我们家到市里去,必须经过马山这块悬崖峭壁,必须经过老鹰窝。我曾经站在老鹰窝下,看见过老鹰在悬崖峭壁上的老鹰窝前来回盘旋,自由自在地飞翔。我没想到跟着朱抗美,他竟将我引到了山顶上。在山顶上看到如此壮观的美景,我兴奋地继续往前走。这时,朱抗美突然大声说,你不能往前走,要掉下去摔死的。

听到朱抗美的喊声,我赶紧收住了脚步。

我说,你到这里来干什么?

朱抗美说,看老鹰。

正说话间,有两只老鹰飞过来,老鹰的飞行姿势十分雄健、优美。看到飞过来的老鹰,朱抗美像变了一个人似的,学着老鹰飞的模样,张开双臂走着S形,傻傻在草地上飞起来。那天,我第一次看到了朱抗美脸上的笑容。

我说,你经常来这里吗?

朱抗美不说话,继续看眼前飞翔的老鹰。

我说,你家住哪里?

朱抗美用手指着山下,山下有一片红瓦红墙平房,那是一片工人住宅区。

我家住在前钟村,我的家与朱抗美家相隔一段距离,我上学时,时常拐到朱抗美家门口,等候他一道去上学。朱抗美话不多,他也喜欢与我在一起。放学后,他喜欢爬到马山顶上听老鹰叫声,看老鹰飞翔。我也跟着他爬到山顶,朱抗美傻傻学老鹰飞翔的样子,我觉得很好玩。

放暑假了。母亲带我乘轮船到武汉去，大姐家在武汉。我们在江边码头上轮船，站在码头上朝东看，远远地可以看到马山的悬崖峭壁。看到悬崖峭壁，我就想起了老鹰窝，就想起朱抗美张开双臂那傻傻地飞翔的样子。到了武汉，第一眼看到了雄伟的武汉长江大桥，我兴奋得不得了，过去只在课本里见过武汉长江大桥，没想到我能走近它跟前。到了武汉市区里，我看见一支支的游行队伍，走在大街上，拉着横幅，高呼着口号。我不知道武汉发生了什么事，人人都是群情激愤的样子。开学后，回到市里，我也发现市里与武汉一样了，大街上也有了许多游行队伍，打着标语，喊着口号，参加游行的人个个也都是群情激愤的。道路堵塞了，公共汽车不能正常开了，有的工厂停工了，学校上课也不正常了。

　　我不知道市里怎么和武汉一样，人都上街游行了。我背着书包走进教室，教室里乱哄哄的，有的同学坐在桌子上，有的三五一伙围在一起说话，一点不像上课的样子。以往上课铃声一响，我们就得端坐在自己的课桌前，静静地等候老师来上课。我走到座位上时，朱抗美已经坐在座位上了，他仍然直挺挺地坐着，两只眼睛看着黑板。我将书包放到抽屉里，用手肘碰了碰朱抗美。朱抗美吃惊地对我说，泥巴，有泥巴。我没明白朱抗美说的是什么意思，这会儿班主任吴老师走进教室。她走到讲台上，和蔼地跟大家说，同学们都回到自己的座位上坐好，我们不能受外界的影响，课还是要上的，今天我们继续上课。这时，王彬站起来，对吴老师说，我们不想听你讲封资修的课文，我们要停课闹革命。说完就用烂泥巴砸向站在讲台上的吴老师，其他一些同学也将事先准备好的烂泥巴，掏出来砸向吴老师。吴老师站在讲台上用两臂护着头，一会儿吴老师身上、黑板上都是一块一块的烂泥巴。这时，我的同座朱抗美突然站起身离开座位，快步走到讲台上，走到吴老师跟前。王彬他们的泥巴砸不到吴老师，只能砸在朱抗美的背上。接着，朱抗美转过身子面朝着王彬他们，泥巴仍然不停地砸在朱抗美的身上。朱抗美高兴地说，没有砸到，没有砸到。这时吴老师并没有走，她大声说，我理解你们，我知道你们这是在跟我开玩笑，是跟我闹着玩的。王彬他们手还不停，还在用泥巴朝吴老师和朱抗美身上砸。我和其他几个同学上前将吴老师和朱抗美推出了教室。

　　王彬他们跟在后面追出来，他们不再砸吴老师，而是跟在朱抗美身后一边喊，一边砸。你这傻子，看你往哪里跑，看能不能砸到你。朱抗美出了校门就往上山的小路上跑，我也跟在他后面跑。朱抗美跑得快，他一口气就跑到了山顶上。王彬他们跟在后面追了一会儿，便停下来不再追了。我爬到山顶时，已经气喘吁吁了。

　　我说，你怎么又跑到这里来了？

　　朱抗美说，看老鹰。说着，马上张开双臂学着老鹰飞翔的样子，在草地上左右摇晃着飞起来。他得意的神情告诉我，他已经忘记了自己是逃到山上的，也忘记了身上还有一块块泥巴的渍迹。

　　我说，你事先怎么知道王彬他们带了泥巴了？

　　朱抗美看看我说，不知道。

　　我说，你怕他们吗？

　　朱抗美说，怕，他们人多。

　　学校停课了，朱抗美不知道到哪去了。在我的印象里，直到小学毕业我也没有见到过朱抗美。

像老鹰一样飞 · 211

小学毕业后，班里的同学都散了，分到不同的中学里去了。我们班与我分在二中的不多，大部分分在了三中。三中就在培育小学隔壁，也在马山脚下。我在二中读完初中，又读了高中，然后下乡到淮北农村，走向广阔天地，接受贫下中农再教育去了。在淮北待了三年后，招工回到了市里，被安排在江南钢铁公司初轧厂工作。因我平时喜欢写写文章，在报刊上也发表过一些小文章，招工到了厂里以后，厂里没有让我到车间班组里去，而是直接分配到了厂部宣传科，任宣传干事，负责厂里的内宣和外宣。分到车间班组的要三班倒，我在厂部机关，上白班不用倒三班。我喜欢做宣传工作，做宣传工作有更多的时间到车间班组去，能了解生产产量和设备运行情况，能接触到更多的人和事。

　　有一天，天气晴好，阳光灿烂。沐浴着灿烂阳光的我到轧钢车间去，想了解了解班组里的人和事，为他们做做宣传。从厂部办公楼出来，沿着厂区的水泥路向车间里走。走在半路上，我看见一个人走在我的前面，看着他走路的样子，我觉得很熟悉。我加快了步子，走到那人跟前侧眼看看，好像是我小学的同学朱抗美，仔细一看果然是他。十几年不见，他长大了，长壮实了，但是他的样子几乎没什么太大的变化，看人眼睛还是直愣愣的，傻傻的样子。他身上穿着工作服，手上拿了一顶安全帽。后来我才知道，在小学那时因"停课闹革命"的影响，学校上课不正常时，我没有再看到朱抗美，是因为他家里发生了事情，他父亲工亡了。因那时他年龄还小，先在街道办的小厂里工作，到了顶职年龄了，他顶职到了铁厂里。所有与我们同龄的大部分都下乡到农村了，唯独他没有下乡。初轧厂建成投产以后，需要年轻工人，他由铁厂又到了初轧厂。按厂龄算，他还早我两年到初轧厂呢！

我说，你是朱抗美吧？

朱抗美说，是啊。

我说，你在这个厂里工作吗？

朱抗美说，是啊。

我说，你还记得我吧，我是你小学同学，还是同班同桌呢！

朱抗美说，记得。

我说，你知道我在这个厂工作吗？

朱抗美说，知道。

我说，你知道我在厂里，你怎么没来找过我？

朱抗美说，找你干什么？

我想说，你真傻。话到嘴边也没有说出口，而是说，我们是同学，可以来吹吹牛，叙叙旧呀！

朱抗美看着我憨厚地笑。

我没想到在厂里能碰到朱抗美。一个人在茫茫人海之中，有许多意想不到的事情发生，无论是机缘巧合，还是偶然的缘分，谁也说不清楚。看到朱抗美许多往事便不断地涌现到眼前。

我说，你还记得，当年我们一起到马山顶上看老鹰吗？

朱抗美说，记得。

我说，你现在还去马山顶上看老鹰吗？

朱抗美说，有时还去山顶，老鹰没有了。

我说，你一定还记得老鹰飞的样子。

朱抗美马上张开双臂，就在路上扭起来，傻傻地做起了老鹰飞的样子。

我马上说，好了，好了，在厂里大路上这个样子，人家会笑你的。我的话音刚落，朱抗美便停下来了。

我说，你在哪个车间上班？

朱抗美说，轧钢车间轧钢班。

我说，我正要到你们车间去，正好一路。

朱抗美停下来不走了。他说，我不回车间，我还有其他事情。我说，那你去忙吧，抽时间我到你们车间去看你。

吃午饭时，我了解完情况从轧钢车间出来，走到二号台操作室时，我远远地看到朱抗美从均热车间加热炉那边过来，他怀里抱着六七只饭盒，我知道他一定是帮班组里的工友拿的。

在厂里，碰到朱抗美使我感到意外，更让我意外的是王彬也在我们厂里。

见到朱抗美不到一个月的时间，一天下午我关着门，埋头坐在科里写一篇稿子。这时一个人推门走进来，他身穿工作服，手里拿着安全帽和手套。进门就开门见山地说，老同学，多年不见了，我都不好意思来见你，好几次想上楼来，走到楼梯口也没有上来。事后想想，迟不见晚不见，总有一天要见面的，所以我就来了。我一听声音有点熟悉，定眼看看是王彬，我马上站起身。我说，是王彬啊，你怎么知道我在这里，我从农村招工回来，刚来厂里时间不长，难道你也在这个厂里？王彬说，我也在这个厂里呀，我在机修车间。前一段时间，我就听说你到我们厂里来了，几次想来见你，都不好意思来见你。我说，这话说到哪里去了，这有什么不好意思的？自从小学毕业以后，我去了二中就再也没有见到过你，没想到今天见到你了。你还是老样子，没有多大变化，就是长大了，老成多了。王彬说，人长大了，年龄变大了这是人生的自然规律，你不也是长大了吗？要说变化大，他用手指指脑袋，这里变化才是最大的，时代不一样了，环境不一样了，人的思想也不一样了。王彬将安全帽和手套放在门口的条桌上，他继续说，那时年轻不懂事，在学校里做了许多坏事，做了许多不应该做的事。捉弄朱抗美，欺辱吴老师，罢课砸桌子，现在说起来那是犯罪啊！我从心里觉得对不起朱抗美，对不起吴老师，也对不起当年的同学们。我说，那都是过去的事了，成了历史，成了故事了。我给王彬泡了一杯茶，搬了把椅子请他坐下。王彬说，小学毕业我们分手以后，我分到三中，初中毕业后就去技校读书了，读了冶金专业，毕业后分在机修厂。初轧厂投产以后，我被调过来。走上社会，走上工作岗位以后，才发现自己在学校做的那些不光彩的事。从工作那天起，每年过节我都要到吴老师那里去拜年。吴老师是好人，不记仇，对我也客气得很。

我说，你做得比我好，我还没去过吴老师那里呢！

王彬说，说不好听的话，我这也是在赎罪呀。

我说，过去的事就让它过去了，你在思想上也不要背那么沉重的包袱，吴老师会原谅你的，朱抗美也会原谅你的，同学们更会原谅你的。

说到朱抗美，王彬眼睛一亮。他说，朱抗美也在我们厂，你见过他吗？

我说，我也是前几天在厂里碰到他，才知道他在我们厂。他倒知道我在厂里，可是他没有来找过我。我问他知道我在厂里为什么不来找我。他说，我找你干什么？你看这个人是不是还是老样子，有点木？

王彬说，朱抗美确实有点木，太厚道，说不好听的话就是傻。在现在这种社会里，像他这个样子吃不开。他在轧钢车间轧钢班，他们班组里的人对他还是不错的，倒是朱抗美自己干活很卖力气，班组里有些重活、脏活他都抢着干。下地沟清理铁屑，夏天抬汽水，冬天铲雪，打扫车间办公室里的卫生，任劳任怨，没有怨言。他们大班长是我技校的同学，我跟他打过招呼，要好好照顾朱抗美。我说，朱抗美确实太厚道了，抽时间我去他们车间去看看他。

话说出去以后，一直忙于事务，时间像指缝里的水，快速地就流失了。我说我要到轧钢车间去看朱抗美，转眼就两个月了。我抽了一个晴好天气的上午，一上班我就到车间里去了。正是早上交接班的时间，轧机停下来了，轧钢班的人都集中在轧辊旁例行检查。见到轧钢班的大班长，我问起朱抗美，大班长对我说，朱抗美最近家里有点事没有来上班。听大班长这么说，我也没有详细问，便改变主意到了机修车间去找王彬了。

王彬在主电室，见我来了，他马上迎出来。在班组休息室里我们聊起来，说起小学里的事，说起朱抗美。王彬说，那天我忘了告诉你。朱抗美成家了，他爱人身体不好，不能工作，朱抗美自己既要上班，还要照顾他爱人，家庭负担很重。我说，我刚刚去他们车间，碰到他们班的大班长，他对我说，他家里有事，今天没来上班。王彬说，一定是他老婆又病了。我现在与朱抗美住在一个小区里，住在前后楼，我住在他前面，我住三楼。他住在我后面，他住一楼。我站在窗户前往下看，就能看到他的家。怪不得这两天没有见到他家的动静，在厂里也没有碰到过他。我说，他现在住哪里？王彬说，他还是住在老地方，在马山脚下。我说，在马山脚下？王彬说，你还记得马山脚下有一片红瓦红墙小平房？我说，记得呀，那是一片工人住宅区嘛。王彬说，就是那里，我记得上小学时朱抗美就住在那里了，好像一直没有搬过。只不过过去那些小平房因为前几年进行平房改造，现在全部翻新建成楼房了。

事后，我知道了朱抗美家里的情况，他的负担确实很重。为了能照顾朱抗美，我们科里有些挂横幅、贴标语、布置会场、办短期培训班的事，我都从轧钢车间将他暂时借调到科里来。在我们科里工作时间是弹性的，不像车间里上班时间是硬的，丁是丁，卯是卯，不能随便离开。将他借调到我们科，有时三两天，有时一个星期，有时十天半个月的，这样他能抽出更多的时间照顾家里。尽管朱抗美生性不肯多说话，在一起处的时间长了，他还是对我讲了一些他的事情。

朱抗美的爱人常霞身体确实不好，三天两头犯病，近来有多发的趋势，一刻也离不开人。在朱抗美借调到科里来的时间里，他爱人也发过病。有两三次朱抗美对我说，我得赶快回去了，常霞在家里又犯病了，说完急匆匆地走了。朱抗美的父亲在朱抗美很小的时候在厂里出工伤去世了，他刚结婚的头两年，他母亲还在，还能帮朱抗美照应照应常霞。朱抗美母亲去世后，常霞一人在家全靠自己。有的时候，小区里的邻居也帮着朱抗美照应照应。常霞得的是脑功能失调综合征，民间里叫"羊角疯"，医学上称"癫痫病"。这是一种顽固性反复发作的慢性病。得这种病的人十分痛苦，在发病前，一点征兆也没有，说发作就发作了。常霞发病时，她都是在清醒的状态下，突然大叫一声，马上就丧失了意识，昏倒过去，接着四肢及躯干出现伸性强直，有时出现角弓反张，持续一二十秒后，转入间歇性的痉挛。常霞发作时，出现过呼吸暂停，大小便失禁的情况。常霞有这种病在身，她不仅不能出去工作，在家里也得小心翼翼地不能四处乱走。不能独自外出，不能独自登高，不能独自在水边，不能独自在任何有危险的地方。因此，朱抗美一听说常霞发病了，他便马上急匆匆赶回去，丝毫不敢耽搁。近一年来，常霞的病不仅没有朝好的方向发展，而且越来越严重了，有时一天能发作好几次。

常霞家在淮北农村，她是朱抗美他们厂轧钢车间主任的养女，车间主任将常霞许配给朱抗美，常霞才从淮北到了市里，也由农村户口变成了城市户口。可是，天有不测风云，常霞到城里没多久，她的养父就因车祸去世了。常霞本身就为自己这种病苦恼着，加之养父的意外去世对她打击很大，更加使她郁郁寡欢了。为了能使常霞高兴一点，朱抗美总是想方设法取悦她，让她高兴。有天星期天休息，我到菜场去买菜，刚进菜场就看见朱抗美也在菜场买菜，不知道他想买什么菜，老是在水产摊位那边转。过了一会儿，我看见他还在那里转，两手却是空空的。我走过去问他，想买什么菜。朱抗美说，常霞想吃河虾，我买河虾。我说，你来晚了，买河虾一早就要来，晚了就买不到了。那天正好我买了河虾，我说这河虾给你了。朱抗美看看我没有接，他说，明天我一早再来。我说，你先拿回去再说吧。朱抗美还是愣在那里没有接，我说，你先拿回去，常霞会高兴的。听说常霞会高兴的，朱抗美才接过去。

朱抗美借调到科里来干活，平时他不喜欢多说话，都是我找他说。我说，平时你带常霞出去散心吗？朱抗美说，出去的。我说，到哪去呢？他说，到马山顶上，从我们家出来，后面有一条小路，走上去一会儿就到了。我说，还是看老鹰吗？他说，没老鹰了。我说，那你们看什么呢？他说，我学着老鹰飞的样子，飞给她看。我说，她高兴吗？他说，高兴，常霞笑了。我说，那你高兴吗？他说，常霞高兴，我也高兴。我提醒他，你要注意她的身体。我没敢说，她要是在山顶上突然发病是很危险的，我怕这样说会刺激他。我说，平时常霞一个人出不出门。他说，她一个人从来不出门，自己在家里。

然而有一天，常霞一个人真的出门去了。朱抗美下班回到家里，他发现常霞不在门口。平时下班时，常霞都在门口等着他。常霞不在门口，朱抗美赶紧走进家里，厨房、厕所、里屋外屋都找了仍然没有看到常霞。朱抗美火烧屁股似的在家里待不住了，火烧火燎地骑着自行车出门去找。平时带常霞去过的地方他都去找了，小区里的花园、门口的商店、马山山顶上都去找了，都没有找着常霞。天都快黑了，常霞会到哪里去呢？朱抗美有些着急了。从马山顶上回来，经过小区幼儿园门口时，朱抗美一眼看到了常霞，常霞就坐在幼儿园门口正对面的石阶上，痴痴地看着幼儿园里出来的小朋友。朱抗美见到常霞，心里一块石头落地了。我急忙走过去跟常霞说，你怎么坐在这里呢？天晚了也不回家。幼儿园的老师说，她已经在这里坐了三个小时了，看着家长来接小朋友。我说，常霞喜欢小孩吗？朱抗美说，喜欢。那天我接她回家，她走在路上跟我说，不能为我生个儿子很对不起我，她很伤心。我说，那你就让她给你生个儿子呗。朱抗美认真地说，她身体有病。我说，这种病可以手术治疗的。朱抗美说，医生说她不能手术。

过了两年，我提任厂宣传科副科长，王彬也提任厂长助理了，同在厂部办公楼办公。王彬对我说，朱抗美的爱人常霞又去住院了，抽时间我们去医院看看他，朱抗美一个人也是挺不容易的。那天开完会，王彬在厂里要了一辆吉普车，送我们到医院。走进病房里，我看见朱抗美坐在常霞的床边，常霞坐在床上，他们俩恩恩爱爱地在说话，看到他们俩恩爱的样子，我内心十分感动。我和王彬走过去，朱抗美看到我们，马上站起来，高兴地笑了，也把我们向常霞做了介绍。王彬说，我们三人是小学同班同学。我第一次见到常霞，常霞很漂亮，也很有礼貌。朱抗美拿起床边的饭盒，对我们说，我去水池边洗下饭盒，你们帮我照应一下。说完，急匆匆离开病房，看来朱抗美吃过饭，一刻也没有离开过病房。谁知朱抗美刚刚离开病房，常霞正想跟我们说话，话还没说出来，突然"啊"了一声，就失去知觉后仰下去，常霞倒下去以后，浑身像抖筛子似的痉挛起来，头还往墙上撞。我和王彬顿时慌了手脚不知怎么办，只听旁边床的陪客大声对我说，赶紧压住她，不能让她将头撞到墙上。我这时才伸出双手紧紧扶住她的头，王彬用双手按住她痉挛的身子。这时，朱抗美也冲进来，紧紧按住常霞的双腿。过了一会儿，常霞停止了痉挛，十分安静地昏睡着，我们才松开双手。朱抗美将常霞身子扳成侧卧，他看着常霞昏睡的样子，面部表情十分痛苦，也有些无奈和绝望。旁边的陪客对我们说，她今天已经发作三次了。我们将带给她的奥拉西泮、苯妥英纳、苯巴比妥几种药，丢给了朱抗美。走出病房后，常霞突然大叫一声倒下去，紧接着浑身痉挛的样子，深深印在我的脑海里。朱抗美痛苦绝望的神情，也在我的脑海里久久不肯散去。

过了几天，常霞病情稍微稳定一些，出院回家休息了。朱抗美因为要照顾常霞，也请了假在家里，没有再到厂里来。中途我还去过在马山脚下朱抗美的家，去给他送了些药。不发病时，常霞和常人一样，落落大方，对人也很热情。

临近春节时，我在厂里忙些会议的宣传准备材料，厂里将召开职代会、党委工作会和厂思想政治工作研究会，各种材料一大堆，我还没理出个头绪，家里的年货也没时间去筹办。正在这时，我突然听到一个噩耗：朱抗美与常霞双双从马山顶上坠崖身亡了。

听到这个消息，我感到十分震惊。人的生命是神圣的，也是高贵的，每一个活生生的生命都如同花一样释放出自己独有的芳香，给世界和社会带来了丰富多样的色彩。朱抗美、常霞为什么要跳崖呢？我为他们伤心，也为他们哭泣。

我冒着凛冽的寒风，爬到马山顶上吊唁朱抗美和常霞。站在马山顶上，我想到了过去。这是朱抗美最早领我来到的地方。那时还有老鹰在眼前飞，现在尽管老鹰没有了，马山的悬崖峭壁还在，远处的长江还在。想到老鹰张开翼翅，强劲有力地飞翔时，我就想到朱抗美学着老鹰飞的模样：张开双臂走着S形，傻傻在草地上飞起来。就在这块地方，朱抗美也领着常霞来过，还学着老鹰飞的模样，飞给常霞看，逗常霞开心。常霞看到朱抗美飞翔的样子，曾经高兴过，笑过。而这次朱抗美、常霞义无反顾地从这里跳了下去。是他们俩协商好，一起跳崖的？还是常霞跳崖后，朱抗美为她殉情？还是因为其他什么？无论何种原因，朱抗美和常霞都从这里跳了下去，朱抗美在跳崖时，一定是学着老鹰飞的样子，张开双臂跳下去的。

我想，朱抗美的这一跳，是他人生中最后一次像老鹰一样飞，也是他最伟大的一次像老鹰一样飞。

2019年5月6日于北京

与天堂通话

一

庞书寒今天早晨起床，比往日稍微晚了一会儿。平时到公司上班，他都是最早一个到办公室，比办公室主任小黄来得还要早。小黄知道董事长那么早就到办公室了很不好意思，便也早早来到办公室。庞书寒来工贸企业公司任董事长已经很多年了，一早到办公室是他多年的习惯。其实，那么早来办公室也没有多少事，无外乎看看尚未处理完的文件，或泡一杯茶喝喝。当他发现办公室主任小黄也学着他的样，早早来到办公室，他觉得大可不必。小黄年轻，孩子又小，家离公司也较远，一早起来肯定有许多家务事要做。他便跟小黄说了，不必来那么早。

今天比往日晚一点，是因为昨天晚上接到集团公司办公室宋主任的电话，通知所有的中层以上干部包括委派在分公司、子公司的负责人，上午全部要到集团公司机关开会。并要求一律不得请假，如确实有特殊原因不能到会的，必须直接向公司党政主要领导请假。会议具体是什么内容，宋主任说他也不知道。

集团公司机关大厦距庞书寒的家并不是很远，徒步走也就十来分钟的时间，他便没有让司机来接自己，而是走着去。集团公司新机关办公大厦在开发区竣工落成的时候，那里还是一片荒地，四周都是农田、废弃的沙坑和自然小土丘。周遭村庄上原有的人都动迁搬走了，剩下来的农家也是残垣断壁，破败不堪，一片狼藉。唯独一幢三十层高的集团公司大厦耸立在那里，倒有点顶天立地、鹤立鸡群的味道。集团公司机关搬来没有几年，这里已经今非昔比，旧貌换新颜了。道路拓宽了，周围楼房起来了，周边的环境该绿化的绿化了，该美化的美化了，俨然是一座人造的杰作、美丽的花园。

正是早春时节，昨晚又下了点小雨，早晨雨停了，空气特别清新。路两边的野花、野草正是被昨晚浥轻尘而不湿衣的细雨催生了绿色，显得格外的细润和柔滑，展现在眼前的是一幅"天街小雨润如酥，草色遥看近却无""好雨知时节，当春乃发生"的早春画卷。庞书寒甚至闻到了早春湿润的草香味道。整天忙于工作，全身心地纠缠在无休无止的事务里，难得有这样的放松，走在这春日的清晨里，心里顿生一股惬意来。

走到公司机关大门口的时候，口袋里的手机响了。庞书寒从口袋里掏出手机一看，是一个陌生的号码，他马上接了，将手机贴在耳朵上。手机里立即传来一个陌生的声音，声音清脆，像是一只小鸟在鸣叫，声线细细的，长长的，不急不慢的，听不出是男的声音，还是女的声音。手机里说：润滑油的项目还没定吗？我知道你曾经做过的事情，我要是说出来，后果你是知道的。庞书寒一听愣在那里，陌生人的话使他一时丈二和尚摸不着头脑，正想问你是谁呀，对方已经挂机了。就好像一只刚刚还在欢叫的

与天堂通话 · 223

小鸟，一下子飞走了一样，手机里一点声音也没有了。庞书寒站在那里看了看手机，心里想，这是谁呀？他们公司确实要选择一家润滑油的供应商，目前有好几家单位投标，也有一些熟人给他打过招呼，包括公司纪委副书记孙小兵也给他打过电话，究竟选择哪一家，一时还没有定。这个打电话的人是谁呢？接过这个电话，庞书寒的心里有一丝丝不快，刚刚产生的惬意也随之烟消云散了。

走进机关大门，已经有不少中层干部从大门外跟着往里走了进来，大家相互照过面，打过招呼，就往会议室里走。今天的会议好像有些特别，也有些神神秘秘的，一是来参加会议的人都不知道今天开什么会；二是会议室现场也十分冷清，没有会标，也没有设主席台，只是在会场的中央放了一张小条桌，仅够一个人坐的；三是会议室里已经坐了一些人，他们虽然也在低声细语、交头接耳地说着话，但大家都有点小心翼翼的样子；四是集团公司领导走进会议室都没有上主席台，而是坐在主席台下方的第一排。集团公司董事长钱无则、党委书记吴安他们俩也随集团公司的其他副职领导在前排第一排坐着。庞书寒找了个座位坐下来，旁边的三钢厂的李厂长侧过头来轻轻地问，开什么会呀？搞得这么神秘。庞书寒摇摇头，轻轻地说，我也不知道。李厂长没有再说话，移过身子，坐直了。

上午8点10分，会议准时开始。集团公司纪委副书记孙小兵走到主席台上，在唯一的一张小条桌跟前坐下来，他轻轻地用手拍了一下麦克风，麦克风里顿时传来几声低沉的"嗡嗡嗡"的声音。孙小兵说，今天，集团公司召开全体中层以上干部大会，主要是听省国资委领导通报情况，会议时间不会很长，但是内容十分重要。开会时请与会者不要轻易在会场走动，手机关掉或调到静音状态。下面我们欢迎省国资委第三巡视组组长陶宝财通报情况。说完，大家鼓掌。在掌声中，陶宝财组长走上主席台，坐在孙小兵刚刚坐过的小条桌跟前。孙小兵连忙走下来，与前排左侧的一些参会者坐在一起。

陶宝财组长说，我首先通报一个情况，然后布置一项工作，今天的会议内容就这两项。我先通报一个情况。根据职工举报，经过纪委、检察部门的初步核查，查处了公司一个窝案，涉及的人员比较多，上面涉及集团公司领导，下面涉及基层中层干部。昨天夜里集团公司党委副书记董重里已经被省检察机关带走，接受调查。厂里的两位厂长、三位副厂长，也于今天凌晨被省检察机关带走，接受调查，目前案件正在审理中。这一消息，不啻一声新春的惊雷！这么大的一件案件，在集团公司的历史上是从来没有过的。然而参加会议的人没有因此而躁动，没有一个人因此而发出吁吁声，会场十分肃静，静得连落下一根针都能听到。庞书寒和大家一样，保持原来的坐姿一动也没有动，其实心里也与大家一样，十分不平静，掀起了阵阵波澜。陶宝财组长继续说，这是通报的情况。下面布置一项工作，就是涉及自己的，在经济上或其他方面有什么问题的，主动向组织报告，时间一周。我规劝一些同志不要抱有任何的侥幸心理，有问题尽早向组织上说出来，争取主动，早争取主动是最好的出路。我就说这么多。说完，陶组长就往台下走。

孙小兵马上站起来躬身跑到钱董事长和吴书记面前，问他们有没有话说。钱董事长和吴书记俩人都把两手摆摆，示意没有话说。这时会场上的人没有一个人走动，也没有一点声响。孙小兵征求两位领导的意见说，如果没有其他讲的，那就散会了？钱董事长已经站起身来，他说，散会吧。孙小兵这才说，今天的会就到这里，散会吧。

这时会场上的人才站起身，才发出一些声响来。大家一起站起来了，庞书寒仍坐在那里没动，当他看到孙小兵朝他走来时，庞书寒才站起来，跟着前面的人往外走。走到孙小兵跟前时，孙小兵将庞书寒引到桌子一边没有人走动的地方。孙小兵将脸凑近了庞书寒，睁大了眼珠儿，满脸关切的神情，对庞书寒轻轻地说，你没有事吧？庞书寒对孙小兵笑笑，镇定地轻轻地说，你说的那家公司名叫天堂公司吧？孙小兵模棱两可，仍然轻轻地对庞书寒说，是一个朋友找来的，你按正规的程序办，不要太为难。庞书寒笑笑说，我知道了。说完，孙小兵朝庞书寒摇摇手走了，赶紧跟上钱董事长和吴书记，上楼去了。

庞书寒回到工贸企业公司，刚跨进办公室的门，办公室主任小黄就跟着进来了。小黄正要汇报工作，还没等小黄开口，庞书寒说，我让你们查查天堂公司的资料，你们查到了吗？小黄说，没有天堂公司，查了好几遍，没有一个公司叫天堂的。庞书寒说，怎么可能呢？怎么可能没有天堂公司的资料呢？你们再好好地查一查。

小黄转身出门去了，庞书寒举起桌上的茶杯喝了一口茶，从早上到现在一口水还没有喝呢。他手拿茶杯再想喝第二口茶时，口袋里的手机又响了。庞书寒从口袋里掏出手机看了看，又是一个陌生的号码，他将手机贴在耳朵上，手机里又传来那个陌生人的声音。声音仍然清脆，仍然像是一只小鸟在鸣叫，声线细细的，长长的，不急不慢的，仍然听不出是男的声音，还是女的声音。手机里说,润滑油的项目要抓紧定哟,时间不多了。我知道你曾经做过的事情,我要是说出来,后果你是知道的。庞书寒急急地说,你是谁?是天堂公司吗?还没等庞书寒说完,对方已经将电话挂掉了。庞书寒看了看手机,呆呆地坐在办公桌前,他此刻才深切地感到,自己心底里压了一块坚冰,从心底里一直寒冷到体外。董重里副书记被查,两次接到这个陌生人的电话,再加上孙小兵在会场上莫名其妙地问:你没有事吧?这都预示着不祥的征兆。

二

庞书寒与孙小兵曾经是同事,在一个办公室工作了许多年。那时,他们的办公室是一间大办公室,里面坐了八个人,两个人一组,面对面坐着。庞书寒与孙小兵一组,也是面对面坐着,一直坐到1998年才分开,至今已经将近20年了。庞书寒与孙小兵分开以后,各自忙自己工作,过自己的生活,在一起接触的时间并不是很多,偶尔也在一起聚聚。在一起相聚的缘由,多半是原先在一个办公室共事的人,或搬新家,或孩子结婚,或孩子过生日,或过去在工作上有联系、又是熟悉的客人来了,大家受邀在一起聚聚,喝点酒。大部分时间是集团公司开会时才碰到一起,见上一面,大家相互打过招呼,会一散也就各自忙自己的去了。私下里,庞书寒与孙小兵聚一聚,叙叙旧,喝喝酒,那是从来没有过的。日子似流水,不知不觉这么多年就这样过来了。

庞书寒在工贸企业公司这么多年,在生意场上打拼了那么久,孙小兵从来没有为生意上的事找过他,让他帮过忙,也没有插手过问过任何一个项目、任何一笔生意。也不知道为什么上个星期，孙小兵突然打来电话找庞书寒，说到天堂公司的事。孙小兵在电话里说，一个朋友找来，是天堂公司的，他们想竞你们公司润滑油项目的标。至今庞书寒还记得孙小兵在电话里的声音。可是四五天时间过去了，天堂公司为什么没有人出现呢？在网上为什么查不到天堂公司的资料？怎么又接二连三接到陌生人的电话，说那些令人不愉快又带有威胁的话？公司破获了这么一个大的窝案，自己事先为什么一点信息也没有？还有党委副书记董重里被抓，自己事先怎么也没有觉察到任何迹象呢？自己是否在市场游荡多了，政治嗅觉、政治敏锐性低了？还是当下的时局根本看不清了？孙小兵可是依然在上层，依然在公司机关，更何况他还在纪委副书记的岗位上。庞书寒自己也纳闷，与孙小兵分开那么久了，近日来怎么突然与孙小兵联系多了起来？仅仅是为了天堂公司的事吗？

庞书寒与孙小兵有许多相似的经历，或许是他们那个时代人相同的遭遇所致吧。庞书寒在县城里出生，在县城里长大，在县城里读书。庞书寒从小聪慧、勤奋好学，在学校里、在班级里，他的学习成绩一直遥遥领先，是一名优秀的学生。中学毕业以后，他在当地务农。江南集团公司招工时，他从县里招工进了江南公司，先在炼铁厂当工人，任炉前工。庞书寒工作认真，一边工作，一边学习，还为厂里撰写新闻报道稿。他的文章经常在报纸上露面，博得他的同学、同是一个厂的李红好感，他们相爱结了婚。一年以后，他们有了一个女儿。在炼铁厂当炉前工是相当辛苦的，不仅劳动强度大、工作环境差，还要三班倒，白天黑夜轮流转。就是在这样的艰苦条件下，庞书寒不忘学习，坚持读书，坚持写作，不仅修完了电大汉语言文学专业的所有课程，还在报纸杂志上经常发表一些文章。由于他有才干，文笔好，被选调到集团公司办公室。

孙小兵在市里出生，在市里长大，在市里读书。父母亲都是江南公司的员工，他是江南公司的职工子弟。读完高中以后，响应党中央"知识青年到农村去，接受贫下中农再教育"的号召，他打起背包与他的同学一起下乡到农村去了。孙小兵为人厚道，不怕吃苦，在农村第二年就光荣地入了党。下放三年时间里，三个春节没有回家，与当地老百姓在一起过年，在当时传为佳话。他的先进事迹曾经上过省市级报纸，他是一名优秀的知识青年。江南公司到农村招工，他进了江南公司下属的一家轧钢厂，在厂里当轧钢工。当年，孙小兵也是一个勤奋好学的青年，也喜欢写写画画，在轧钢厂当轧钢工没有两年，就抽调到厂里秘书科任秘书，做做会议记录，为厂里领导写写讲话稿。经朋友介绍，孙小兵与市里的一家医院的护士相爱结了婚，第二年他们有了一个儿子。孙小兵好学习、爱读书，在厂里工作期间，他也修完了电大汉语言文学专业的所有课程。江南集团公司办公室在选调人员的时候，孙小兵也被集团公司办公室选中。这样他与庞书寒成了同事，还是在同一间办公室办公的同事。

那一次，集团公司办公室从厂矿选调上来的人，一共有五人，加上办公室原有三个人，他们八个人在一间办公室里办公。办公室主任宋主任单独在另外一间办公室。宋主任指定让孙小兵临时负责，并将办公室的公章交给孙小兵保管。办公室每个人有一节保险柜，这样孙小兵就多了一节，那一节保险柜专门保管办公室的公章。孙小兵他们的办公室在走廊的最东面，房间里的窗户是朝北的，所以在东面一方墙边就放了一排绿色保险柜，四节一摞，共有三摞，十二节，八个人用了九节柜，另外三节柜放办公室的资料。孙小兵的保险柜与庞书寒的保险柜并排排在一起，就像一对紧紧相拥的好兄弟。

由于庞书寒和孙小兵有一定的文字功底和写作水平，办公室里的专题调研报告、向上级汇报的材料、各类会议上的领导讲话以及通知、制度修订，编辑快报等，上手都比较快。没有多长时间，庞书寒和孙小兵都有一些突出的表现，得到了宋主任的首肯，也得到公司领导的认可。

大家刚一起办公的时候，都比较收敛、谨慎和矜持，各人的性格和脾气都没有表现出来，时间长了就像是狐狸的尾巴总要露一点出来，大家才相互有了一些了解。孙小兵每天上班，来得比其他人都要早些，他来了以后，先把地拖拖，把开水打好。开水间离办公室不远，与办公室在同一层楼，只是在走廊的西边，靠近公司会议室。打好开水后，再把每个人的茶杯洗洗，做好这一切，上班的时间就到了，办公室其他人员也陆陆续续来了。庞书寒来得相对比其他同志要稍晚一点，有时往往迟到那么两三分钟。

那天，宋主任安排大家到炼铁厂去搞一个调研。那时下厂矿还没有派车这一说，公司车房里只有几部吉普车和一辆伏尔加轿车，伏尔加轿车是给公司领导去省里汇报用的。几辆吉普车是生产急需之用。机关的人下厂办公，在市内就骑自行车，到矿山路途远些的就乘长途汽车去。炼铁厂在市区内，大家都骑自行车，并约定好了时间和地点，在金家庄铁道道口等。

第二天早上，约好是7点10分集合的，约定的时间已经到了，孙小兵和办公室里的小赵、小钱、小李都提前到了，唯独不见庞书寒来。小赵说，庞书寒不会忘记今天下厂吧？小钱说，迟到是庞书寒的习惯，再等一会儿吧。大家又等了一会儿，时间已经过去十来分钟了，小赵着急地说，庞书寒应该不会忘记吧，昨天晚上下班时，还说到下厂的事呢。小赵看看来来往往的人没有见庞书寒也有点着急了。

　　上班的车流似水在身边流淌，身后的火车也像雄狮一样吼着，过了一趟，又过去一趟。太阳也升得老高了，把人的影子拉得长长的甩在地上，就像倒在地上的一根树桩。孙小兵他们几个人站在铁道道口显著的位置，目的是好让庞书寒看见，可是一直不见庞书寒来。小赵着急地说，庞书寒怎么还不来呢，厂里那边已经通知好了，我们不能按时到，人家等着也会着急的。孙小兵说，再等会儿看看，或许他有什么事给耽误了。于是大家又安静下来，耐心在等。等了一会儿，还不见庞书寒来，小赵说，他或许真的去办公室了，我打电话去问问。说着，小赵就到铁道道口值班室里去打电话。打完电话，刚走出来，就看见庞书寒骑着自行车匆匆赶来了。小赵说，我还以为你忘记了，去办公室了呢！我刚刚打电话回去，宋主任说你不在办公室。庞书寒一听，跳下车来，自行车还没停稳就十分不高兴地拉下脸来说，你这不是明明向主任告我的状嘛，哪有这样干的！站在一旁的孙小兵没有想到庞书寒会这样想，会这样敏感，会这样计较，马上上前解释说，大家等你，见你没来，怕你忘记了，小赵急了才去打电话的，你不要往心里去。小赵是个性子直爽而又诚实的人，他十分委屈地说，谁想告你的状，我的心还没有那么阴暗呢！庞书寒仍在气头上说，事实就是这样嘛。

　　大家知道庞书寒这样的脾气以后，在以后相处的日子里，都比较注意，有时大家也相互谦让点。大家在一起共事倒也相安无事，波澜不惊。时间长了，宋主任将办公室的工作做了一些分工，分别由庞书寒和孙小兵领衔去完成。两年以后，庞书寒和孙小兵两人都提升为科级干部。又过了两年，庞书寒和孙小兵两人又提升为副处级干部，任命为办公室副主任，仍然在宋主任的领导下。又过了两年，公司领导安排孙小兵到省委党校参加培训去了，一去就是一年。

三

一年培训时间结束以后，孙小兵重新回到办公室，仍然在原先的大办公室和大家在一起办公。孙小兵的办公桌与庞书寒的办公桌仍然并排摆着，面对面坐着。

俗话说，党校是培养干部的摇篮，何况是到省委党校培训回来的。孙小兵从容自得、心满意足的优越感和自豪感虽然没有直接说出来，但往往表现在某些不经意的行为和语言上。譬如，孙小兵在办公室给他在党校同学打电话时，嘴里往往都是县长、局长什么的，话语里充满了自豪，脸上堆满了笑意。他打电话时的那种神态，在他人看来就像一只狮王争霸回来的胜利者，一副踌躇满志的样子。

庞书寒对孙小兵的归来，从心底里暗暗生发出一些抵触和嫉妒来，他像一位执着的拔河者与对手在暗暗地较着劲，目的在于志在必夺。于是他一改往日上班拖拖拉拉、上班总是迟到的形象，孙小兵从省委党校回来以后，庞书寒上班从来不迟到了，而且来得比其他同志都早，几乎每天都是他第一个先到办公室。到了办公室以后，他就拖地、擦桌子、打开水，帮大家洗茶杯。这些原来都是孙小兵做过的事情，现在孙小兵不做庞书寒做了。在工贸企业公司工作许多年的庞书寒每天早晨那么早到办公室，或许就是在这一年开始养成的习惯。

孙小兵从党校回来过了些时日，他的自得就像是一只漏气的气球，渐渐地萎缩下去变小了。这一切都是在不知不觉中渐变的，等到慢慢觉察的时候，那只充满气体的大气球就不是原来的样子了。孙小兵从省委党校培训回来以后，公司领导没有一人找他谈过话，组织部门也没有一个人找他谈话或了解了解情况。孙小兵的归来，如一块石头砸在一堆棉花上，一点声响也没有，孙小兵不免有些失落。

刚回来报到的那天，宋主任见孙小兵回来了，他十分兴奋地说，你可回来了，我现在天天忙得不可开交，拉不开栓了，这个会要你参加，那个会要你参加，这个领导找你，那个领导找你，不去还不行，千头万绪的一个人也不能得罪，现在你回来了，可以帮衬我一把了。说着，他将保险柜的公章拿出来递给孙小兵。他说，办公室的公章还是交给你保管，我已经帮你代管一年了。孙小兵接过公章，还想与宋主任说说话。这时，宋主任桌上电话响了，是钱董事长给他打来的电话。电话放下后，宋主任说，董事长找我有事，让我马上到他办公室去一下，你刚回来先调整调整，我们约时间再聊。孙小兵捧回公章，回到自己的大办公室来，将公章锁进保险柜里。锁好公章以后，孙小兵坐在办公桌前不知该做什么。

庞书寒每天工作倒是安排得满满的，布置任务、修改文稿、出席会议，工作劲头也是十足的。孙小兵就显得有些孤寂和冷清，没有多少实质性的工作。有工作也都是别人临时拉的差，有时宋主任实在忙不过来，脱不开身的会就让孙小兵去给他顶，会议完了，他也就没有事情做了。宋主任说过，约时间再与孙小兵聊，可是宋主任每天上班都在忙于应付，根本没有时间坐下来，哪有时间再约孙小兵聊呢？自从孙小兵到党校培训以后，他原先分管的几个科室的工作，便由宋主任自己和庞书寒分摊了。回来以后，宋主任只明确将公章重新交给孙小兵，让孙小兵保管，其他工作还没来得及分工。是将原来分管的工作再让孙小兵分管，还是将有所调整，有所变化，宋主任没有明确。孙小兵也不好主动找宋主任要工作，更何况从党校培训回来以后，还不知道公司怎么安排自己呢。在这种孤寂和冷清的时候，孙小兵觉得工作反而不如以往那么得心应手，那么好开展了。办公室里其他同志与他交谈、交往，也不似以前那么率真和坦然，好像有点防备和留心了。庞书寒不在办公室里坐着的时候，其他同志与孙小兵交谈还自然和自在些。庞书寒要是坐在办公室里的话，那些同志与孙小兵交谈就好像有些躲让和应付，格外地小心和注意。孙小兵处在进退两难的境地，你说孙小兵能不苦恼吗？

  孙小兵只好看看报、看看书。他看到书上萨特对人看法的一段话，引起了共鸣。萨特说，人的存在是一种欠缺，人作为一种欠缺的存在本身又不满足这种欠缺的现状，他总希望充实，希望愉悦，希望感到自身价值的存在。孙小兵心想，萨特说的是实在的，人真是一个说不清楚的物种，工作忙得不得开交时，就抱怨这抱怨那，当什么问题不让你问，什么工作不让你插手，什么事情不让你知道，你又觉得空虚，觉得无聊，觉得寂寞。

  回到家里，孙小兵把自己的空寂、无聊、闲得有些烦的苦恼说给爱人听，爱人反而嘲笑他说，你还闲得无聊？你收收心吧！把心放到家里来，放到儿子身上吧！那时，孙小兵儿子正处在小升初的关键阶段。孙小兵的儿子为人厚道、诚实淳朴，就是学习不上进、不刻苦，学习成绩不好。眼看小学就要毕业了，上哪所中学，选择哪所中学成了孙小兵家里的头等大事。二中是这个市里最好的中学，但是想进二中的人多得摩肩接踵，更何况进二中还有一道高高的门槛，要达到一定的分数才能进去。凭孙小兵儿子目前的学习成绩，考进二中是极其困难的。在学期最后结束的时候，孙小兵爱人希望儿子能静下心来好好复习，努力冲一把，或许能考得好一些。成绩考得好一点，在择校的时候也好说话，也有一定话语权。成绩考得太差了，连说话都没有分量。

孙小兵爱人对孙小兵说，这些年你忙于学习，忙于工作，儿子的学习你几乎没有过问过。你在外培训了一年，更没有时间管儿子。现在你回来了，你的工作岗位不岗位并不重要，他们总要安排工作给你干吧，不会让你闲在那里白拿工资。再说，你们公司少了你，你们公司不炼铁不出钢啦？现在儿子学习最重要，你要把精力全身心地放在儿子身上。这一段时间，对儿子来说是关键，过了这个村就没有那个店了。孙小兵爱人的话，深深敲打了孙小兵，他觉得欠儿子的，也欠家里的。

这天，孙小兵爱人对孙小兵说，上午我有个会必须参加，你在家稍微等一会儿，晚一点再去上班，在家看着儿子复习。再不抓紧时间复习，时间真的来不及了。开完会我就赶回来，我回来以后，你再去上班。于是孙小兵给宋主任打了电话，说家里有点事情，晚一点去办公室。打完电话，孙小兵就蹲在水池边，洗洗澡后换下来的衣服。儿子见孙小兵不去上班，奇怪地问，爸爸，你今天怎么不去上班呀？孙小兵没有好气地说，你静下心来，好好复习你的功课，大人的事你少管。儿子不高兴，嘴巴噘得老高地说，我自己复习自己的，哪要你在家看着。说着走进自己的房间，把房门重重地关上。没过一会儿，儿子又出来了，一会儿要撒尿，一会儿要喝水，跑进跑出，跑个不停。孙小兵见儿子这种学习状态，气不打一处来，狠狠地说，你到现在都没有静下心来，跑过来，跑过去，你这种学习状态怎么得了？儿子昂着头，倔强地说，水也不能喝？说完又走进房间，把房门重重地关上。

办公室小赵打来电话说，有份急用的材料要盖公章，马上要报出去。孙小兵没有办法，公章在自己的保险柜里，钥匙在自己手上，自己不去，保险柜打不开，公章也拿不到，他只好自己去。临出门的时候，孙小兵对儿子说，你在家好好学习，时间是宝贵的，也是你自己的。我到办公室去一下，一会儿就回来。儿子伏在书桌前写字，听到孙小兵的话头也没有抬，也不搭理他。孙小兵轻轻将儿子的房门关上，骑着自行车匆匆赶到办公室。到办公室后，刚刚把公章盖好，孙小兵爱人就给孙小兵打来电话，她说，你不在家里？我打电话回家没人接，儿子也不在家里？是否他跑出去了？孙小兵一听，连忙解释说，办公室要一份急用的材料，我马上就赶回去。爱人很不高兴地将电话挂了。听爱人这么一说，孙小兵自己也慌了，是不是儿子趁自己不在家的时候，真的跑出去了？

孙小兵骑着自行车赶回来，刚进家门，儿子跟在后面也回来了。孙小兵怒火冲天地对儿子说，你不好好在家复习，你跑什么跑？我一出去你就跑，时间都给你跑掉了，你怎么一点也不着急呢？我们都为你急死了。儿子强词夺理地说，我的笔不好写，我出去买笔了。孙小兵说，前几天，我不是才给你买了几支笔吗？你跑来跑去，时间都给你跑没有了，你考不上中学，你以后怎么办？儿子走进自己房间，愤怒地大声说，我自己复习，不要你在家看着。说完又重重地把房门关上了。

四

庞书寒坐在桌前，看着桌上放着的自己的手机。今天陌生人两次打来电话，这个人究竟是谁呢？他想干什么？想达到什么目的呢？他伸手拿起茶杯，喝了一口茶，温温的茶水像一条温馨的溪流，从他的喉管慢慢往下流，他能体会到，茶水从喉管已经流到了胃里。他又喝了一口茶水，他盯着茶杯里的茶水看，眩晃地看出茶水的水面上显现出的孙小兵上午在会上的影像：孙小兵将脸凑近的样子，睁大的眼珠儿，满脸关切的神情，孙小兵轻轻地说，你没有事吧？看到这个画面，庞书寒心里微微一颤。

庞书寒站起来，将茶杯放在桌子上，自己慢步走到窗前，他轻轻地用手推开窗户，一阵微风吹来，伴随着一阵清新、淡雅、幽香的新春气息迎面扑来。庞书寒的窗前原先是一片破旧的厂房，推开窗户飞入眼帘的是一副破败不堪、满目疮痍的景象，他便让人清理了那片破败的厂房，改造成了一大片绿地，他又带领下属沿着绿地的边缘种植了几株白玉兰。白玉兰是简单而又纯粹的花儿，它有着玉一般的质地和高雅的姿态，它高高地绽放在枝头上，没有绿叶，只是一朵朵洁白的有些清透的花瓣，在春阳下是如此的轻盈而又美好。庞书寒喜欢白玉兰，喜欢白玉兰的独特，独特得连树叶也不要，不显山不露水地绽放。

站在窗前的庞书寒，看到了几株白玉兰已经悄悄恬静地开放了，还嗅到白玉兰散发出来的忽远忽近淡淡的清香味，他透过淡薄至透明的白玉兰花瓣，甚至回忆起了二十年前在办公室里那些复杂而琐碎的往日，他试图排除这样的回忆，试图克制自己不要去回忆那些往事，然而在他记忆的影像里越来越清晰，始终淡不去的却是孙小兵。

　　孙小兵坐在办公室里无聊的时候，习惯不停地换着报纸看，他站起身走到报架前取一份报纸，看不到一会儿，又站起身走到报架前换另外一张报纸。庞书寒看到孙小兵无所事事来回走动，心里就有一种惬意感。当看到宋主任让他去顶会，尤其是主要领导主持的会，庞书寒就有一种失落感，甚至心里有种空荡荡的感觉。在孙小兵没有从党校回来之前，庞书寒也经常代宋主任顶过会，也顶过公司主要领导主持的会，他感到顶会的感觉是美好的。现在孙小兵回来了，办公室里有许多事情在不知不觉中悄悄地变化着，庞书寒也吃惊自己的变化，他改变了与同事们的处事方法，放下架子为同事服务，不再迟到。同时，他也主动地接触孙小兵，他知道孙小兵为儿子读书的事很操心。

　　那天，庞书寒开完会回来，看到孙小兵一人坐在办公室里。庞书寒主动地对孙小兵说，你儿子今年要小学毕业了吧？听到说起儿子，孙小兵一副愁眉不展的样子，他摇摇头说，我那儿子至今一点儿也不开窍，眼看就要毕业考试了，他那不温不火的学习态度，我都为他急死了。庞书寒说，男孩子厚积薄发，你不用着急。孙小兵说，我哪能不急呢，眼看就要考试了，他一点紧迫感也没有。庞书寒说，你急也没有用，只有等他自己着急了才能起作用。孙小兵苦恼地说，等他自己着急黄花菜都凉了，时间不等人啊。庞书寒说，现在不是还没有考嘛，等考试成绩出来再说。接着，庞书寒又说，你们对儿子的上学有设想吗？想让你儿子上哪所中学呢？孙小兵坦率地说，如果能上二中当然是最好的，二中学习环境好，学习氛围好，教学质量也好。但是我儿子的成绩，我心里有数，靠他自己考上二中，可能性不大。如果二中实在上不了，红星中学也是选择的对象。庞书寒说，现在话不能说得太早，说不定你儿子真的考上二中了呢。我说是说不定，是万一，男孩子万一的事情完全有可能出现的。不像我女儿，我女儿成绩也不行，她比你儿子高两级，那一年她就没有考上二中，我是花钱让她进二中的。孙小兵说，我也愿意花钱呀，关键是这钱能不能花得出去，听说二中花钱也是有一定门槛的。庞书寒说，你现在不要着急，先让你儿子考，等考试成绩出来再说。二中校长与我很熟悉，关系也很好，万一你儿子没有考好，我可以帮你去找校长。

庞书寒的一席话说得孙小兵心里暖暖的。回到家里，孙小兵将庞书寒问到儿子学习的事，问到升中学的事，并愿意帮忙找二中校长的事都与爱人说了。爱人听说后，心里当然十分高兴。过了一会儿孙小兵爱人脸上飘过一丝疑云，她说，庞书寒愿意帮我们，当然是件好事情，不过庞书寒为什么主动提出来要帮助你呢？孙小兵说，他有这个资源，他跟二中校长很熟。爱人说，其他我不管，能帮上忙当然很好，我就希望我儿子能上二中。

庞书寒主动提出愿意帮助孙小兵的忙，这也是他改变自己的一个方面。庞书寒为什么要刻意改变自己，在潜意识里实际上还是在于与孙小兵暗暗较劲。孙小兵有党校培训光环罩着，优越感强；庞书寒认为自己受董重里书记重视，也是一种资源呀！在孙小兵从党校回来的前不久，党委副书记董重里找到庞书寒，让他帮自己做一件事。董重里的父亲是一位老干部，常年在家回忆他参加革命的岁月，有时在纸上写写画画，记下他自己回忆起来的事情，并很想将自己回忆的事情整理出来，编辑成一本书。董重里为了了却父亲的这一愿望，就将父亲手上的一些资料交给庞书寒，让庞书寒来帮助整理完成。庞书寒觉得这是领导对自己的信任和重视，自己一定要珍惜和认真对待。接到这项任务以后，庞书寒利用晚上的时间，认真撰写董重里父亲的回忆录，有时是彻夜不眠，终于在孙小兵回来之前完成了任务。庞书寒将书稿交给董重里后，董重里看过十分满意，他父亲更是喜出望外，褒奖有加。

　　从此，董重里对庞书寒有了一些亲近感，在往后的日子里交往也渐渐地多了起来。有时是私人交往，有时私密的宴请也不回避庞书寒，往往带上庞书寒一起参加。庞书寒认为董重里带他出席一些私人的交往和宴席，是对自己的信任和提携，于是跟在董重里后面，更是俯首帖耳的样子。尤其是有一次极为私密的宴请，董重里也不避庞书寒，邀他一起参加。饭桌上只有三位个体老板，两位年轻的女子，加上董重里和庞书寒，一共七个人。其间，酒没有喝三杯，其中一位女子和董重里出去了，过了一会儿没见回来。庞书寒想到了自己侍奉的责任，便起身出去看看。在大厅里没有见到董重里，他就走到户外，想抽支香烟。庞书寒掏出香烟刚准备打火，就听到墙角边上传来"呼哧呼哧"的喘息声，庞书寒一看，正是董重里与那年轻的女士紧紧地搂在一起。董重里看到庞书寒看到自己了，并没有停息下来。庞书寒也看到董重里看到自己了，心里一惊。少顷，庞书寒只当没有看见，轻轻退回来,回到饭桌上。过了一会儿,董重里和那女子才进来,他们俩像什么事情也没有发生过似的,仍然兴致很高,举止自若,谈笑风生。每每想到董重里,庞书寒就觉得身后有一只巨大的手掌在支撑着自己。当孙小兵从党校回来以后,庞书寒这种有支撑的感觉越来越强烈了。

孙小兵儿子升学考试成绩出来了,确实没有考好,距往年进二中的成绩相差甚远。孙小兵只好跟庞书寒说,儿子考试成绩出来了,考得很不理想,凭他的分数肯定进不了二中了。庞书寒说,没事的,我陪你去二中找一下校长,先在他那里挂一个号,报一个到。庞书寒雷厉风行,马上骑上自行车,陪同孙小兵一起到了二中。到了二中,校长很客气,在校长室热情接待了他们俩。庞书寒向校长说明了来意,又让孙小兵将儿子考试的成绩如实告诉了校长。校长是一位很直率的人,性格直率,讲话也很直率。他说,你儿子考试成绩确实不太好,按惯例你儿子的这个分数进二中是十分困难的。孙小兵一听急了,马上说,那怎么办呀?庞书寒在一旁打圆场。他说,你听校长的,校长肯定有办法。校长说,最后划定分数线是教委来定,这样吧!你的事就是我的事,何况是庞书寒介绍来的,我尽我最大的努力让你儿子进二中。不过你儿子进校的费用肯定是要交的,否则我不好说话。你先将费用准备好,等教委将分数划定好以后再说,到时我电话通知你们,这样你们放心了吧?

可以看得出来,庞书寒与二中校长的关系确实不一般,庞书寒肯出面帮这个忙,孙小兵很感激。从学校出来以后,孙小兵无论如何不让庞书寒走,一定要请庞书寒在饭店里坐坐。庞书寒说,你从党校回来以后,我还没给你接风呢,我请你吧!孙小兵说，那怎么行，我儿子上学的事就指望你了，今天无论如何我都要请你。于是，庞书寒与孙小兵两个人就在学校附近的一家酒店坐下来。酒喝到酣处，孙小兵的话匣子就打开了。他对庞书寒说，不瞒你说，我回来也有不少时间了，公司对我一点说法也没有，我也十分着急呀！你看，和我一起在党校培训回去的，已经有六人由副处转为正处了，有两人已经提为副厅级干部了。我呢？公司到现在也没有一个明确的态度，也不知道公司是怎么打算，对我是怎么安排的，我也是百爪挠心，心神不定，心里很茫然啊。

庞书寒一听到升职的事，神经马上紧张起来。他想，我与孙小兵同时进办公室，同时提任为科长，又同时提为副主任，他凭什么就要优先于我，当真他要先我任正处吗？后面的酒，庞书寒也不知道是怎么喝的，他只知道心里有十五个水桶打水，七上八下的很不是滋味。

五

然而，庞书寒担心的事还是发生了，公司真的要先提任孙小兵了。庞书寒不知是有意，还是无意之中得到了公司要提任孙小兵的信息。

那天，公司召开党政联席会，按惯例公司召开党政联席会不是研究企业里重大的决策问题，就是研究干部任免的人事问题。听说召开党政联席会了，庞书寒在办公室坐也不是，不坐也不是，他总想探探情况。当他知道党政联席会确实是有研究干部这一项内容，他便更加坐不住了。他到文书科去探探情况，公司召开所有的会议材料，都是由文书科准备的。他借口到文书科要一个信封，一步跨进文书科。文书科正在装订党政联席会的会议材料，文书科的小汪听说庞书寒要信封，马上停下手里的活，到资料室去拿信封。小汪离开后，庞书寒用眼睛瞄了一下桌上的会议材料，他一眼就看到了提职名单上的孙小兵。此时，庞书寒嫉妒的情绪就像河豚遇到了威胁肚子马上膨胀起来。当这种情绪涨到满圆以后慢慢停息下来，他反而冷静了许多。在冷静的时候，他多了一个想法，会议散场后一定要跟董事长见一面，表一下态，说一句话。

有了这一想法以后，他就守在办公室，等会议散会。守候的时间长了，哪怕守候一分钟，也觉得这一分钟特别漫长。庞书寒坐在办公室里等，在办公室里看不到会议室的门。会议室在走廊的西面，庞书寒的办公室在走廊的东面，坐在办公室里听不到散会的人走动的声响，站在办公室门口等又过于招眼。庞书寒想到了开水间，开水间在走廊的西面，距会议室仅隔三个房间，会议散会从会议室走出来的人必须经过开水间，庞书寒决定就到开水间里等。新到的一本《冶金管理》刊发了钱无则的署名文章，正好是庞书寒执笔的，等会议散了以后，他将杂志送给钱董事长，再跟钱董事长说一句话。开水间是一个小房间，有一个烧开水的开水箱，一扇窗户朝南，可以看到窗外的景象。庞书寒借故抽烟，趴在开水间的窗前一边抽烟，一边守候。他看楼下的草坪，看楼下的树，看楼下来来往往、进进出出的人，看楼下奔跑的一只小花猫，看眼前飞过的几只鸟雀，看天空飘过来的一片云彩。等了好大一会儿了，阳光马上顶到头顶上了，会议还没散。庞书寒只好耐下性子等。庞书寒觉得好像等了一个世纪，甚至怀疑时间停下来不肯走了。在这样等待的困惑里，会议终于散了。

庞书寒看见钱无则董事长手里拿着茶杯，拿着会议材料，走出会议室，站在会议室门口和公司副书记董重里在讲话。讲完话以后，他们分别向自己的办公室走。董重里办公室就在会议室的旁边，他走了几步就到办公室了。钱董事长的办公室在楼上，钱董事长走过开水间后，庞书寒才跟在钱董事长的后面上了楼。钱董事长站在自己的办公室门前，掏钥匙准备开门时，庞书寒连忙迎上去对钱董事长说，我来帮您拿茶杯。钱董事长一看是庞书寒，顺手将茶杯递给了他，打开办公室的门。庞书寒跟着钱董事长走进办公室，他将茶杯放在桌子上，将在心里说了许多遍的话说了出来：感谢董事长对我们青年干部的厚爱和关心。钱董事长一听很诧异，马上笑笑说，这话怎么讲？庞书寒说，我刚刚听人家说，说孙小兵自己说的，这次公司提拔了他。这是好事啊，是对我们青年人的鼓励和信任嘛。听到这话，钱无则董事长马上停下脚步，十分惊异地说，他自己说的？庞书寒站在那里说，我也是听别人说，说是他自己说的。我想，是孙小兵自己说的，这消息不会是假的吧？说完，庞书寒马上又将话岔开了，将手里的《冶金管理》放在桌子上说，这是刚刚到的一期新的《冶金管理》，上面有您发表的文章。钱董事长脸上布着乌云，也没有在意庞书寒说的《冶金管理》的事，他对庞书寒说，你让你们宋主任到我办公室来一下，让他马上来。

宋主任立即上楼来到钱董事长办公室，办公室的门没关，他轻轻一推门就开了，他知道这是董事长给他留着的。宋主任推门一看，钱董事长正在打电话，他便停下脚步，没有往办公室里面走。宋主任不知道钱董事长找他有什么事，他便对钱董事长轻轻地说，我就在门外等一会儿。说完，宋主任往后退了一步，然后轻轻地又将钱董事长办公室的门带上了，他就在门口的走廊上等候。过了一会儿，钱董事长打完电话后，对门外的宋主任喊了一声说，宋主任你进来吧？宋主任推门走进来，他看见钱董事长端坐那里，面无表情地看着他。宋主任马上说，董事长找我有事？钱董事长十分严肃地劈头盖脸地对宋主任说，提拔孙小兵的事是谁跟他说的？宋主任一听愣了，马上回答说，不知道哇，没有谁跟他说呀？钱董事长十分恼火地说，没有谁跟他说，他自己怎么知道的？宋主任委屈地说，我肯定没有跟他说过，究竟谁会跟他说，我一点也不知道。钱董事长仍在火头上，他说，那你说提拔孙小兵的事，他自己怎么会知道的？会还没有散呢，他就沾沾自喜地告诉别人，到处说公司要提拔他了。宋主任坦然地说，公司没有决定下来的事，我是不会说的，我怎么会跟孙小兵说提拔的事呢？钱董事长还在火头上，他说，是孙小兵自己跟别人说的，别人跑来问我，向我证实是不是真的要提拔他，我能怎么说？宋主任诧异地说，讨论人事的会不是刚刚才散嘛，怎么孙小兵自己就知道了，而且还传出去了呢？钱董事长不高兴地说，这个问题我还想问问你呢！我们还有没有秘密了？还有没有保密制度了？还有没有组织纪律了？这边在讨论，那边就传开了，将组织还放不放眼里了？你自己说说孙小兵的事怎么办？宋主任为难地说，这是领导决定的事，我怎么好说什么。钱董事长不高兴地说，我再和班子人员重新商量一下，我的意见孙小兵这次任职的事就算了，放到下次再说。你去找孙小兵谈一谈。

从钱董事长办公室里走出来，宋主任心里十分委屈，也十分纳闷。宋主任还没有见过钱董事长发过这么大的火，平时说事情，布置任务，董事长都是心平气和的，客客气气的。前两天，为了房子的事，一大班青年工人来上访，走廊上站满了人，将钱董事长办公室的门也堵住了，就是遇到集体上访这么头疼的事，钱董事长也是以商量的口吻协商，没有发火。今天不知怎么回事，不仅恼火，还指责自己，是不是自己将提拔的消息透露给了孙小兵。孙小兵提拔的事，公司没有做最终的决定，我怎么会跟他讲呢？再说，孙小兵为什么这么快就知道公司要提拔他的事，我怎么会知道呢？现在让我找孙小兵谈谈，宋主任心想，我怎么谈，让我怎么开口呢？

宋主任没有立即去找孙小兵谈，而是过了两天，公司提拔人员的任命文件印发了，宋主任才找孙小兵。宋主任没有想到，公司真的取消了孙小兵提任资格。宋主任打电话给孙小兵，让孙小兵到宾馆来，有事找他。孙小兵骑着自行车来到宾馆，走进房间。宋主任便不客气地开门见山地说，你老兄是怎么搞的？你自己怎么能跟别人说公司要提拔你呢？尤其是在公司没有下文之前，你在办公室多年了，这一点道理你不懂？孙小兵觉得很纳闷，不知道宋主任在说什么。孙小兵不高兴地说，宋主任，你说的话我一点儿也听不明白，什么提拔不提拔的事？孙小兵看见这次提拔没有自己，心里正在窝火、生闷气呢，没想到宋主任找他到宾馆来，不讲工作上的事，而是劈头盖脸地说起提拔的事，心里的火就像干柴上浇了点汽油更是熊熊地燃烧起来，直往外冒。宋主任解释说，公司这次本来是要提拔你的，提你到厂里任党委书记，你老兄倒好，讨论干部的会议还没有结束，你就把提拔你的事跟别人说了。孙小兵正处在火头上，听宋主任这么一说，更是火冒三丈，气不打一处来，这是从哪里流出来的谣言呢？孙小兵严肃地说，我不知道公司要提拔我呀，我也没有跟任何人说过公司要提拔我呀?! 我怎么可能跟别人说？你这话是从哪听来的？宋主任不解地说，那就奇怪了，你自己没有说，那钱董事长怎么知道的。讨论干部会议的那天，会议刚结束，钱董事长就把我喊到他的办公室，跟我发火，数落我说，会议还没有结束，孙小兵怎么会知道公司要提拔他，还到处跟别人说。孙小兵十分委屈地说，宋主任，我真的不知道公司要提拔我，我也没有和任何人说过公司要提拔我的话，这一定是有人别有用心，故意在造谣。宋主任也觉得为难了，心想这话怎么传出来的呢？孙小兵说他没有说过这话，那么怎么传到钱董事长那里去了呢？而且还惹得钱董事长那么不高兴，发了那么大的火，这一传说的源头是从哪里来的呢？宋主任也百思不得其解，于是安慰孙小兵说，现在是既成事实了，煮熟的鸭子飞掉了，这一次就算了，再等下一轮吧。

听到这个谣言，孙小兵心情极其不愉快，这个谣言是从哪流传出来的呢？是谁在造这个谣呢？造这个谣能达到什么目的呢？对造谣的人有什么好处呢？一连串的问题，就像是一串葡萄挂在孙小兵的心里。这天上班以后，其他同志有事办事去了，有会开会去了，办公室只剩下小赵和孙小兵两个人。于是，孙小兵说，小赵，你有没有听说我要到厂里去任职的事？而且说这个消息是我自己讲出去的？小赵坦率地说，我也是前两天才听别人说的，说你自己说的公司这次要提拔你，让你到厂里去任党委书记。孙小兵愤慨地说，这简直是无稽之谈，我根本不知道公司要提拔我呀？我怎么可能去跟别人说？小赵说，大家在暗地里都是这么传的。孙小兵仍然愤愤地说，就是公司要提拔我，在没有下文件之前，我也不敢乱说呀！我也不是傻子，在办公室那么多年，这点组织纪律性没有？小赵老老实实地说，我也不相信你自己会说出这种话，可是外面到处都是这样传的。孙小兵说，现在外面的人都说是我自己说的，真是无中生有，莫名其妙。

这几天，孙小兵一直为提拔的事内心纠结着，他真想揪出这个造谣的人，狠狠地教训他一顿。在食堂吃饭的时候，孙小兵看见庞书寒坐在桌子跟前，一个人低头在那里吃饭，于是凑过去，挨着庞书寒身边坐下。孙小兵对庞书寒说，你是否也听说，我自己说的要到厂里去任党委书记。庞书寒抬头看看孙小兵说，你不问我我还不好意思跟你提起这事，我前几天才听说，说你自己说的要到厂里去任党委书记。孙小兵不解地苦恼地说，我不知道公司要提拔我呀，我怎么会说呢？这话在外面都传疯了，我一点儿也不知道，你相信这话是我自己说的吗？庞书寒说，我也不相信你自己会说，但是外面就是这样传的。还说你知道自己要到厂里任党委书记高兴得不得了，马上打电话给厂长。因为厂长不知道这事，厂长又打电话问公司分管副经理。副经理说我不知道呀，副经理又去问钱董事长，钱董事长这才发火了，取消了你去厂里任职的资格。孙小兵愤愤地说，越传越玄乎了，这真是无中生有，造谣生事。庞书寒安慰孙小兵说，事情过去就过去了，不要往心里去。说完，收拾好饭盒先走了。看着庞书寒离去的背影，孙小兵心想，有些事情哪能说过去了，就能过得去的，如果什么事情都能过得去的话，人就没有苦痛和烦恼了。不过孙小兵也坚信，俗话说得好"欲人勿闻，莫若勿言；欲人勿知，莫若勿为"，让自己背黑锅的人总有一天会暴露出来的。

然而，日子流水似的一天一天过去了，孙小兵苦恼的是对这样的谣言自己是"跳进黄河洗不清"，没有办法辩解，有的时候越辩解越讲不清楚，最好的辩解就是沉默。过了一阵子以后，孙小兵对谣言一事也就慢慢地释然了，他内心期待着公司的下一轮提拔。

眼下，最关键的还是儿子上学的事。爱人说，其他什么事都不重要，儿子上学的事是家里的头等重大的事情。儿子考试成绩不太好，要想进二中，就得等教委划定分数线。然而，临近开学的日子，那些正常考入二中的学生已经开始报名了，教委的分数线还迟迟没有划定下来，孙小兵儿子上学的事也没有任何消息。孙小兵有些着急了，又来找庞书寒。庞书寒说，你不要着急，昨天为你儿子上学的事我又到二中去了一趟，看你这两天有点愁眉不展，心事重重的样子，便没有跟你说。校长跟我说，让我不要急，分数在这两天就能定下来。孙小兵感激地说，谢谢你，让你操心了。庞书寒说，不客气，儿子上学的事是大事。

过了两天，孙小兵儿子上学的事有消息了。庞书寒高兴地对孙小兵说，二中校长打电话来了，他们同意录取你儿子，今天就可以到二中交费，办理报到入学手续了。听到二中录取儿子的消息，孙小兵特别兴奋，喜出望外，心里压的一块石头落了下来。他真诚地对庞书寒说，我一定要好好谢谢你。庞书寒说，你这话说得见外了，你儿子能读二中我也很高兴呀。说着，庞书寒陪孙小兵一起去了二中，交了费用，办好了相关的入学手续。

孙小兵儿子到二中读书的事落实下来以后，孙小兵心宽了下来。他与庞书寒分手以后，回到家里仍然十分兴奋和激动。儿子读书有了着落，而且进了自己理想的学校，心里更是高兴。孙小兵与爱人温存一会儿以后，一点睡意也没有，他想到了党校同学的提拔，想到自己提拔受挫，想到外面疯传的谣言。孙小兵不解地问爱人说，谁最有可能造这样的谣呢？是我们办公室的人，还是我们机关的人？会不会是庞书寒呢？他爱人说，你不要瞎想了，所有认识你的人都可能造这样的谣，你老纠结这一件事情干什么呢？儿子上中学了，进入了人生学习最好的阶段，你多把心思放在儿子身上，不要考虑你那工作，也不要考虑你那职位，那职位能代表什么呢？若干年过后大家都一样。孙小兵轻轻地说，你说得倒轻巧，我相信伤害别人的人，一定没有好下场，造谣的人以后自己也会暴露的。孙小兵爱人仍劝他说，事情过去就过去了，想那么多干什么？

六

　　孙小兵被谣言风波折磨一阵子以后，没有过多长时间，又遇到了一件令他头疼和胆寒的事情。孙小兵保管的公章被别人盗用了。

　　那天，宋主任通知孙小兵将公章带上到董重里书记办公室去一下，其他的人在办公室等着，一会儿董重里书记有事找大家。大家不知道什么事，就坐在办公室里等。小赵平时早上有个上厕所的习惯，他对宋主任说，我去厕所，一会儿就回来。宋主任笑笑说，懒驴子拉磨屎尿多，快去快回，董书记马上就来。大家都知道小赵是蹲坑，上厕所时间特别长，一蹲就是半天。小赵笑笑说，我会很快的，一会儿就回来。

　　孙小兵拿了办公室的公章到董书记办公室去，组织部的小兰和宣传部的小白拿着公章已经在董书记办公室里了。办公室里还有两个穿着便服的陌生人，他们两个人戴着白手套。他们让组织部小兰将公章放在桌子上,他们打开看看,又用放大镜看了看,好像没有发现什么,就将公章递还给小兰。小兰愣在那里不知道发生了什么事。孙小兵预感到,一定是公章出了问题,否则不会这么看的,两位陌生人可能也不是一般人,很可能是公安系统搞侦查的。事后结果认定,孙小兵的最初感觉是正确的,这两个人就是公安系统的。董书记对小兰说,没有事了,你可以先回去了。宣传部小白也将手里的公章送上去,两位陌生人也是先前那样,先用肉眼看看,然后再用放大镜看看,看了一会儿,也没有发现什么,将公章还给宣传部小白。最后孙小兵将公章递上去,他们俩用肉眼看了,又用放大镜看看。然后对董重里说,是这一枚公章。两个陌生人舒了一口气。孙小兵站在那里却是一头雾水,不知道公章发生了什么事,因为公章长期以来都是自己保管的。陌生人和气地对孙小兵说,公章是你保管的吗?孙小兵回答说,是的,是我保管的。陌生人又说,平时公章你都放在哪里?孙小兵说,锁在保险柜里,别的地方从来也没放过。陌生人又说,这一段时间,你们使用过公章吗?孙小兵说,公章不经常使用,偶尔也用用,记不清具体哪天用过和哪一天没有用过,近段时间好像没有用过。陌生人问,你的保险柜是单独一间办公室放着,还是和大家放在一起的?孙小兵说,和大家放在一起的。陌生人又问,你们办公室坐着你自己,还是有其他人?孙小兵说,一共有八个人坐在一间办公室里。这么多年来都是这样坐的,没有出过什么事情。公章出了问题吗?陌生人说,我们只是问问情况。然后他对董重里书记说,我们到现场看看去?陌生人将公章还给孙小兵说,你收好,还是锁到保险柜里,不要再弄丢了。

与天堂通话 · 251

在董重里副书记的陪同下，两位陌生人到办公室来看了看。看了一会儿对董书记说，情况比较清楚了，就这样吧，最后一项还要你们协助一下，录取一下指纹。董重里说，好，你们到我办公室再坐坐吧。说着，董重里副书记引着陌生人一起走了。

　　原来是有人盗用了办公室的公章，想刻一枚钢印，被刻字社的同志发现了，及时报告给了公安局，公安局才来进行核查的。宋主任按照董书记的要求，来找孙小兵了解情况。宋主任为公章被盗用的事也吓了一身冷汗，幸亏没有出大事情，出了大事自己也跑不掉。宋主任说，你知道私刻公章是什么性质吗？那是犯罪呀！孙小兵说，到底出了什么事情，蛮吓人的。宋主任气愤地说，这件事不知道是谁干的，肯定不是你干的，是你干的话，你不会将自己的名字留在刻字社。孙小兵吃惊地说，什么？还写着我的名字？宋主任说，这一件事情一定是我们内部人所为，或者是特别熟悉我们这个地方的人干的。如果是你干的，你会写上你自己的名字吗？这不是此地无银三百两吗？孙小兵一听，吓了一大跳，他连忙说，这不是想送我去死吗？这人究竟是谁呀？！这么恶毒。宋主任说，这个人很狡猾，他不敢在本市刻字社刻，跑到南京刻字社去刻。他将办公室的公章下面"办公室"三个字用纸遮挡起来，公章就变成了"中国共产党江南集团公司委员会"了。为什么要找组织部和宣传部呢？因为这三个部的公章将下面组织部、宣传部这几个字用纸遮挡起来，也能变成集团公司党委的章。南京刻字社的同志警惕性很高，厅级单位的公章直径比处级单位的公章直径要大一些，南京同志在刻字的时候，一眼发现了这一问题，马上报告给了当地公安局。当地公安部门按照登记的地址找到公司来了。孙小兵说，他要刻什么公章呢？宋主任说，他不是要刻公章，他是要刻钢印，要刻一枚公司职工大学的钢印。孙小兵说，他刻职工大学的钢印有什么用？宋主任说，这就不知道了。你记得有人盖过你的公章吗？孙小兵认真地说，没有，平时公章都是锁在保险柜里的，一般是不动它的，这一点我还是比较小心的。每次盖公章时，都是我自己盖，盖好以后我就锁在保险柜里。宋主任问，平时办公室有没有其他闲人？孙小兵说，前段日子办公室搞一个调研，人手不够就从厂里抽调了几个人来。弄完就回去了，也没有多少时间。其他办公室没有什么闲人。宋主任说，这下你要好好看好公章了，这一次是万幸，万一他将公章偷了去干其他事，那我们都要跟着倒霉。

宋主任走了以后，孙小兵仍然心有余悸，想想还是十分后怕。那两天，孙小兵正在读汤世杰的小说《为什么没有锣鼓》。汤世杰在小说里说，人的存在本身是一种欠缺，人人都在填补这块欠缺，高尚的人填补人生的欠缺，是以不伤害别人为前提的。不高尚的那些人就不是这样了，当你自己不断努力来填补自我的欠缺时，那些人却在暗地里不断地向你射出一些看不见的伤箭，直到你受伤根本爬不起来的时候，你自己或许还没有觉察到。他读后，再想想办公室出现的谣言和公章盗用的事，不免背脊上出了一身冷汗。

听到公章盗用的事要录指纹，庞书寒就坐不住了。公章的事是庞书寒偷偷地做的，当时他并没有想到公章的事会闹到这种地步，还惊动了公安人员。当时他偷偷盖这枚公章，是想为他爱人李红办事的。庞书寒从厂里选调到公司机关工作以后，他的爱人李红仍然在厂里工作着，铁厂环境不好，上班路又远，待遇也不好。她周围的一些人，稍微有点关系的，都以种种理由调开了。

与天堂通话 · 253

李红一直在炼铁厂里没挪动过，于是她三番五次在庞书寒跟前嘀咕。她对庞书寒说，你只顾你自己，一点也不关心我，李处长将他爱人调走了，周处长也将他爱人调走了，我至今仍在老区里，工作又脏又累，你身为公司办公室的领导，你就不能帮我调动一下工作吗？在李红的再三嘀咕下，他悄悄地通过董重里的关系，将李红从炼铁厂调到机关里来了，安排在机关事务处综合科工作，掌管机关的各种办公用品，工作很清闲，也很自在。然而，在机关工作每年都要评职称。他爱人李红与庞书寒是同时代的人，没有进过大学。庞书寒自己自学读完了电大，获得了大学文凭。李红没有读电大，也没有自学，她没有文凭，没有文凭就没有资格评职称。庞书寒想不能因为自己爱人的文凭再来找董重里吧？便有了自己帮李红做一张毕业证书的想法。制作毕业证书，要有学校的钢印呀，他就想到了要制作一枚钢印。庞书寒将如何获得一张毕业证书，前前后后的细节都想了好几遍。那天也巧，孙小兵打开保险柜拿东西时，刚刚打开柜子，宋主任喊孙小兵有事，孙小兵应声出去了，也没在意将保险柜锁上。庞书寒立即利用这一机会，将办公室的门锁上，把事先准备好的介绍信拿出来，按原先设计好的方法，将公章上的"办公室"三个字用纸遮挡了，盖上公章，又将公章放回保险柜里。他马上又将办公室的门打开，一切做得不显山不露水，神不知鬼不觉。为了防止事情败露，他特地选择到南京去刻，没有想到南京刻字社的同志警惕性那么高，立即发现了其中的问题，并迅速报告公安部门，公安部门顺藤摸瓜追到公司里。为了彻底查出作案的人，还要录取指纹。庞书寒做这事的时候，没有想到指纹这一茬，现在要录指纹，他感到了事情的严重性。在十分恐惧的时候，他想到了董重里书记。

庞书寒晚上到了董重里家里,把自己如何私盖公章的前因后果和盘托出,并流出了眼泪。他哭着对董重里说,开始也没有想那么多,只想不麻烦别人,给爱人弄一张文凭评职称用,没想到会出现这样的情况。董重里严肃地说,你知道,你所做的一切是什么性质吗?庞书寒哭着说,我知道。董重里说,私盖公章不说了,你还要私刻钢印,这是犯罪呀!亏你想得出。庞书寒说,这一次书记一定要救救我,否则我的前途就完了。董重里想想说,就这样吧,刚才你说的这些话就到这里为止,往后不要再跟任何人面前提起,后面的事情我来想想,看看怎么处理。庞书寒感动得真想跪下来给董重里磕一个头。庞书寒临出门的时候,将用报纸包着带来的一捆钞票,悄悄地放在了董重里家里的沙发上。

七

转眼新的一年又到了,这是 20 世纪最后一年,来年将是又一个千年了。元月的江南,乍暖还寒。

那日早晨,孙小兵接到宋主任的电话,让他陪同公司董事长钱无则、党委书记吴安、工会主席柳杰去北京参加冶金工作会议。接到这个电话,孙小兵顿时好像一股甜滋滋的温馨的风掠过心头,脸上也荡起了一层红晕。孙小兵从来也没有陪同过主要领导出过差,更没有出过这么远的差。尽管他不知道此趟出差要担负哪些任务,但是他觉得这趟差是自己的光荣和荣耀,也体现了公司领导对自己的重视和关爱。自从上次钱董事长发火,孙小兵心里一直是有一块疙瘩的,他曾抱怨钱董事长为什么轻信谣言,从来不亲自过问一下自己，心里很不愉快。现在接到宋主任这个电话，孙小兵的心情就如这春天的景象一样，清新而朗润。孙小兵站在春阳面前，他举目眺望着远处的旷野，看见冰雪消融了，冬天退却了，大地逐渐恢复了它的勃勃生机。在温暖春阳的呼唤中，草地渐渐地绿了，小草挺身立了起来。水塘边的老柳树也绽放出了嫩绿的新芽。孙小兵此刻听到，天上飞过的小鸟，嗓子也比冬天的时候更加响亮了。

上午10点，钱无则董事长的秘书小白开了一辆奔驰面包车来接孙小兵，然后他们一起去接吴安书记、柳杰主席，然后再接钱无则董事长。将他们接到以后，他们直奔南京禄口机场。孙小兵这么近距离地与钱董事长坐在一起，起初还有点不自在，无论如何钱董事长为自己的事发过火。虽然没有当着孙小兵的面发火，但毕竟有这么一回事发生过。孙小兵努力克制着自己，尽量做到让自己放松一些，将领导服务好，给领导留下一个好印象。倒是钱董事长开始说笑，活跃了车上的气氛。钱董事长调侃地说，孙主任身上穿的这件衣服很好看，如果我们穿了肯定也是很好看的。那天孙小兵穿的是正反两面穿的夹克衫，一面是大红色的，一面是黑色的。孙小兵大大方方地说，您要是喜欢，我马上脱了给您，说着就要脱衣服。钱董事长马上笑呵呵地说，不不不，哪天我也照你这件衣服的式样买一件就是了，我不能夺人所爱呀。大家在车上说说笑笑，不知不觉就到禄口机场了，在机场简单吃了一点饭就登机了。

到了北京以后，公司驻京办事处的人派车来接。冶金工作会议的地点在密云，办事处的车接上领导后，直接奔密云云湖度假村。下午5点赶到度假村时，全国各地的会议代表已经来了不少了。安顿好领导后，钱董事长让孙小兵和秘书小白随办事处的车子回北京城里，准备一些去有关部门拜访的礼品。孙小兵和秘书小白第二天一早，就去选挑了几件礼品样品，带着样品去密云接董事长和书记他们。在北京的三天时间里，钱董事长和吴安书记根本没有时间坐下来，他们借开会讨论的空隙拜访了国家计委部门的负责人。第二天孙小兵和秘书小白又陪两位领导到铁道部去拜访，晚上随领导一起在北京信苑大酒店宴请铁道部有关部门的负责人，第三天就跟着领导回来了。

去北京的来回时间虽然很短，但这就像一张无形的广告，提升了孙小兵的身价。孙小兵自己也觉得十分光荣和充实。办公室里的人都知道孙小兵陪董事长和书记到北京开会去了，知道领导对他的厚爱和关注，也因此开始另眼看待他。孙小兵因谣言、公章没有保管好而长期笼罩在脸上的阴云，此刻犹如春风洗面，一扫而光了。他脸上兴奋的神情又像刚刚从党校回来的那一刻，春风得意，趾高气扬了。

没过几天，公司召开党政联席会，专门研究人事问题。孙小兵翘首盼望有自己的好消息，他希望公司这一次能信任他、成全他，推他往上走，走得体面一些。公司这一次人事安排工作，吸取了以往的教训，工作做得很细，保密工作也做得很好。这一次人事调整，公司采取了迅捷快速的办法，就像打一场新战役一样速战速决，不拖泥带水。这边开会讨论，那边会议一结束，就开始找被调整的人谈话，接着就印发文件，第二天到岗报到。到岗报过到以后，再回原单位做交接工作。

孙小兵万万没想到这次公司调整，竟没有提拔他，而是作为平级调整将他交流了出去，这不啻一记重锤，将孙小兵砸趴下了。这一次公司干部人事调整，面比较广，涉及的人员也比较多，仅公司办公室就牵涉到四个人，三个人升职，唯独他一个人平级交流到公司纪委，担任案件审理室主任。庞书寒提任到公司下属的一家合资公司工贸企业公司任董事长、党委书记。办公室小赵和小李提任办公室副主任，接替庞书寒和孙小兵的工作。

得到公司的这一消息以后，孙小兵站在那里一下子涨红了脸，嘴唇不断地颤动着，左手使劲地紧紧地握着，右手捏着自己的衣角，眼睛里充满了愤懑和苦恼，尤其是他的额头前侧的头发有几根竖了起来，极像一头将要咆哮的狮子。然而这一切，他又能怎么样呢？集体做出的决定，就是铁板钉钉子了。孙小兵颓唐地回到了办公室，坐在那里艰难地睁开因愤懑而酸痛的眼睛，他长长地呼出一口气，不知是换气还是叹气，他无力地将双手放在桌子上，目光呆滞地看着远处。

宋主任知道孙小兵的安排后，也觉得十分诧异和不解，他来找孙小兵。宋主任满脸忧伤地说，我也是刚刚得到的消息，没有想到公司会是这样安排你，这对你是不公正的。孙小兵伤心地说，事情已经这样随它去吧，再讲也没有多大意义了。宋主任在那里自言自语地说，小赵和小李工作安排得不错，庞书寒这次安排也是很好的。唯独你，我真的没有想到公司会是这样安排，你自己也要想开些，往后的日子长着呢。

回到家里，孙小兵心情仍然不能平静，他躺在床上辗转反侧，仰着头长呼着气，渐渐地，额头上渗出一些细汗来。片刻，他将两只手掌交叉手指靠在脑后，反反复复，思前想后，怎么也睡不着。他爱人在旁边安慰他说，办公室也是一个是非窝子，并不是一个好地方，早一点离开也是好事。

　　第二天在奔赴各个新的岗位的时候，孙小兵是党委书记吴安送去纪委的，庞书寒是公司董事长钱无则送去工贸企业公司的。庞书寒离开办公室的时候，心情特别高兴，可以看得出来，他心里像灌了一瓶蜜，眉角含着笑，连他那张白净四方的脸也泛着微微的红光，嘴的两角也微微往上翘。在走到办公室门口时，庞书寒回身看了看坐在那里等候吴安书记的孙小兵。孙小兵的目光与庞书寒的目光对接在一起的时候，孙小兵觉得庞书寒射过来的目光有点灼人。

八

　　办公室小黄轻轻敲了敲庞书寒办公室的门，站在窗前的庞书寒听到敲门声，侧过头说，进来。

　　小黄推开门，看见庞书寒站在窗前，就站在门口说，您要查的天堂那家公司资料，始终没有查到，不知道您有没有他们的其他联系方式？庞书寒转过身来，显得有些疲倦，轻轻地对小黄说，查不到就算了，估计是查不到的。庞书寒见小黄站在门口，于是又说，你跟他们说不用再查了，以后再说吧。小黄说，好的，有什么消息，我再向您汇报。说着就要退出去，想了想，小黄又说，董事长还有其他什么事吗？庞书寒说，没有了，有事我会喊你的。

　　小黄从庞书寒办公室退出来。庞书寒将办公室的门锁好，端坐到自己办公桌前，盯着桌子上的手机看。这个手机今天两次接到陌生人的电话，现在就像一只死鸟，躺在桌子上一动也不动。

庞书寒盯着手机看，看了一会儿，他觉得这只手机渐渐地苏醒了，在桌子上慢慢地打起旋转来，转着、转着就变成了一只活鸟来，还清脆地叫出声音来，庞书寒对这个声音有点耳熟了，他听到过这种声音。桌上的小鸟伴随着清脆的鸣叫，慢慢地盘旋着飞翔起来。庞书寒也觉得自己身子轻盈起来，像是一羽鸿毛，也跟着像小鸟一样在屋里盘旋着飞翔。庞书寒此时还晓得窗户是开着，他怕自己与飞翔的小鸟会从窗户里飞到外面去，于是他下意识地将自己的皮带解下来，一头扣在办公桌旁边的衣架上，一头套在脖子上。顿时，庞书寒觉得自己和小鸟不再盘旋了，不再飞翔了，而是在快乐地滑翔着。在滑翔的过程中，他看见了成片的油菜花，看到了成片的粉红桃花，他看到了成片的绿地，看到了湖泊，看到了大山，看到了村舍，看到了大树，然后他看到了迎面涌过来的一团一团浓浓云雾，云雾把他的身子裹得紧紧的，越裹越紧，越裹越紧，后来他感到累了，疲乏了，再后来他被浓浓的云雾笼罩了，什么也看不见了。

庞书寒死了，在办公室挂衣架上用皮带将自己勒死了。

最先发现庞书寒死的，是办公室小黄。

庞书寒从集团公司开会回来以后，都是小黄到庞书寒办公室去报告工作的，且两次走进庞书寒的办公室。第一次进庞书寒办公室时，庞书寒坐在办公桌前喝茶。第二次走进庞书寒办公室时，庞书寒打开窗户站在窗前看风景。直到中午吃饭的时候，小黄再一次想到了庞书寒。平时中午都是小黄陪着庞书寒到公司小食堂去吃饭的。到了中午吃饭的时候，小黄见庞书寒没有出来，便坐在办公室里等。等大家吃完饭回来了，还不见庞书寒出来。于是小黄问办公室其他人，有没有看见庞书寒董事长出去。大家都说没有看见。于是小黄就在办公室等，等到下午快上班的时候，还不见庞董事长出来，小黄意识到有了什么问题。于是打电话到庞书寒办公室，办公室里电话铃在响，没人接。于是又打庞书寒的手机，手机通了也没有人接。小黄他们这才慌了，于是将庞书寒的办公室门打开，才发现庞董事长已经自缢身亡了。

　　小黄立即向集团公司做了报告，同时，也向警方做了报告。警方第一时间赶到现场，对庞书寒自缢现场进行了勘察和取证，最后结论为自缢身亡。警方在调查取证时问小黄，你有没有发现庞书寒自缢前有什么反常的征兆？小黄说，没有，什么征兆也没有，和往常一样，没有发现他有什么变化。警方说，语言和行为方面，有没有异常情况？小黄说，没有，根本没有，我根本也没有想到庞董事长会在办公室自缢。听到庞书寒自缢的消息，集团公司上下都十分震惊，也引起小小的震动。对于庞书寒的死，孙小兵也感到有点意外和吃惊。

　　经研究，对于庞书寒自缢身亡的事，集团公司对外公布的公开信息是：庞书寒由于长期的压力，患抑郁症多年，对生活失去了兴趣，在办公室里自缢身亡。工贸企业公司为庞书寒举行了追悼会。集团公司领导没有出席追悼会，孙小兵以个人的身份参加了追悼会。当孙小兵看到躺在鲜花丛中的庞书寒，他立即想到了二十年前，庞书寒到工贸企业公司来任职的那天，他离开办公室时回头得意地看了孙小兵一眼的目光，那眼光一直深深镌刻在孙小兵的记忆里。

　　孙小兵对于庞书寒的关注，也是在集团公司召开中层干部会议前一周时间。那天，孙小兵和往常一样上班，刚走进办公室钱无则董事长电话就打过来了，让孙小兵到他办公室去一下。孙小兵从办公室平级交流到纪委的第二年，就提任为公司纪委副书记兼案件审理室主任了。孙小兵走进钱董事长办公室时，里面已经坐了三位陌生人。钱董事长说，这三位同志是省国资委纪委的，他们有一个案件要核查，公司安排你协助核查。其中一位陌生人对孙小兵说，这件事情千万要保密呀，不能跟任何人透露。孙小兵点点头，表示一定会遵守组织纪律的。孙小兵协助省里核查的就是董重里的案子。在核查的案件材料里，有一份材料是董重里自己交代的，里面初步列了他收受贿赂、违反组织原则和生活作风方面的一些问题，在这些问题涉及的人员名单中，其中多次出现庞书寒的名字。看到庞书寒三个字，二十年前在一起共事的种种令自己不愉快的事情，就像春天的小草，一根根地在孙小兵心里复活了，挺拔地生长出来了。于是，他给庞书寒打了一个电话，报称是朋友找来，参与他们润滑油项目竞标的事。

从庞书寒追悼会现场回到办公室，孙小兵内心仍然泛起一阵阵涟漪，久久不能平静。在封闭式核查的几天里，孙小兵严格遵守省纪委的纪律，对案件的任何信息一丝一毫也没有对任何人透露，包括对钱董事长和吴安书记，他们只知道要协助省里核查，究竟查到什么程度，掌握了哪些情况，他们两位领导也是不清楚的。在省里决定对董重里和其他一些涉案人员采取强制性管制措施，接受调查以后，在公司通知召开集团公司中层干部大会前夕孙小兵才给庞书寒打了电话。会议结束以后，又给庞书寒打了一个电话。

现在庞书寒已经死了，他已经到天堂里去了，再给庞书寒打电话，只能与天堂通电话了。

于是，孙小兵从手提包里取出一只小巧玲珑的小手机，这只精巧的小手机就像一只鲜活的小鸟。这只小手机，孙小兵平时是不用的，只有在特别的时间里，特别的事情时才拿出来使用。孙小兵将小手机拿在手上，打开手机的开关键，手机里立即就传出几声小鸟般清脆的声音。

孙小兵又将微型的变声器安装在手机的话筒上。对着手机，他说：润滑油的项目还没定吗？我知道你曾经做过的事情，我要是说出来，后果你是知道的。

此时，孙小兵对着手机说话的声音异常清脆，像是一只小鸟在鸣叫，声线细细的，长长的，不急不慢的……